德语上海小说翻译与研究系列　张帆／主编

在上海做出决定

［德］瓦尔特·佩尔西斯　等／著

何心怡　张帆／译

世界知识出版社

图书在版编目（CIP）数据

在上海做出决定 / 张帆译著. —北京：世界知识出版社，2019.9

（德语上海小说翻译与研究系列）

ISBN 978-7-5012-6116-1

Ⅰ.①在… Ⅱ.①张… Ⅲ.①长篇小说—德国—现代 Ⅳ.①I516.45

中国版本图书馆CIP数据核字（2019）第189302号

书　　名	**在上海做出决定** Zai Shanghai Zuochu Jueding
作　　者	［德］瓦尔特·佩尔西斯 等 / 著
译　　者	何心怡　张帆 / 译
策划编辑	贾如梅
责任编辑	余　岚
责任出版	赵　玥
责任校对	张　琨
出版发行	世界知识出版社
地址邮编	北京市东城区干面胡同51号（100010）
网　　址	www.ishizhi.cn
电　　话	010-65265923（发行）　010-85119023（邮购）
经　　销	新华书店
印　　刷	北京旺都印务有限公司
开本印张	880毫米×1230毫米　1/32　11½印张
字　　数	248千字
版次印次	2020年12月第一版　2020年12月第一次印刷
标准书号	ISBN 978-7-5012-6116-1
定　　价	38.00元

版权所有　侵权必究

（教育部备案）
上海外国语大学中德人文交流研究中心
系列成果

总 序

张 帆

大概是五年前,我参加了一场上海市政府决策咨询专家会,会议谈论的焦点多是经济发展、城市建设、社会管理、科技金融、文化产业等对接国家战略的应用性话题,文学俨然是这场学术盛宴中不合时宜的"零余者"。时代发展,对学者提出了更高的要求,一场"书斋里的革命"看似已是必然。可是,对于我这样一个多年从事德语语言文学工作的教书匠来说,学术转型,谈何容易。知识、思维、学养已然定型,离开文学本行的学术越界,无异于飞蛾扑火。思来想去,选定了一个较为折中的方向,姑且一试——围绕上海文化,立足文学阵地,利用德语优势,研究城市形象。

依照我的粗疏理解,文学形象学研究,尤其是跨文化的比较文学形象学研究,可以拓展文学研究的内涵,即从审美的途径延展到文化学、社会学、人类学、传播学、政治学等诸多领域。研究德语文学中的上海形象——乌托邦之美、恶托邦之罪、异托邦之实的书写,辨识小说中的"语词上海"与历史现实中的上海之间的叙述裂隙,揭示上海自开埠以来德国作家对上海的想象、夸饰、曲解和征用,进而分析德国文化之于上海

形象、海派文化乃至中国观念的建构和演变历程；同时，反观以上海形象为表征的海派文化在何种向度上因德语文学的传播，参与和影响了近现代德国现代性的构想和进程。就目前"上海学"研究而言，这是一个颇有挑战性的新话题。这一越界研究自然有其他学科无法比拟的优势，文学作为一个城市无可争议的精神地标，对于文化形态及其包含的文化关系的把握，其价值绝不在史学资料铺陈和社会田野调查之下，相反，其通过更有意蕴的审美感受，言有尽而意无穷的想象空间，在一定程度上展示出更为宏阔的价值和意义。

开埠后的上海作为东西方文化、传统与现代文明交汇之地，成为西方人对中国想象最典型的具象符号。毫不夸张地说，有"万国博览会"之称的老上海以一城之力投射全球风貌，是当时世界文学和电影的最佳取景之地。"上海主题"，或者更确切地说，"上海传奇"，作为叙事母题曾风靡欧美。正如王德威在《想象中国的方法》中所言：小说之类的叙事文体，"往往是我们想象、叙述'中国'的开端"。① 而"上海，连同它在近百年来成长发展的格局，一直是现代中国的缩影"，是其他任何城市难以匹敌的，它"提供了那用以说明现代中国已经发生和即将发生的新事物的钥匙"。② 因而，"上海"已不仅仅是一个单纯的地理名词、故事的背景，而是一个承载着丰富内涵的文化符号，构成故事的核心要素，拥有独立的叙述功

---

① 王德威：《想象中国的方法》，百花文艺出版社，2016年，第5页。
② 罗兹·墨菲：《上海——现代中国的钥匙》，上海人民出版社，1986年，第4—5页。

能,并"为它的书写者提供着语言、经验和叙述"。① 就此而言,"上海小说"充当了西方想象中国的重要媒介,作家们勾勒出一个个他们心目中的上海乃至"中国"形象。借用法国当代形象学家达尼埃尔-亨利·巴柔的说法:形象是一种象征性的语言,一种承载着特殊文化意义的符号。②

事实上,在中国现代性的进程中,大上海云谲波诡、风起云涌,改良在上海,革命在上海,运动在上海,战争在上海,改革在上海,发展在上海,奇迹在上海……中西方知识分子云集在天堂和地狱的交汇处、天使和恶魔的混居地,思想文化交互激荡,多语种"上海文学"应运而生,展示了"文学上海"的世界性:眼花缭乱的异域风情,荡气回肠的爱情体验,命悬一线的历险,光怪陆离的奇遇……那些浮动在叙事与人物之间难以言喻的风光与情调,成就了一个都市的传奇,更近于呈现老上海的原汁原貌,是任何怀旧照片和资料都难以还原的。多语种"上海传奇"的广泛传播,宣传和强化了人们对上海的固有印象——魔都、东方夜巴黎、冒险家乐园、十里洋场、地狱上的天堂……在西方主导的话语格局中,老上海被固化为愚昧落后的"被启蒙者"。正如巴柔所言:"形象的一种特殊而又大量存在的形式"就是"套话",而"套话"使得形象这一原本多义的文化符号逐渐演变为只表述单一文化意义的"信号",从而建立起自我区别于"他者"的有效机制,并将在"二分法"

---

① 高秀芹:《都市的迁徙——张爱玲与王安忆小说中的都市时空比较》,载《北京大学学报》2003年第1期。
② 达尼埃尔-亨利·巴柔:《形象》,载孟华主编:《比较文学形象学》,北京大学出版社,2001年,第157—159页。

的对立或对照关系之中发挥作用。①

显然,"多语种上海小说"建构起的近乎"套话"的价值评判使上海形象屈从于"他塑"的尴尬境地。作为社会集体的想象物,套话"高度浓缩地表达了一个民族对异民族的认识和感受",且"一旦形成就会融入本民族的集体无意识深处,潜移默化地影响着本族人对异国异族的看法"。②作为租界地的"宗主国",英、法、日为母语创作的"租界小说"形塑了对上海的刻板性偏见。在已经大量译介的英日"上海小说"或"上海叙事"作品中,各种陋习,举凡烟、赌、娼、淫戏、淫书、无耻、下流、邪恶、坑、蒙、拐、骗、买官卖官、流氓、拆白党、白相人,无一不涉及,而所谓崇洋、奢靡、浅薄,也几乎无处不在,不可避免地有丑化上海形象之嫌。

当然,对于文学图景中这种流行的"上海印象",德语作家自然也是不遗余力的,现代德语中甚至衍生出了"Shanghai-Roman"——"德语上海小说"这样的专有名词,足见上海题材在德语文学界的兴盛。然而,德国在上海缺乏专有的租借地,加之一战失败的创伤记忆,以及上海作为犹太人流亡的避难之所、西德左翼运动的"乌托邦飞地"、东德意识形态阵营的伙伴等诸多原因,使得德国作家所构建的上海形象,在承继西方传统观念和套话的基础之上,又生发出新的主题、视角与手法,较之英美文学、日本文学等更具客观真实性、情感认同

---

① 达尼埃尔-亨利·巴柔:《形象》,载孟华主编:《比较文学形象学》,北京大学出版社,2001年,第158—160页。
② 姜智芹:《欲望化他者:西方文学中的中国形象》,载《国外文学》2004年第1期。

性、审美复杂性、文化多元性，呈现出多彩斑驳的"上海形象"，并将海派文化这一"中国现代性"的理念和形态呈献给德国民众。形形色色的"文本上海"在对传统东方想象的解构与戏拟之中，在现代主义或后现代主义的叙事之中构建新的中国知识与想象，赋予现代德国文学对东方名城——上海的独特想象、文化记忆和历史镜像，在总体趋向性中形成了观照上海历史文化与现代性的"德意志视角"。

近年来，我已搜集"德语上海小说"百部/篇，但迄今为止，国内几乎未有译介；概因此类作品大多取材凡俗市井生活而被归为通俗文学，而难入"经典文学"之列，导致少有学者问津。但事实上，通俗文学作为一种模式化的"类叙事"，更能集中展示和承载海派文化的物象化表征，对研究德语文学如何在内容和理念上构建上海城市形象，并受到海派文化的反向传播与影响，是绝佳的素材。

三年前，我和我指导的学术团队开始着手翻译和研究这些精彩的德语上海小说，先期出版"德语上海小说翻译与研究系列"15部，以飨中国读者。该系列德语上海小说经过精心挑选，故事性和可读性强，主要涉及侦探、言情、商战、革命、抗战等题材，以跌宕起伏的好莱坞电影式情节引领了当时德国民众的阅读热潮，如今也将以其异域情调的叙事风格、独特的叙事视角以及丝丝入扣的情节吸引中国读者。它们一改德语文学思辨艰涩的风格，以简洁写实的笔调多维度、立体式呈现洋人、内地人、本帮人、犹太人之间的文化冲突、爱恨纠葛、家国情仇，生动还原了老上海的社会百态与人文风貌。

安娜·西格斯（Anna Seghers）是前民主德国作家协会主

席、享誉世界文坛的反法西斯作家。《安娜·西格斯中国作品集》辑录表现中国革命的小说、杂文、书信、演讲等,其中多篇作品以上海为叙事背景,在国内鲜有译介。如与中国女作家胡兰畦合写的《杨树浦的五一节》,讲述杨树浦的工人代表为庆祝"五一国际劳动节"策划罢工和示威游行的故事。《驾驶执照》以20世纪30年代初日寇入侵上海为背景,讲述一位被俘的中国司机与日本军官同归于尽的事迹。《计秒表》中,以泽克特将军为首的德国军事顾问为国民党出谋划策打内战,但冲锋号吹响后,士兵们却调转枪头,反戈相向,为正义和光明而战。

理查德·许尔森贝克(Richard Huelsenbeck)是德国达达主义主要创始人之一,小说《中国审判》是一部达达主义杰作,讲述了天真烂漫的德国少年埃米尔·布莱克尔曼和饱读诗书的维尔·施拉姆被投机商诓骗来到德国军火走私船"贝克尔市议会"号谋生,却遭到逮捕,审判释放后的两个人开始了在香港、上海等地颠沛流离的求生之路。他们所到之处,在华外国人的百态生活一一呈现:有的倾家荡产、有的成为替罪羊、有的投机发财、有的惨死战场、有的沦为流浪汉,怀揣发财梦的殖民者苟延残喘,前途堪忧……

弗里德里希·李希特内柯(Friedrich Lichtneker)的《台风登陆上海》以德国人的视角原汁原味摹写出20世纪20年代老上海的寡头政治、白人权力和工人革命的风貌。有人绝望地死去,有人一蹶不振,有人飞黄腾达,有人出卖爱情,有人丧失人格乃至国格,每个人的欲望、野心和爱情在一场革命飓风之后,该如何清算……

瓦尔特·佩尔西斯（Walter Persich）的《在上海做出决定》则讲述了一场德国人、中国人、日本人、俄罗斯人在上海、汉口、矿山小镇三地悄然展开的铁矿商战，官员、政客、商人纷纷卷入这场漩涡之中，争权夺利，国家博弈。与此同时，瘟疫的阴云笼罩在小镇上空。这一切是天灾还是人祸？德国商人普莱姆一行人能否带领小镇战胜瘟疫、让工厂重现生机？所有人的爱情和命运出路何在？中国，能否摆脱任人摆布的命运？决定，是否会在上海做出呢？

彼得·施特伦茨（Peter Strunz）的《上海要将我吞噬》背景是1940年前后的上海滩，那里暗流涌动，黑帮势力猖獗。小说标题向读者暗示，主人公的上海之旅暗藏着不安、危险和意外。为什么上海黑帮会绑架施特伦茨这个异乡人？遭遇袭击后的施特伦茨又经历了什么？朋友杜穆深这位神秘人物的真实身份是什么？在真相大白之后施特伦茨又会做出什么选择？小说情节紧凑，悬念迭生。"外滩""汇中饭店""黄包车""黑帮头目"这些打着时代烙印的符号在这位德国作家的笔下显得熟悉而陌生、真实又虚幻。

胡戈·科赫尔（Hugo Kocher）的《苦力、走私犯与强盗——一则来自中国的小说》讲述了年轻的德国神父帕特·赫尔穆特在上海布道、救赎穷人的经历。当时的上海风起云涌，各色人等三教九流，赫尔穆特周旋其间，竭尽所能，不辞辛劳，给远在大山中的传教分站运送补给品。此时，给予他帮助的商人魏路请求神父帮他捎带一些神秘的箱子。魏路究竟是敌是友？神父赫尔穆特在执行任务时会遇到哪些威胁？他在上海的传教之路最终又会走向何方？

弗里德·略夫（Friedel Loeff）的侦探小说《上海恶魔》讲述了一个迷雾重重的案件：英国伦敦的一家诊所内，一名染上怪病的年轻人不治身亡，由此牵涉出另外三起死亡症状极其类似的病例，死者生前均在中国居留些许时日。极具侦探天赋的外交官约翰·罗伊前往上海调查此案。四名死者在上海居留时均出没于一名中国医生的社交宴会和舞会。罗伊以此为线索，一步步抽丝剥茧，最终将狡猾的犯人绳之以法。

罗伯特·雅克斯（Norbert Jacques）的《上海商人》讲述了一出惊险曲折的三角恋，既有东方神秘色彩的马来西亚魔法——血咒，又有中国玄学的意念操控，还有一系列谋杀中国人的案发现场，身心疲惫的男主角奈伊深陷爱情泥潭，又面临谋杀指控，最终洗脱罪名，在恐惧中与心上人逃离魔都上海。

君特·艾尔弗雷德·海因内克（Günter Erfried Heinecke）的侦探小说《上海来客》讲述了一起有关珠宝遗产的连环杀人案。诡异的事情接二连三地发生，几位合法继承人相继离奇横死。作为遗产托管人的律师协助警方查案，接连发现的证据指向两位来自上海的客人。这两位可疑的上海来客身上究竟隐藏着怎样的秘密？杀人凶手能否被绳之以法？连环谋杀案又与那座神秘的东方都市有着怎样的联系？

阿弗雷德·施洛考尔（Alfred Schirokauer）的《上海枪声》讲述了在闭塞的修道院内长大的德国女孩伊莎·霍费尔来上海投亲不成，举目无亲的她遇人不淑，不谙世事的德国少女与沉沦堕落的俄国瘾君子在繁华乱世的"东方巴黎"上演了一段荒诞而又离奇的际遇。东方与西方、闭塞与开放、落后与进步、善良与邪恶、文明与杀戮在上海错位交织……

恩斯特·阿道夫·比尔克豪泽（Ernst Adolf Birkhäuser）的《上海女孩》是一部带有浓厚东方元素的爱情悲喜剧。爱情围绕着眼睛的失明、复明，以及通过手术消除恋人之间种族和血统的差异展开。来自上海富商家庭的女主人公经历人生劫难，对自己的民族以及身份又会产生何种新的认识？跨越种族的爱情能否最终开花结果？

威廉·野原驹吉（Wilhelm Komakichi Nohara）的《埃尔文在上海——一则来自中国动荡年代的故事》以一对德国父子的视角描述他们在上海的所见所闻以及他们救助上海百姓免遭日军战火之苦的艰难历程。书中对于中国传统建筑、文化艺术的描述生动有趣，以德国人的独特视角还原了风韵犹存的老上海风貌。

乔·雷德勒（Joe Lederer）的儿童文学作品《阿凡在中国》围绕瑞士少年阿凡与中国少年阿程之间的友谊展开，他们从最初的互相看不顺眼，到后来成为朋友，再到后来一起经历劫匪事件，两个人相互陪伴、共同成长，纯真的友情不分国界。小说故事发生在20世纪30年代的上海，充满浓浓温情，有亲情、有友情、更有人间真情，是一部刻有浓厚老上海印记的德语儿童文学作品。

乌尔苏拉·梅尔彻斯（Ursula Melchers）的小说《蕾娜特和比尔在上海》以第一人称讲述了德国小女孩蕾娜特在上海的成长经历，及其与英国少年比尔的真挚情谊。两位小伙伴为寻找一份遗失的重要文件，在上海滩冒险游历，见识了上海的民生百态。上海沦陷后，比尔历尽艰难险阻，逃离日本人的魔

爪,逃亡前夜,他与蕾娜特约定和平时期再见。战争结束后,蕾娜特一家被引渡回德国,离开了被她视如故乡的上海。多年后,她突然收到一封中国老熟人的信,这封信里究竟写了些什么?蕾娜特为何激动不已,动身前往东方……

汉斯·海因茨·辛茨曼(Hans-Heinz Hinzelmann)的自传体小说《哦,中国:古老道路上的国度——由西向东生命之旅的真实发现》,用富有表现力的语言形象地再现了一个流亡至上海的犹太难民的命运。读者透过作者的第一人称视角,体味犹太难民生活的艰辛,感受主人公最初遭遇文化冲击时的不安和惶恐,并领悟他逐渐理解并接受异乡文化的过程。通过辛茨曼的叙述,中国读者们或许可以从别样的视角加深对本国文化的了解,并对20世纪三四十年代的上海都市风情略窥一斑。

弗兰西斯卡·陶西格(Franziska Tausig)的自传《上海船票》以细腻质朴、略带幽默的语言真实地描绘了身为犹太难民的女主人公跌宕起伏的一生,塑造了一位勤劳乐观、坚强勇敢的独立女性形象。自传中不仅生动地刻画了众多犹太流亡难民的人物形象,还讲述了各国人民在上海的生存故事,勾勒出一幅千姿百态、繁冗复杂的上海多元文化景观。值得一提的是,德国当代女作家乌尔苏拉·克莱谢尔(Ursula Krechel)的著名长篇小说《上海,远在何方?》中的女主人公便是以弗兰西斯卡·陶西格为人物原型创作的。

此外,鉴于"犹太难民在上海"的文学文本相对匮乏,我们编选翻译了《上海犹太流亡报刊文选》,所涉报刊主要收藏于德意志国家图书馆和美国犹太研究机构,国内现有可用馆藏极少。二战时期，犹太流亡难民在上海创办了50余种报刊，我们从其中五份主要德语报刊中臻选出"以上海为叙事主题"的小说、杂文、诗歌等文学作品共140余篇，犹太文化与海派文化历史性交汇与碰撞，呈现出犹太难民感受上海、认识中国、反思自我的心路历程，身处上海的犹太难民之境况悉汇于此。

阅读这些德语上海小说，"上海性"被重新"发现"。外滩大楼、上海大厦、国际饭店、摇着小铃铛的有轨电车、老年爵士乐、百乐门舞厅、咖啡店、石库门、新式里弄、南京路、上海青楼、黑帮大亨、风月明星、阿飞艳史……"魔都"上海作为现代性、国际化大都市的繁华魅影和"上海味道"一览无余。异国文学中的上海文本，以"他者"视角揭示上海作为城市文化载体的多维立面与意义，从而在跨文化的城市叙事之中观照作为中国现代性滥觞的上海文化在"他者"眼中的想象与构建，进而在对异文化与自我文化的镜像式双向审视之中重新探讨、界定上海之于中国现代性的历史及文化意义。

德语"上海小说"无疑是研究不同时期上海乃至中国历史文化的重要文献，对此进行研究将对深化和丰富中国文化的自我认知模式大有裨益。本德语上海小说系列大多创作于20世纪三四十年代，且均为通俗小说和畅销书。这些通俗小说文本在其对日常生活与细节的描述之中成为见证现代上海的重要文献，具有重要的史料价值和学术价值，并将极大丰富和推动德语文学乃至西方文学中的上海形象研究。与此同时，透过文本"夸饰"与"误读"上海形象背后的文化动力路径，有助于中国学者探究这一时期德国的精神文化与民族心理。由此，对现

代德语"上海小说"的阅读研究无疑将促进中德文化交流与理解，具有重要的现实意义。

此外，在德语上海小说系列翻译的基础上，我们撰写了研究论著《德语文学中的上海形象》，对近40部作品进行详尽解读，一是便于读者对德语上海小说有更加深刻的赏析和理解，二是推进挖掘德语上海小说的学术价值，为今后出版《德语上海小说研究文库》奠定基础。

"德语上海小说翻译与研究系列"作为（教育部备案）上海外国语大学中德人文交流研究中心的系列成果推出，值此出版之际，我要特别感谢上海外国语大学党委书记姜锋教授、科研处处长王有勇教授、德语系系主任兼中德人文交流研究中心主任陈壮鹰教授、德语系党总支书记谢建文教授的亲切关怀和鼎力支持。诚挚感谢我的导师卫茂平教授，铭记先生教诲，未敢丝毫懈怠。感谢德国弗莱堡大学Achim Aurnhammer教授，柏林自由大学Anne Fleig教授、Almut Hille教授，海德堡大学Gertrud Maria Rösch教授的学术交流与合作；感谢德意志学术交流中心（DAAD）外教Gabriele Otto博士、Maike Lechner女士，奥地利学术交流中心（ÖAAD）外教Andrea Plank女士的语言帮助。感谢国家"万人计划"青年拔尖人才项目、上海市"曙光计划"项目、上海市"浦江人才"项目对相关学术研究的资助。衷心感谢世界知识出版社章少红总编辑的鼎力支持和贾如梅编辑为审稿所付出的辛勤劳动。还要感谢参与丛书翻译和校对的每一位团队成员，她们虽然水平有异，但专注、认真、负责的态度，都值得称赞。因小说原作多为20世纪上半叶的德语旧文，翻译过程中，颇费踌躇的困难不少，如方言俗语、生僻旧字、花体印刷等，虽然我们尽心耗时，细致推敲，勉力而为，但粗疏错漏想必难免，敬请读者批评指正，见谅海涵。

2018年7月于海德堡

目 录

在上海做出决定 1

蕾娜特和比尔在上海 251

在上海做出决定

［德］瓦尔特·佩尔西斯 / 著
何心怡　张帆 译

译　序

　　20世纪20年代的中国，内忧外患，危机重重。德国雇佣兵阿尔夫·普莱姆得到汉口附近一个废弃铁矿山的开采权。他与好友、工程师格拉夫，还有商人克劳斯·巴尔根，一起在上海开办了上海——汉口制铁公司。开铁矿的消息一时成为上海商界的轰动新闻，众多有名望、有财力的欧洲商人争相入股。工厂在汉口附近的小镇顺利建成开工，地下矿藏被源源不断地开采出来，给这个小镇带来了生机。与此同时，中国银行家龙楚、日本间谍高仓和俄罗斯女间谍安娅·波拉萨罗娃也对铁矿虎视眈眈，一系列夺取公司股份的明争暗斗在上海、汉口、小镇三地悄然展开。官员、政客、商人纷纷卷入这场漩涡，权力和财富的争夺、国与国之间的较量如火如荼。同时，巴尔根和普莱姆昔日恋人柯奈莉娅的婚姻也陷入危机，三人之间的感情陷入纠葛。正在这时，小镇暴发了肺鼠疫，大量百姓和劳工被感染，工厂被迫停产，瘟疫的阴云笼罩在小镇上空。这一切是天灾还是人祸？普莱姆等人能否带领小镇战胜瘟疫、让工厂重现生机？所有人的爱情和命运又将走向何方？中国，能否摆脱任人摆布的命运？决定，是否会在上海做出？

　　德国作家瓦尔特·佩尔西斯（Walter Persich），曾用名

瓦尔特·维利·卡尔·佩尔西斯（Walter Willi Karl Persich），1904年生于汉堡，1955年逝世，亦曾以笔名克里斯朵夫·瓦尔特·德莱（Christoph Walter Drey）出版作品。他的作品主要为短篇小说和长篇小说，故事多发生在汉萨同盟或神秘的异国他乡背景下，抑或描述水手的生活。小说情节常取材于真实的历史事件，描述著名人物的生活经历，以娓娓道来的叙事风格深受读者喜爱，部分作品在第二次世界大战后还有再版。《在上海做出决定》是佩尔西斯1937年出版于莱比锡的一部长篇小说。这部德语小说主人公虽为德国人，故事却发生在古老而神秘的中国。在20世纪二三十年代西方殖民侵略与中国内战的双重背景下，战争与灾难、商战与政斗、阴谋与爱情围绕着上海这座东方魔都展开，错综复杂的情节堪称一幅东方浮世绘，小说出版后在德国畅销一时。

在这部小说中，上海这座东方"异托邦"城市呈现出两面性：小说主人公普莱姆来到上海，从中国军队里的雇佣兵变成腰缠万贯的铁矿主，上海在德国作家笔下无疑是西方冒险家的淘金之地；而铁矿甫一建成开工，就引来各方势力虎视眈眈，明争暗斗风起云涌，阴谋诡计层出不穷，这个开在大上海的铁矿公司顷刻间成了一朵沾满鲜血的"恶之花"。

一方面，作家看到了各国殖民者的贪婪与丑陋，看到了他们在上海掠夺财富给这座城市带来的痛苦与罪恶，他对西方列强在中国的经济掠夺怀有极大的不满，对中国寄予深深的同情；另一方面，小说中的西方主人公被塑造为中国人的"救世主"，也将作者潜在的西方中心主义心态暴露无遗。小说主人公德国人阿尔夫·普莱姆被作者刻画为正义的化身，是一个集智谋、勇气与责任感于一身的完美形象，他在中国办厂采矿也不仅仅出于商人逐利的目的，还源于一个伟大的想法："把欧洲和亚洲联合起来"，也为"中国工业化提供我们的铁"，让中国发展繁荣、免于战争。受西方集体无意识的影响，在西方中心主义被尊为普世标准的前提下，作者不自觉地美化西方殖民侵略行为、将被殖民的中国人定位为"劣者"的立场在所难免。"殖民者用枪炮占领被殖民地区以后，为了掠夺资源而在被殖民地区修建铁路、投资工业以及强行推行现代生活设施，'现代性'往往被舆论渲染成殖民者的属性。这种舆论把人类文明简单划分成'现代文明'与'野蛮文化'的对立，被殖民地文化被渲染成'野蛮'文化，只有殖民者才能给'野蛮'地区带来'文明'。"①在殖民地开办工厂、采掘矿藏的掠夺行为被作者美化为救中国于水深火热之中的伟大举措，那些在中国办工厂、建设中国的欧洲人，"名字将被写在东方的欧洲人纪念碑的最前列。中国那生了铜锈的文化只能从西方获得这种心灵的力量——没有它，中国将永远无法睁开它作为未来之国的双眼"。西方殖民者认为，落后的中国唯有在优越的西方意识的主导下，才有可能"睁开双眼"，朝"进步"与"文明"进发，而其顽固的"东方性"本质极大地阻碍了这种进发。与此同时，作者代表的德意志民族又充满了民族优越感，俨然以西方阵营中的正义之师自居，五十步笑百步地批判英美等在东方公然开辟殖民地的国家，认为德国作为"在东方保持中立的国家"和"欧洲文化的代表"，理所应当地承担着拯救中国的使命。

---

① 陈思和：《有关20世纪中国文学史研究的几个问题》，载《文学评论》2016年第6期，第156—157页。

此外，小说中的其他西方主人公——普莱姆的昔日恋人柯奈莉娅、好友格拉夫、威灵霍普小姐等均被刻画为正直善良、大爱无私的形象。与西方"救世主"形象相对应，佩尔西斯塑造的东方形象一如既往地延续着神秘而邪恶的传统东方想象。在围绕铁矿展开的阴谋诡计中，不论是各怀鬼胎的始作俑者上海银行家龙楚、日本间谍高仓和俄罗斯女间谍安娅·波拉萨罗娃，还是推波助澜的中国政客，皆属作者眼中的东方文化阵营。而在小说另一主人公克劳斯·巴尔根身上，东西方文化的冲突更是体现无遗：巴尔根本是颇具天赋、前途无限的德国商人，却被来自东方的邪恶势力利用，深陷泥潭，差点儿断送了公司的前途与自己的身家性命。事实上，早在19世纪末，"黄祸论"就甚嚣尘上，对东方的妖魔化在西方早已成为主导话语，成为一种集体无意识。"一个'单一形态和单一语义的具像'一旦成为套话，就会渗透进一个民族的深层心理结构中，并不断释放出能量，潜移默化地影响着后人对他者的看法。"① 即使在20世纪二三十年代，上海已成为国际大都会、众多西方移民的第二故乡，但在作者眼里，上海仍然充满神秘、危险与罪恶，久居于此的西方人受"邪恶"的东方文化长期侵蚀，若无强大的意志力，便会陷入万劫不复的深渊。萨义德在《东方学》一书中指出，作为一种话语，东方主义是"西方用以控制、重建和君临东方的一种方式"。② 西方以自身为中心对东方进行想象与建构，东方作为"他者"，成为西方想

---

① 孟华：《试论他者"套话"的时间性》，载孟华主编：《比较文学形象学》，北京大学出版社，2001年，第190页。

② 爱德华·W.萨义德：《东方学》，王宇根译，三联书店，1999年，第4页。

象的产物。这一点在这部小说中得以充分体现,作者笔下的东方形象并非全然真实的现实写照,而是呈现出西方中心主义价值下的僵化模式。

如果说,作者在小说中一味将西方人物皆奉为正义、东方人物俱为邪恶,未免过于囿于成见,作品也会失之阅读价值。事实上,相较于当时其他西方小说对中国模式化、类型化的刻板描写,这部小说具有相当的进步性:小说塑造的两位有情有义、有血有肉的中国人形象令人印象深刻。巴尔根家的李姓管家忠诚、可信、谦逊、尽职尽责,是中华民族传统美德的完美典范;同时他又是一位哲人,是古老东方智慧的化身。这一形象打破了西方作家将中国人定位为"劣者"的传统立场,是一次突破西方中心主义的大胆尝试。另一个正面中国角色——少女杨桃是中国新生革命力量的典型代表,她善良勇敢,心怀民族大义,志在"解救中国",令小说中的西方人肃然起敬,是众多为民族独立自强发出呼声的进步青年的代表。作者虽未完全打破上海"异托邦""恶托邦"的刻板模式,也无法彻底挣脱西方中心主义的桎梏,但他突破西方作家将中国人定位为"劣者"传统立场的尝试是值得肯定的。尤其是杨桃作为中国新青年、社会新生力量的代表,暗示老上海、旧中国的命运必将迎来转机,显示了较为进步的中国观,作者对中国命运乃至未来世界格局的思考跃然纸上。

小说开篇写道:"在中国,亚洲、欧洲和美洲的势力每天都在金钱、权力和思想的战役中激烈交锋。只有中国,这个在我们那个时代一直仍未统一的中国,还太过弱小,以至于不能像现在这样在世界上维护自己。它似乎总是一再任由外国的力

量摆布。这样的情形还要持续多久？决定将在这十年里做出，还是要等到下个世纪？它是否会再次闭上眼睛、沉睡千年？"由此可见，书名《在上海做出决定》不仅是指几位主人公各自人生的决定，同时意指中国民族命运的重大决定。小说对20世纪二三十年代中国内忧外患、社会动荡、广大底层民众生活在水深火热之中的描写是社会历史的现实写照，对唯利是图、不顾人民死活的政客的讽刺亦针针见血。作者对中国的命运寄予深深的同情，并借书中人物之口表达了对英帝国主义在中国疯狂扩张行为的谴责；他崇拜中国数千年的文化传统和古老智慧，认为中国是"一个有高度文明的民族"。与同时代西方作家笔下的上海奇闻轶事小说或异域冒险小说相比，本书作者佩尔西斯的这番深刻反思更显难能可贵。

另外需要特别指出的是，尽管作者对中国的觉醒和变革抱有乐观的期待，但是，由于小说写成年代和作者本人认知的局限，小说中存在美化日本侵华行为和抹黑布尔什维主义的错误立场。小说塑造了一个空喊口号、贪生怕死的"布尔什维克"形象——邱固，显示了作者代表的西方资产阶级对布尔什维主义的误解、抗拒乃至恐惧。在西方人的眼中，布尔什维主义是对资本主义文明的致命挑战，西方国家眼中的苏联[①]则是一个充满威胁的异类。在塑造了危险的俄罗斯女间谍安娅这一形象之后，作者更是毫不掩饰地将矛头直接指向"布尔什维克"，曲解和抹黑布尔什维克是当时西方社会的普遍倾向。

翻译此书是艰苦的工作，亦是审美的享受。此译序是为抛

[①] 小说出版于1937年，故事情节发生于20世纪20年代，彼时苏联已经成立，但作者在行文中始终仅使用"俄罗斯"这一表述。

砖引玉，期待这部德语文学遗珠能让读者朋友们在多元文化背景下人物之间的明争暗斗和爱恨纠葛中，身临其境般地感受彼时上海的社会百态与人文风貌，体味文字背后的德国文化动因与民族心理。

小说主要人物（按出场顺序）：

阿尔夫·普莱姆：德国雇佣兵，曾受雇于中国的黄宗元帅（虚构人物），用黄宗赠予的开采许可证成立了上海—汉口制铁公司，在汉口附近的小镇陆伍屯办厂开矿

格拉夫：普莱姆的战友和忠实伙伴，德国人

蒋清：中国国民政府首脑（虚构人物）

沃罗迪：蒋清的高级顾问，俄罗斯人

茉德·威灵霍普：英国商人阿尔西·威灵霍普的侄女

阿尔西·威灵霍普：在汉口经商的英国桐油巨头

安娅·波拉萨罗娃：俄罗斯间谍

高仓：日本间谍

柯奈莉娅·谷德鲁斯–巴尔根：德国领事谷德鲁斯的女儿，普莱姆昔日恋人，后嫁给商人克劳斯·巴尔根

克劳斯·巴尔根：柯奈莉娅的丈夫，普莱姆的生意伙伴，德国人

阿尔弗瑞：职业代理人，英国人

李：巴尔根家的中国管家

哈尔贝克：上海商会会长，上海—汉口制铁公司股东之一，德国人

邢欢：旅店老板

龙楚：中国银行家

杨桃：龙楚的女儿

道尔夫:汉口一家医院的院长

米勒:被道尔夫院长派往陆伍屯救治肺鼠疫的医生

科劳森:被道尔夫院长派往陆伍屯救治肺鼠疫的医生

贝尔格:来自立陶宛的枪火走私犯

曹恒:国民政府湖北省省长(虚构人物)

邝固:试图在矿厂工人中煽动闹事的香港人

齐凡:陆伍屯最年长的长者

亚宾斯基:俄罗斯药剂师

灰燕:柯奈莉娅的中国女仆

安娜:被道尔夫院长派往陆伍屯救治肺鼠疫的护士

埃特玛:荷兰商人,上海——汉口制铁公司股东之一

佟医生:为普莱姆治疗的医生

安德森:丹麦商人,上海——汉口制铁公司股东之一

赫尔伯特·克劳姆讷:上海——汉口制铁公司股东之一

冯·韦斯特恩:老谷德鲁斯的朋友、律师

吴:上海租界的中国警察

布朗:上海租界的英国警察

翁图:国民政府上海市市长(虚构人物)

在中国，亚洲、欧洲和美洲的势力每天都在金钱、权力和思想的战役中激烈交锋。只有中国，这个在我们那个时代一直仍未统一的中国，还太过弱小，以至于不能像现在这样在世界上维护自己。它似乎总是一再任由外国的力量摆布。这样的情形还要持续多久？决定将在这十年里做出，还是要等到下个世纪？它是否会再次闭上眼睛、沉睡千年？

中国微笑着——中国是永恒的。

——作者
1937年春

1

黄宗元帅的通讯联络机从北平飞回汉口。这座中国城市里的火光在夜的边缘熊熊燃烧着。

"失败了——"阿尔夫·普莱姆在螺旋桨的轰鸣声中说，"中国的神灵真是冷酷无情。"

格拉夫扯了扯他的衣袖，示意他看油量表。

普莱姆耸了耸肩：不可能！

格拉夫恼火地眯起眼睛。没错，形势看上去令人绝望。蒋清的部队已经到达汉口的中心。病危的黄宗已经逃离汉口的传言，恐怕是真的……

根据北平方面的消息，普莱姆和格拉夫已无法再有什么别的期待了。普莱姆原本还希望能在见面之前联系到元帅。

两个男人对视片刻，无须言语便理解了彼此的想法。

普莱姆让飞机慢慢回旋降落。即便是最好的发动机，没有燃料也无法运转。

一束朝夜空射来的探照灯灯光从飞机旁边扫过。普莱姆决定直接降落。飞机在地面颠簸了几下，然后缓缓滑行直到停止。两人摘下帽子，在地上活动起了腿脚。

"安静得出奇！"格拉夫咕哝道，"我倒更情愿我们立马被抓起来。"

普莱姆大笑着，从地面上拾起了什么东西。

"你永远也搞不懂中国的作战方法，格拉夫！"他把一个带有蒋清部队标志的军官帽递到他的同伴面前。"这是那边躺着的那个男人的帽子——他已经死了！可以得出什么结论？"

"这里刚刚发生过一场战斗！"

"非常聪明！而且是一场胜仗。一个中国统帅是不会留下哨兵的，因为他确信他的敌人——更准确地说是敌人的士兵，确信他们绝不会再次踏上自己失利的土地试图碰运气。"

"是沃罗迪？"格拉夫问。

"是沃罗迪！"黑暗中再次响起普莱姆的笑声。"你觉不觉得，蒋清允许他参与了更高层的决策？这个俄罗斯人对将军都服从了他的指示一定很得意吧？我们悄悄四处找找看有没有燃料——但愿这些家伙给我们留了几桶汽油。我穿过这里去大厅——"

普莱姆走向被遗弃的飞机库阴影里。从汉口方向又传来了枪声。

机库的门锁已经被砸开了，普莱姆小心翼翼地从狭窄的门缝里挤了进去，门闩发出嘎吱嘎吱的声音。就在他打开手电筒的一瞬间，他又马上把手电筒开关的小按钮按了回去。有人正在他的脚前打鼾。

他一动不动地等待着，直到他的眼睛适应了从外面照进来的微弱光线，辨认出这个睡着的人是一个中国士兵。这个男人把枪和雨伞靠在墙边——普莱姆不由得露出一丝微笑：就算是蒋清也不能让这些家伙丢掉他们的雨伞！他小心翼翼地把这男人的枪背在背上，把刺刀从靶子里拔出来，塞进一堆木箱里。如果这家伙现在醒来的话，至少不会开枪把他击倒了。他到底还是低估了沃罗迪的影响力和聪明才智：有一个哨兵被留了下来，幸好只是一个在行军和战斗之后由于过度疲劳陷入昏睡的哨兵。

手电筒的光束照到了一架飞机的残骸，破损的螺旋桨躺在地板上，机翼一半被毁，发动机破成两半。普莱姆痛惜地用手抚摸着这架容克式飞机，七七一一——他曾用它数次培训中国飞行员，最后一个驾驶过它的是严檀，这个伶俐的香港小伙子也已经不在人世了。

一定是沃罗迪下达了命令，将他暂时无法使用的机器全部毁坏，汽油和机油全部倒掉。普莱姆的鼻子一下子就嗅到了汽油的臭味。一根火柴就足以将整座木结构建筑化为一片火海！

悄悄溜出去的时候，普莱姆忽然想起了那顶军官帽。他无意中把它挂在了机库里的一个钩子上。妙极了！——把这个东西戴在头上，就没有下等兵胆敢靠近他了！他退后了几步，把帽子戴在头上。这帽子自然是太小了，它可能让他看上去像个小丑。但是在中国，在汉口一带，戴着它总好过像眼下这样戴着元帅部队的徽章去散步。

普莱姆出了机库,没有受到任何阻拦。

他听到昏暗中有一个女人在另一边叫喊,如果不是幻听的话。没错——现在他又一次听到了这叫喊声,而且,毫无疑问,是欧洲口音!听到下一句喊声时他已经跳过了栅栏,向道路后面的欧式房屋跑去。他一只手臂下夹着枪,另一只手拿着手电筒,踏进了敞开的大门。

2

普莱姆寻找的那个女人又发出一声愤怒的叫喊,伴随着一个变声期年轻中国男人的笑声。普莱姆知道,他找对了地方。他悄声穿过黑暗的房屋大厅,来到一个房间。这房间在汉口方向的火光映照下勉强有点儿微弱光线,他的提灯发出的光便显得十分刺眼。

这是一个类似图书室的地方。家具狼藉,其间的地板上堆放着书籍和文件,两个中国士兵正在逼迫一个白人妇女。

她蜷缩在书桌后面的角落里,用手脚阻挡着入侵者。这个女人此刻急忙用手抓起衣服上的碎布,以尽可能地保护自己不受三个男人目光的侵犯。

"要我把你们报告给将军吗?"普莱姆用汉语严厉呵斥两名士兵。

他们嘴里嘟囔着一些听不清的话。这个军官想干什么?不是战斗了一整天了吗?为什么要阻扰他们找一点儿小乐子?现在应该走过他身边溜出门去吗?他们太了解这些"俄罗斯人"的做派了——他们会抓住一切机会打人——被人用枪杆子在肋骨之间挠痒痒，这可不怎么舒服——

"滚，滚！"普莱姆用威胁的语气说，"你们不知道什么是命令吗？"

嘘！这外国人看上去很愤怒！难道他就是那个传说中的沃罗迪，那个掌控着所有人生死大权的神一样的白人？

他们指着书桌，啰哩啰嗦地辩解说是这个女人先攻击了他们，他们原本只是想逗她玩的。

"这一次——"普莱姆挥了挥手，"我放你们走。——住手！不许碰枪！否则你们只会用它捅娄子！出去！"

"我们不用背着枪了？"他们露出了愉悦的微笑。

从他们犹豫不决的表情看得出，尽管他们为行囊重量的减轻而高兴，但是不带武器撤离的命令还是让他们感到困惑。

但是眼下，探究这个"白人恶魔"的想法不是他们该做的事情。他们必须赶快从这个军官身边溜出门去，回到大火蔓延的城市，以期寻求对这次被打断了的取乐的补偿。

普莱姆尝试开灯，但是灯没亮。他不得不继续开着手电筒照明。真让人恼火！降落之前他已经把最后一块电池装进手电筒了。

"您别做这没用的事了！"那个姑娘说道。她还是站在书桌后面，没有血色的手抓着衣服上残破的碎布，紧紧挨在身体两侧。"整个欧洲区的照明都被切断了。——您到底是怎么来到这儿的？"

她说的是英语，腔调里缓慢的短音阶让一门冷冰冰的语言也变得旋律生动起来。

"我是紧急降落在这里的，"他简单地解释说，"我开着元

帅的最后一架飞机,也许现在它已经属于南京政府了。眼下我还不清楚它的所有权归谁。我会把您带到安全的地方的。"

他发觉,她正在皱着眉毛打量着他的帽子。

"也许——"她拉长了音调说,"我应该感谢您?我倒更情愿,您没有阻拦那些黄种狗,让他们杀了我!"

"您更愿意被杀?"普莱姆把枪放在那两个士兵没有带走的武器旁,"我看那些家伙倒像是另有所图。这个屋子里有没有您能穿的衣服?暖和的衣服?我可没法给您提供一架供暖良好的客机。"

她依然保持着防卫的姿态。

"我去你们的俄罗斯兵营里做什么?您是蒋清手下的一位军官,不是吗?也许您就是沃罗迪本人!"

她的推断让他不由得大笑起来。他脱下这顶捡来的帽子,若有所思地看着帽子上原主人的名字和编号。

"我今天已经是第二次忘记了这顶帽子的存在了!"他把它递给她,"您自己看,上面是一个中国人的名字。它能保护我不被认出来。我是德国人,我叫阿尔夫·普莱姆。您看看我的护照就相信了。这帽子是我捡来的,它的主人被打死了,尸体就在机库附近。"

她的整个身体颤抖着。终于,她铆足全身的劲儿做出了决定。

"我愿意相信您,普莱姆先生!请您照明吧!"

她走在前面,一开始脚步还有些踉跄,带他来到了一个女人的卧房。敞开着柜门的衣柜前,大衣和裙子散落在地上。普莱姆关上了手电筒;外面的大火熊熊燃烧着,黄色的火光中混合着血色,晃动闪烁着照在窗户上。她在一个刺绣屏风后面匆匆穿好了衣服。

"这个房子里的所有人都逃走了吗？"他沉思着问道。

"没有，不是所有人。三天前，阿尔西叔叔开车去城里上班，把他的英国司机乔纳斯留下来看门。他当时要去给领事递交重要的文件，离开领事馆五分钟后他就被枪杀了。蒋清的士兵抓走了乔纳斯，中国仆人早在事情发生一周前就哭着听命离开了。"

"请原谅我这个或许有点儿冒失的判断，"普莱姆打断了她的话，"这些欧洲人大约十天前就有机会离开汉口，把他们送走不是您叔叔的责任吗？"

"哦，阿尔西叔叔比任何人都尽职尽责！"她激动地答道，"他本来要开车送我走的，是我让乔纳斯在城里停车，偷偷坐一辆黄包车回到了这里。这是我的错。然后——这房子空了，只有我一个人，惊慌失措，从早哭到晚——我看到窗外有两个士兵。我不知该逃到哪里去？他们便进来了！"说着，穿戴整齐的小姐向他走了过来。"呐，我换好衣服了！"

从花园往外走的时候，普莱姆说："请您尽力祈祷格拉夫一切顺利！——格拉夫，"他又解释说，"他是最能干的设计工程师之一，现在的情形却迫使他不得不做装配工人来修理我们的飞机。"

她停下来站在路中间，把手伸给他。

"普莱姆先生，谢谢您。即使在这个时候您还能以诚相待。在这个疯狂可怕的国家，这可是非常罕见的品质。"

他轻轻松松地把她举过了道路和临时凑合的"停机坪"之间的栅栏，然后自己也一跃而过。

"您想想，"她忽然想到了什么，"您都还没有问过，我是

谁,我叫什么!"

"我想,等您觉得可以告诉我的时候,您会主动告诉我的。"

"茉德·威灵霍普。"她直截了当地说。

"威灵霍普?您的阿尔西叔叔是——老威灵霍普?桐油巨头老威灵霍普?"

茉德·威灵霍普无法回答他的问题,失去亲人的痛苦让她说不出话来。普莱姆扶着她的手臂,静静地站着。

"听到了吗?军队行进的声音!我们现在得快点儿。您能跑吗?"她点了点头,努力忍住眼泪。"好!把手给我,您的大衣也给我。现在,希望中国的各路神仙能助我们顺利起飞!"

地面上笼罩着一层浓浓的雾,从雾气中缓缓显现出飞机的轮廓。螺旋桨旁,一个肩膀宽阔的男人正在忙碌。

"格拉夫——这位小姐,威灵霍普小姐,是我们的乘客。汽油怎么样了?"

格拉夫对威灵霍普小姐微微颔首,以示问候。

"兵营的偏房里藏了几个备用油桶。你离开了很久,兄弟——"普莱姆拍了拍伙伴的肩膀。

"发生了什么,你也看到了。喏——"

"好吧——"格拉夫扶着茉德·威灵霍普登上了飞机,指给她座位。"我还把气缸清洁了,普莱姆,这对它们有好处。这个帽子,小姐,请把它戴在头上。"

普莱姆爬上他的座位。格拉夫发动了螺旋桨,然后跳到操纵杆那边去。他刚一坐到飞行员旁边,飞机就已经开始向前滑行了。

普莱姆兴奋地在空气中嗅了嗅。

"中国的神灵们很仁慈,"他边操纵操纵杆边对自己说,或者是对他们迎面飞来的云霄说道,"动力燃料和雾——"

情况还是不错的,飞机一直听话地服从着升降舵的操纵。在六百三十米的高度时,飞机第一次猛冲,机翼旁的气流发出呼啸声。四分钟后,飞机进入厚厚的云层。

3

这不是真的,而是一场梦。上海国泰大酒店的温室花园里,棕榈树和兰花之间传来马林巴木琴的乐声。衣着和姿态优雅的舞伴们慵懒地挪动着舞步。"五点钟"下午茶会的宾客们倚在藤制安乐椅上,享用着琳琅满目的饮料和咖啡。当然还有威士忌!没有威士忌的上海是不可想象的!

安娅·波拉萨罗娃让日本代理人高仓给她点上烟。这个俄罗斯女人一边继续聊天,一边打量着从楼梯上慢慢走下来的陌生男人。这个男人的鼻子上架着单片眼镜,长柄眼镜举在手里,打磨锋利的镜片向四周闪着光。这是一个如此让人好奇的对象,以至于坐在稍远地方翻阅着一本书的女士也不由得注意到了他。

歌舞的节奏慢了下来。

一位侍者像猫一样悄无声息地跳到那位穿着便装的女士那里,帮她捡起滑落的书。这一刻如此寂静,到处都听得到书页和封皮在地面上碰撞发出的微小声音。人们看到,这位女士没有向侍者道谢,令人惊讶的是,她大得吓人的灰色眼睛里露出无助的神色,像一只受惊的小鸟。

那个陌生男人与分别数年后的巴尔根夫人碰面了,后者是来自汉堡的谷德鲁斯领事的女儿。他们怎么会在国泰大酒店的大厅里这样意外相逢?

这时,乐队奏响了一曲探戈。紧张的气氛马上被重新步入舞池的舞伴们打破了。

一位法国企业主趁机走近那位引人注目的陌生人。

"Monsieur? Mylord? Mein Herr?"① 他分别用法语、英语和德语试图跟他搭话。

阿尔夫·普莱姆像绕开一个讨厌的影子一样绕开了他,他挡住了他的视线,以至于这美妙的梦境差点儿消失——

同样被他拒绝的国泰大酒店接待经理也摇着头,他找到了与普莱姆的目光交叠的终点:那个每次都正好在五点钟露面的冷漠的汉萨女人!她从不叫他给她指派酒店里的职业男舞伴。哦——好吧——有点儿意思!

经理悄悄走开,走到一个不起眼的地方暗中观察。随着他从视野中消失,普莱姆面前的路变得畅通无阻,在他面前,从梦境到真实只有十四五步的距离。一段很长的路——他好怕眼前这幅画面在羊皮纸灯上神秘的黎明里消失。阿尔夫·普莱姆从未想过,能够做这样一场梦!

"柯奈莉娅·谷德鲁斯——"他看着她,恍恍惚惚地说,"万万没想到,我会在到上海的第二天,在这里遇到你!"

柯奈莉娅心里涌起一股热浪,全身的血液涌向她的脸上,之后又消失了。

---

① 分别是法语、英语和德语的"先生"一词。——译者注

"不是吗？"她微笑着，挪放着原本就摆放得非常整齐的茶杯和茶壶。"您很惊讶吗，阿尔夫？请坐，亲爱的朋友！哈，您在看我的手，没错，我结婚了。阿尔夫，没有人能因此责备我，您也不行。我等您等得足够久了。"

"我怎么可能责备您？"他沉吟道，"我不是一再在信里说：忘记我吧，柯奈莉娅！我是一个无药可救的雇佣兵，我永远也不会变成领事大人所希冀的那样！"

"不，"她摇了摇头。灯光照在她的头发上，透出迷人的光泽。"不是这样的，阿尔夫。我一直遵守着我的诺言，即使是在看了您的来信之后！但是，后来有人告诉我，您已经——"她顿了一顿，"现在您就这样坐在我旁边，这真是令人难以置信！有人告诉我，您已经——已经不在人世了！阿尔夫！"

"好吧，"阿尔夫说，"这确实差一点儿成为事实。是谁告诉您这个消息的，柯奈莉娅？"

"是我的父亲，阿尔夫。他临终前给我看了汉口军队医院答复他的电报。"

他用温暖的手握住她的手。

"人不是每天都能遇到从天堂来的人物的，不是吗，柯奈莉娅？生活时不时会给我们保留一些特别的、令人意想不到的事。对于我来说，谷德鲁斯老先生去世的消息也是如此出乎意料。他和我，我们俩并没有过特别密切的联系。但是对于您而言，没有比他更好、更关心您的父亲了。这位滑稽的科林斯国王[①]对他的生意考虑得过多，而忽略了世界上还有别的重要的

[①] 科林斯国王，希腊神话中悲剧人物俄狄浦斯的养父。——译者注

事。请您原谅我,即使我面对这个令人悲痛的消息,依然没有对您掩饰我真实的想法!"

她完全听不到他在说什么,无数稀奇古怪而错综复杂的情绪涌上心头:阿尔夫·普莱姆——他还活着!那些原本似乎早有答案的问题又浮现在脑海。

"阿尔夫,"她把身子转向他,试图弄明白,"自从那封来自汉口的电报之后,我就再也没能收到过您的来信——"

她无助的眼神迫使他露出一丝吃惊的微笑。

"柯奈莉娅,您真的以为我不能理解您的遭遇吗?您知道,当时间让我们彼此疏远,而您也尝试着过自己的生活时,我是如何违背自己的心意而佯装高兴的吗?那时的我很失意,完完全全地失意!虽然老谷德鲁斯迫于无奈帮助了我,我却那么不愿意给他这样的机会。或许,对于您和您对我毫无保留的信任来说,我的自负无异于一种罪行。"

"不!"她激动地打断了他,"我对您别无所求,阿尔夫。您经历了这一切之后——唯一一个试图在上海商界让每个人都信服的人,就是您。只因为您驳斥了一个侮辱德国名誉的人,人们就想毁掉您。"

"当时执掌话语权的那一派成功了。我想跟随内心的正义,我能为这正义牺牲我的幸福,就好像被牺牲的是别人的幸福那样。我知道您的心意,柯奈莉娅。除了您,没有人明白我为黄宗工作的原因。但我能把您牵扯进我不确定的、冒险的命运里吗?我负担得起这个责任吗?"

音乐的声音变大了,一曲甜蜜华尔兹圆舞曲的和弦响起。普莱姆凝视着跳舞的人和他们缓缓挪动的步伐。他忽然觉得，这些人消磨时光的方式看上去就像是对这个国家内部危难重重现状的嘲讽。他压制住了怒骂的冲动。

"阿尔夫——"谷德鲁斯用恳求的语气说道，"您应该了解事情的原委。爸爸在他人生的最后几个小时里接到了那封电报。我不得不向他承诺，嫁给克劳斯·巴尔根。您知道，他是那么把公司的未来放在心上！"

"克劳斯·巴尔根！如果说我希望看到您成为别人的妻子，那么只有克劳斯·巴尔根看上去是那个正确的人选！虽然我跟他常常意见相左，但我们彼此都很看重对方的观点。谷德鲁斯一直都很信服巴尔根出类拔萃的能力。我只希望，但愿克劳斯也有让您幸福的才能，柯奈莉娅。"

柯奈莉娅·谷德鲁斯-巴尔根接过他递来的香烟。她靠在沙发里，已经从这次重逢一开始带来的激动情绪中解脱出来。

"我曾思索了很久，我是否应该期待从另外一个人身上得到幸福。"她沉吟道。

他用手拨开烟雾，仿佛拨开覆盖着模糊不清的思绪的一块面纱。

"那时我躺在汉口的医院里——遗留在肺部伤口里的子弹差点儿要了我的命——那个时候，从肉体的角度来看，我的生命真的是一文不值。除此之外，它还有多少分量呢？我不断地问自己。我一边因为发烧而打着寒战，一边对自己说，在生命可能要走到尽头之前，生前所有的账都要清算得干干净净！您好奇我的答案？像我这样的男人满世界都是。我苦思冥想了很久，为什么我们奔赴异国他乡这种自认为勇敢的行为，那时候在我们的故乡却完全没有引起任何反响。我们以为，一些男人

能够让德国再次变回它曾经的样子——不必再忧心于它的人民、它的担忧、它的希望。人民不理解我们。男人们必须做好牺牲自我的准备，只有着手于世界历史长河的这一瞬，一切才能成为可能。认识到这一点，我们才能知道以后该如何发展。然后，我们要从这一点出发去看——"

"在我看来，"她笑着对他说，"我们在新的行动中很快就会产生这种认识吧，阿尔夫？"

当他意识到自己不该在中国的一个临时军队里挥霍人生时，这是他唯一思考的问题！而她，柯奈莉娅·谷德鲁斯，她竟如此轻易而不假思索地就把它说了出来！——不，是柯奈莉娅·巴尔根，她已从父姓更换为他同样熟悉的一位朋友的姓氏，他必须先习惯这个姓名。

"计划？"他思忖了片刻，"您相信吗？我已经放弃给自己编造出一个理论上的打算了。啊——我的被保护人来了！"只见一位年轻的女士向他们的桌子走来，"抱歉，失陪一会儿！"

柯奈莉娅·巴尔根不明白，这位穿着丧服的女士为什么会是普莱姆的"被保护人"。好吧，这个问题也不是她该考虑的事了。她努力试图把涌上心头的这种彻底失去的痛苦感归咎于重逢的意外。

"威灵霍普小姐？"她听见他问候那位小姐。

"普莱姆先生，真是太谢谢您了！"那位被称作威灵霍普小姐的女士应道，"房间的女侍者告诉我，这些衣服是您给我送来的。您在我这个一贫如洗的逃难者身上破费太多啦！我的衣服已经够穿了——"

"您自己知道，还缺很多东西呢。可惜我对这些东西不甚了解，故而没法在上海的商店里买到符合您要求的东西。我想，您至少敢去城里逛逛，亲自去置办剩下的东西吧？请允许我介绍您跟巴尔根夫人认识。这位是威灵霍普小姐——"他介绍道，"我们是在汉口认识的。当时的情形下，威灵霍普小姐移居到上海看上去是比较妥当的选择。"

柯奈莉娅·巴尔根请威灵霍普小姐坐下。

"您刚来租界？"

茉德·威灵霍普点点头。她光洁的额头，坚毅而小巧、典型的盎格鲁–撒克逊人的下巴使柯奈莉娅对她颇有好感。

"您看上去跟普莱姆先生很熟？"她反问道。

"我们是老朋友了。"柯奈莉娅回答，心里暗自惊讶，她们之间的初次对话竟是以这样出乎意料的方式开始的。

"那么，以您对普莱姆先生的了解，您应该可以想象，尽管普莱姆先生如此轻描淡写地讲述了我们在汉口的相遇，但事实上，他在那个已经被蒋清占领的城市里救了我的命。"

普莱姆本想纠正她的说法，但是威灵霍普小姐已经开始跟她的新朋友详细描述在汉口发生的事情了。

"中国——"柯奈莉娅叹着气说，"一个癫狂与奢靡共存的国度，有人疲于奔命，有人终日享乐。激烈的战斗正在汉口进行，而在上海，在这里，我们却坐在歌舞升平的大酒店里。"她突然仿佛下定了决心似的向威灵霍普小姐伸出手，"请接受我的友谊，茉德小姐。您今天搬到我那里去吧，您不会不愿意吧？"她不等她回答，便紧接着用不容反驳的语气说："比起住在酒店里那种无家可归的感觉，住在我那里对您更好，这能让您摆脱一切可怕的事情。威灵霍普小姐，马上跟我

一起走！普莱姆，您可以傍晚的时候来看我们，克劳斯见到您——还活着，他一定会很开心的！"

4

即便是交易所里的巨头们也不可能预见所有的事情。国际金融世界打造出的用来统治中国的武器有时也会反过来，向那些冷酷而熟练地用它牟利的人开炮。

这种事情近些天就在上海的交易所里上演了。行情完全乱套了，一开始，汉口所有的股价都往下跌，挡也挡不住。接着日本的股票大涨，奇怪的是美国的也跟着日本的一块儿涨。好，玩家们想，蒋清背后的靠山是美国。那我们就买美国的股票！六小时后，美国股票便大量投向市场。

刚刚结束这场战斗的克劳斯·巴尔根精疲力竭，一败涂地。在此之前，巴尔根（谷德鲁斯的继承人）越来越强烈地感到，公司要被世界贸易的危机给掏空了，直到因为中国无休止的内战而导致的物资损失给巴尔根布置了几乎不可能完成的任务。那一天，他鼓足勇气第一次涉足证券市场，可怕的三个小时之后，他便摆脱了全部的困境——这三个小时也让他经历了这金钱的游戏仿佛毒品一般无与伦比的紧张刺激。很快，各个交易所就开始密切关注并参与进了巴尔根的生意。他被视为有敏锐直觉的男人，他之所以能成功，看上去都是来源于他对股票倒卖之间的微妙关系那超乎寻常的了解。

柯奈莉娅·巴尔根和普莱姆久别重逢的那天，快要下班的时候，巴尔根坐在他私人办公室的书桌前，桌上放着近百张小纸条。他用铅笔在这些纸条上不停地涂涂写写，画上一个个新的数字。美元、鹰洋、日元、英镑、意大利里拉、法郎。

城市里污浊的空气和街道上古怪的喧闹声透过虚掩的窗户钻进房间里。汽车喇叭声盖过了苦力和商贩的吆喝声。从千千万万混乱的嘈杂声中传出一个持续的、令人害怕的、毫不留情的咆哮声。

真是古怪！克劳斯·巴尔根想。有那么多需要考虑的事情：重要的事情，命运，已成定局的事情。而他苦思冥想的不是这些，却是那些从这座城市的节奏里传到这儿来的古怪的声响，全世界再没有哪里还会有这样有节奏、有韵律、使人心烦意乱的噪声了。

他收回想要按桌铃的手。瞎折腾，代理人现在会怎么做？一刻钟后所有的职员就都要知道了，公司处于什么样的情况！他，克劳斯·巴尔根，必须独自对付现在的事态。

有人敲门。

"阿尔弗瑞先生想要跟您谈话。"姓曾的账房听差通报说。他在发出名字中间的 R 时舌头打结，就像所有中国人那样。

"阿尔弗瑞先生？跟他说抱歉——"

中国听差打算离开。巴尔根思索了几秒。

"等等！"他叫住了听差。

曾一言不发地站住等着。

阿尔弗瑞是那个被赶出商会的男人！巴尔根厘清了形势。他的生意并非完美无瑕。在上海，又有谁的生意能经得起每一次考验？阿尔弗瑞并不是什么绅士，他看上去完全不在乎这种名声。他想跟我谈话？他知道我生意亏损了吗？还是说他

是带着一笔大宗交易来找我的？上海有名望的商人们有时候会把一些大额交易托付给他——用他们的钱，以阿尔弗瑞的名义来做。

巴尔根看了看那中国听差。曾还一直僵硬拘谨地站在门边，从他的眼睛里看不出任何东西。他的目光空洞，穿过墙壁，越过无边无际的中国大地，不知望向何处。

"请阿尔弗瑞先生进来！"巴尔根下令。

他刚刚把凌乱的纸条摞好，阿尔弗瑞便已经在向他微微鞠躬了，他只好向他打个邀请的手势，让他进来。

阿尔弗瑞的一身着装紧跟英伦时尚潮流，他拉过巴尔根书桌近旁的一把铁艺椅子，跷起二郎腿，惬意地脱下手套。

"您的办公室真不错，巴尔根。"他用极为亲密的语气说道。巴尔根花了很大的力气才强忍下对这毫无规矩的称呼的怒气。

阿尔弗瑞察觉到巴尔根脸上一闪而过的变化，看出巴尔根在他进门的时候无论如何也要努力表现出亲切友好的态度，表现得足够礼貌，以掩盖他和客人之间存在的距离。

"您——"巴尔根极不自然地开口答道，"肯定不是——"

"专程来称赞您的办公室的？"阿尔弗瑞把胳膊撑在巴尔根的书桌上，用从容不迫且笃定的目光注视着巴尔根和他桌上的物品。"您大概想说这个？如果我真的就是因此来拜访您的呢？"

他的从容不迫让巴尔根心烦意乱。

"那么——"巴尔根想要站起身来。

阿尔弗瑞抓住了他的手腕，而自己的姿势一动不动。

"别这么着急嘛，巴尔根。"他哈哈大笑起来，"您不必在我面前假装毫不疑心。请您安静地听我说两分钟。我来您这里是为了参观参观这个办公室，看它能派上什么用场。"

仿佛全身瘫痪了一般的感觉向巴尔根袭来。

"这——这——这是什么意思？"

阿尔弗瑞不动声色地从檀香木烟盒里拿出一根香烟，用打火机点着，向天花板吐了几个烟圈。

"喏，您不打算否认这些房间很快就要被出租了，对吧？"

"阿尔弗瑞先生！"巴尔根决定不管怎么样也要结束这次谈话了，"关于这个问题，您得去与房地产管理处商讨。"

"没错——如果我的委托人们只是想要您的房间的话。但我接受了进一步的全权委托。"

"您的委托人是谁？"巴尔根问道。

"都是非常有影响力、非常富有的商人。当然了，他们有着强大的资产，名声也是无可指摘的。我言归正传。您遭受了无法应付的亏损，除了您和我，暂时只有极少的人知道此事。目前为止，除我俩之外，只有一个人知道，您对中央政府提出的赔偿要求是您最后的指望了——"

"很好——"巴尔根深深吸了几口气。他必须这么做。他可以向中国政府提出要求，这就足够让他继续获得贷款，用以平衡现在的赤字。他对自己的事情很有把握。"请您继续说下去！"说着，他也点起了一支香烟。

阿尔弗瑞就事论事地告诫道："政府明天上午十一点就要正式公告您的决定了。我的朋友，您必须得在十点五十九分之前做出决定！"

巴尔根恼火地起身，在房间里踱了几步，又突然停下来站在阿尔弗瑞面前。

"您的告诫真是富有启发性啊！"他用讽刺的语气说道，"抱歉，我没有搞清楚，这跟您到我这儿来有什么关系？"

阿尔弗瑞看着他的眼睛，回答说："政府已经在秘密会议里对受损失的欧洲人的申请表态了。我们，我的委托人跟最高部门有关系，所以结果已经在我们手里了：所有在一个特定的时间点以后产生的损失将不会由政府方面进行赔偿。对此的解释是，在那个时间点，军队在未得到授权的情况下进行了交战，这被视作外国为军阀提供资金以继续一场不为政府所预期的战斗的证据。巴尔根，您的申请被永久地驳回了。我到这里来，就是为了给您指引一条挽救名誉的路。"

一种难以承受的巨大压力紧紧揪住巴尔根的太阳穴。这是自然的。他尝试着用一种讽刺的绝望来给自己一个教训。为什么阿尔弗瑞会出现在这里！这是一个我和我这一类人都肯定完全无法认同的人。他在欧洲世界的观念里是一个没有分寸的人。上海的社会是这种人存在的唯一平台——在这里行动着，思考着，希冀着，或许——也痛苦着——无论如何，他，巴尔根，都要为抵抗这个入侵者而自卫。他停下了激动地走来走去的脚步。

"这样欲言又止、故弄玄虚，您自己不觉得奇怪吗？毫无意义。"他想反驳阿尔弗瑞最后的那句说辞。

阿尔弗瑞耸了耸肩。"亲爱的巴尔根，我亲身经历过'习惯性思维'会导致什么，如果人们无法做到跳出偏见的壁垒大胆地讲话。"

"您已经敢于跳出来了！"巴尔根的语气里是掩藏不住的绝望。尽管如此他还是观察着他的客人并发觉，阿尔弗瑞看上去出乎意料地很受他们之间的对话触动。

"我们开诚布公地谈谈吧，巴尔根！"这代理人将这场两个人之间没有硝烟的战斗引入了新的一章。"我的委托人已经做好了接手贵公司的准备，包括您的全部债务在内一并接手。他们想要通过这种形式得到您的业务联系。像这样的协议我促成了不少，也从中赚了很多钱。但是在您的案子里，我决定做点儿不一样的。吸引我的并不是佣金。几年前您曾帮过我一次，您可能已经完全不记得了。当我说您的名誉可以得到挽救的时候，我想到了这个。我深深体会过这种失去社会尊敬的痛苦。现在，就在今天，我有一个微小的期望，即通过您，通过为您效劳，重新被引荐进商会。而您，巴尔根，您也可以重新开始，我可以让您支配我在这个生意里的股份而不必缴税。"

巴尔根紧紧地皱起了眉头。

"真可惜，阿尔弗瑞先生——"这一刻他的声音听起来真的很悲伤，"您为何能如此毫无顾忌地说出您的一些奇怪的想法？您差点儿都要激起我的同情了，虽然今天对我而言可能不是一个适合去惋惜别人的时候。您看：您的国家创造了'绅士'这个概念，而我的国家创造了'可敬的商人'。对于这两种人而言，贿赂都是行不通的。在眼下这个极其糟糕的时刻，您的委托人或许可以买走我的公司，但不可能收买我！阿尔弗瑞先生，我们的会谈也就到此为止了。"

面对巴尔根的谴责，这位中间人只花了几秒钟便努力压制

住了内心的情绪。他坐着戴上手套。虽然不情愿，巴尔根也不得不钦佩他。戴上手套！阿尔弗瑞这是想要先发制人，消除他与他握手道别的可能。

"很遗憾我们还不能彼此完全达成一致，巴尔根。我们双方都忽略了一个好处。对于我来说，我的佣金不足以与重新进入商会相抵消。我可以请您明天早上十点给出一点建议吗？公证人将在我的办公室里等你。"

在出门的地方，阿尔弗瑞鞠了一个动作标准、形式完美而又漫不经心的躬："拜拜，巴尔根！"

5

阿尔夫·普莱姆和克劳斯·巴尔根站在壁炉前。壁炉里的火焰上下窜动着，比起用作取暖，这火焰美如画的样子更加引人注目。一盏羊皮纸灯罩的落地灯发出柔和的光线，投射在茶几和沙发上。

普莱姆看出，面对他们这次出乎意料的重逢，巴尔根竭力想要显得沉着镇定。这位如今已是柯奈莉娅丈夫的人现在正把冰镇过的苏打水倒进两个威士忌酒杯，倒出的苏打水发出咝咝的声音。

"阿尔夫，"他的声音里充满了不确定，"你能排除一切艰难险阻重回文明世界，这真是太了不起了。我们得为此干杯！"

在这一瞬间，阿尔夫意识到，巴尔根和他个子几乎一模一样高，谁也不必仰视谁。这真是命运的恩赐啊。

"老小子！"他发自内心地说道。听到他这样叫自己，巴尔根投向老朋友的眼神由不安转为感激。"希望我没有让这一切变得更糟糕,我的朋友!"阿尔夫继续说道,"柯奈莉娅成了你的妻子,这是她自由选择后做出的决定!我得接受这个事实,这是我必须做的。但是我也要告诉你,对于你们的结合,我感到很高兴。只希望你能允许我继续做你们的朋友——你的朋友,也是她的朋友!"

他的话字字句句都让巴尔根从那种自普莱姆进门起就一直包围着他的不自然的紧张情绪里解脱出来。

"谢谢你,老伙计!"他磕磕巴巴地说,"当然了,一言为定。但愿我永远不曾失去过这种情谊——"他的话又戛然而止。"你知道,我们当时不得不相信——"

"相信我已经翘辫子了!"普莱姆大笑道,"这是最好的,在我看来这个小小的错误就像是命运的召唤。柯奈莉娅——你了解的——她太正直高尚了,只要她知道我还活着,就不同意取消我们的婚约!"

"你的意思是——"

普莱姆咬了咬嘴唇,打断了巴尔根的话:"不,不!不要误会我的意思!一个像我这样飘摇不定的人永远都不适合成为谷德鲁斯家的女婿!我不想为了照顾你的感受而撒谎,宣称自己已经不再爱柯奈莉亚了!请原谅我的坦白,巴尔根!但是对于柯奈莉娅来说,她必须跟我分开。否则她会一再为我牺牲,最后将不得不放弃生活中的一切美好。她在我身边只会荒废青春而找不到幸福。"

"你觉得我能给柯奈莉娅更多吗?"巴尔根压低了声音问道。

普莱姆肯定地点点头。

"谢谢你！"克劳斯·巴尔根如释重负地松了口气。"我以上帝的名义向你承诺，尽我所能，不辜负你的信任。至于我是否有能力——"

"这个问题，就让把你们俩撮合到一起的那股神秘力量来判断吧！你看，"他打趣说，"我们刚喝完了威士忌，谈完了话，时间正好！"

餐厅的门被推开了。一位出色的李姓中国管事男仆通报说，饭菜已经上桌了。柯奈莉娅坐在餐厅金碧辉煌的灯光下，向两位男士挥手示意。

"克劳斯，今晚你又要像个年轻单身汉那样用餐了！"她愉快地喊道，"没有女士与你做伴了。格拉夫先生要与威灵霍普小姐邻座，阿尔夫陪我上餐桌。阿尔夫，您想想，克劳斯今天错过了我们的约茶，他可得好好构思一篇道歉演讲出来呢——"

这个小团体闲聊着各自入座。普莱姆发觉，当柯奈莉娅落落大方地招呼他时，巴尔根又诧异地皱起了眉头，陷入了苦思冥想。

"喏，格拉夫，"他打趣说，"你是不是又编造了些飞行员奇妙故事汇来逗乐女士们？柯奈莉娅，您可不要太相信他那些精彩的故事！我们这种男人太容易用浪漫的话把自己包装起来，来美化我们那些雇佣兵生活的习气了！"

柯奈莉娅露出她所特有的淡淡的微笑，这微笑仿佛一个预兆，把普莱姆带回了全部的昔日时光，甚至让他想起了内战时战场的冲锋。这微笑让柯奈莉娅的嘴唇看上去更美了。

"克劳斯，你知道吗，"她转向她的丈夫，"在递交护照的时候，中国当局交给可敬的普莱姆先生一纸证书，使他成了汉口附近一座铁矿山的主人——"

一直没有在仔细听的克劳斯从他的神游里惊醒过来："铁矿山？什么意思？"

"您愿意自己跟巴尔根先生讲讲的吧，普莱姆先生？"茉德·威灵霍普问。她显然是想为格拉夫过早透露此事而打圆场。

"格拉夫又泄露机密啦？"普莱姆笑道，"很好！要不然的话我还真的差点儿忘记询问你的建议了，克劳斯。让我们先干一杯，纪念元帅！他所做的都是为了他的国家好，而不是为了达到自己的目的而引发混乱。啊——这真是好酒！为一杯这样的葡萄酒值得放弃所有的梦想，沉溺于享乐——"

"我的建议？如果我的建议真的有价值的话——"巴尔根的话听上去似乎有令人不解的弦外之音。

格拉夫因为喝了点儿酒而兴奋起来："普莱姆对您的商业天赋深信不疑！"

"你们元帅的一份慷慨的礼物！"柯奈莉娅补充道。

"礼物？不完全是！"普莱姆从口袋里抽出一张纸，把它递给巴尔根。"这是一份开采许可证，给了我一座位于陆伍屯的铁矿山九十九年的经营权。这个铁矿是一堆废墟，一处中国动乱的旧址。我想听听你的建议，怎么在这废墟下开始工作呢？"

茉德·威灵霍普不敢长时间地盯着巴尔根看。格拉夫在发呆，用军人式的动作拿手背擦着自己的嘴。普莱姆注意到，柯奈莉娅的双手痉挛般地紧紧绞在一起。巴尔根面色苍白，一动不动地坐在桌旁，身上散发出的一种完全瘫痪般的气息，也传

到了其他人身上。他的嘴唇微微颤动,试图说出什么来,而他的声音却不听他的使唤。当普莱姆忽然起身向他走来的时候,巴尔根的脸上露出受惊又无奈的扭曲表情。

"你想听我的建议,阿尔夫——?"他心底最深处一种不可名状的绝望迸发出一阵狠狠的大笑,"滑稽,滑稽——"

"我不明白——"普莱姆用劝慰的语气说。

"你会明白的!当然了,你坚信我能助你一臂之力,创办你心中所想的那个公司,发掘陆伍屯的矿藏?"

"正是如此!"阿尔夫·普莱姆直截了当地赞同道。

巴尔根恢复了镇静,慢慢从那种死一般的僵硬呆滞中抽离出来。是的,他甚至有点儿殷勤地点了点头。

"克劳斯——"柯奈莉娅请求道,"你是不是想要回去休息——?"

"不用。"他的目光看上去仿佛在无言地请求她的理解和信任。"您,威灵霍普小姐,您,格拉夫先生,还有你,普莱姆,你们觉得,你们是在做一个能打通关系、铺平道路、提供帮助的人的座上宾——"

"请原谅我的鲁莽!"普莱姆试图让他平静下来,"这些年里,我不太关心上海社会那些不成文的规矩了,以致我没有考虑到,由于我那时从你们的城市消失,在这方面会存在一些阻碍,使得你不可能——"

巴尔根打手势让他别说了。"哦,不——我不是在找借口。我觉得商会很可能马上就会准备支持你的打算。在过去的二十四个小时里,对我来说很多事情都变了。今天,那个代理人阿尔弗瑞来探访我,想要'拯救我的名誉'。他这样说至少表明了,我的公司随时可以被直接收购——假如我不愿意申报破产的话!"

听到这个重大消息,柯奈莉娅几乎连眉毛都没抬一下。她严肃而果敢地说:"克劳斯,你能说出这件事来,这很好。在上海,在中国,像你这样的人有无穷无尽的机会。不出几个月,你就一定能渡过这次危机了——"

巴尔根忽然觉得一阵口渴,他拿起杯子放在唇边,慢慢地把里面的水喝干,仿佛他需要借此争取一点儿时间一样。

就连格拉夫也由兴致勃勃陷入了沉思。耀眼的灯光照在茉德·威灵霍普的额头上,似乎有魔力似的,让她从房间色调昏暗的环境里抽离出来。

普莱姆给了这位年轻的英国女士一个眼神暗示。她用一个几乎无法被察觉的点头回答了他未曾说出口的问题。

"首先,"他开口说道,"我想问威灵霍普小姐,在这种情况下,她是否打算继续实施她的计划?"

巴尔根做了一个不满的手势。

"就照原来的做,普莱姆先生。"威灵霍普小姐直截了当地回答。

"谢谢!"普莱姆转向巴尔根和柯奈莉娅,"威灵霍普小姐明天将会去拜访领事,主要是去商谈她自己的一些事务。此外,她也希望能通过领事为矿山的事情疏通一些关系。无意侮辱威灵霍普小姐的同胞,我只是希望最好能不借助不列颠帝国和它的资本势力作为靠山来开始我的事业。"

"不管怎么说也是一种开始的方式!"巴尔根思索道。

"克劳斯,如果你告诉阿尔弗瑞,你加入了正在筹建中的

上海—汉口制铁公司,这将意义非凡!"

巴尔根摇摇晃晃,看上去就要倒下似的,仿佛他没有牢牢地抓住普莱姆。他竭尽全力,很快压制住了突然袭来的乏力感。

"谢谢你,老伙计——"他轻声说,"假如有一天我忘记了你的这份恩情,请在座的每一位提醒我铭记。"

普莱姆果断地将那张纸再次塞回上衣口袋里。

"今天提到台面上来的这些大事,格拉夫和我几个月来都没有头绪,威灵霍普小姐也是不久前才知道的。柯奈莉娅,您能理解我们这庸俗的爱好吗?"

柯奈莉娅向李挥手示意,让他把食物端上餐桌。在一天的痛苦折磨之后,巴尔根终于觉得自己能再次自由畅快地呼吸了。

6

早上,巴尔根一出门,屋子里又迎来了往常的寂静。巴尔根夫人一如既往地来到客房探望她年轻的新女友。

"巴尔根夫人,您知道吗?"这位年轻的英国小姐经常问她,"为什么意外和死亡有时候会找上那些最好的人?为什么阿尔西叔叔要为了中国的未来而牺牲性命?他总是在大使面前,没错,在英国政府面前捍卫这个国家的权益。他拒绝了领事的职位,因为他从来都不太赞同他们的行事之道,他称为'冷漠无情的不列颠殖民手段'。'我面对的是一个有高度文明的民族。'他经常这么说。他还说:'在伦敦,人们以为投入金钱与权力就能阻止中国自省。过去，英国聪明的顽固造就了这个世界帝国的伟大，而在当今世界，它则会带来厄运！'而这样一个人却被一枚中国的子弹杀死了！"

柯奈莉娅抚摸着威灵霍普小姐的手。"当一个人的生命完成了自我圆满，它就会走到尽头。我们称为'意外'，是因为我们只看到了这其中的残酷无情，而没有看到其中的圆满。"

"圆满！"茉德·威灵霍普恼怒地重复道，"这也是不对的！阿尔西叔叔曾经出于失望去了热带地区。他爱我的母亲——而她却嫁给了他的兄弟。在他远行期间，我的母亲患上了致命的疾病。当阿尔西回来救她的时候，却看到病榻上的她已经奄奄一息。他只能把我带走了。我有没有给他更多，哪怕是一点点的快乐？我没有对他说过：阿尔西，你是一个棒极了的叔叔，但却是一个无聊得可怕的单身汉！——直到他的离世才让我感觉到，我疏忽了那么多！巴尔根夫人！"

"一点儿都没有，"柯奈莉娅回答她，"我们清楚地知道自己是否满足了命运的所有要求。我们也觉得自己可以提出要求——我们每个人都是如此。"

"请原谅我，巴尔根夫人！"茉德·威灵霍普请求道。

"我原谅您？"柯奈莉娅问道。她从威灵霍普小姐的语气里听出了重新燃起的信心，并为之感到高兴。

"是的！您把我带出了漫无边际的悲伤情绪。这种被称作人生的游戏是不感兴趣的观众所不能容忍的。几经踌躇之后，我做出了决定——您得帮我找到一个拯救我的任务——"

7

从容冷静的人们沉着而中肯地考查着这个由克劳斯·巴尔根引荐进商会的男人。人们听他陈述他的计划,深入地通读完元帅的机密文件,然后跟这封文件的主人握手,对他说:"祝您成功,普莱姆先生!"

"谢谢!"阿尔夫点着头,问:"这只是一句客套话,还是说它有更多的含义?"

对十二年上海生活深感厌倦,哈尔贝克的眼皮怏怏不乐地耷拉着:"一句完全意义上的客套话。"

这位不速之客看上去丝毫不失镇定。他笔直地站在态度强硬的商会会长眼前。

"我能简单地跟您讲点儿什么吗?有人想要摧毁谷德鲁斯的继承人巴尔根的公司。在这种情况下,巴尔根不得不同意——"

"阿尔夫——"巴尔根想要制止他。

"请您继续说下去,普莱姆!"哈尔贝克的眼皮几乎要闭上了,"这样的轰动性新闻可并不常见!"

"我要让您失望了,"普莱姆没好气地答道,"我可不是要给您讲什么轰动新闻,而是想跟您探讨一个关于伙伴关系的问题。如果上海那少数几位重要的商业人士乐意采纳我的计划的话,巴尔根的公司就会立于不败之地。当局的人不认识我,而巴尔根的处境却是人尽皆知。所以,必须由一个第三方来承认我对那座矿山所有权的投资价值。我有官方文件——它能证明那里的丰富矿藏。"

"中国文件！"哈尔贝克很是不屑。

"日本文件！"普莱姆纠正道，"就在设施被毁前不久，一家日本公司曾认真考虑过接手这个铁矿。那时的谈判报告在经济研究所可以查得到。"

会议厅里，商议在哈尔贝克的主持下进行着。此时的巴尔根，额头上淌着大颗的汗珠。

阿尔夫·普莱姆似乎对接下来的程序毫无感觉。他一点儿也不惊讶地从哈尔贝克手里接过主要股份的认筹名单，这也是他们首战告捷的证明。

第二天，阿尔夫·普莱姆迎来了代理人阿尔弗瑞的拜访。

"您真是个有原则的人！在来到中国七年以后！"这个英国人发愁地说道，当普莱姆告诉他股份只出售给本国同胞后——或者最多还卖给那些目前没有与中国处于敌对状态的国家的人。或许还会卖给荷兰人或者瑞典人。

"目前为止，我只坚持那些实用的原则，这些原则可以让生存的困境变成一种还过得去的秩序。"

"没有什么比原则更妨害做生意了！"阿尔弗瑞斩钉截铁地说。

"这么说来，您一定比我俩有更深的体会了！"普莱姆挖苦道，"另外，做那种在中国的欧洲人通常称作'生意'的事，对于我们来说一点儿也不重要。"

"不然的话，您还有什么计划呢？"这位代理人显然很惊愕。

"听上去或许很奇怪——我们想要做点儿事！"普莱姆以

这句话结束了对话,"重建一个被毁坏的铁矿能够以成果丰硕的方式显示白种人的优越性!"

"真可惜!"阿尔弗瑞说,"我手头正好有足够的钱。或许您晚点儿会需要跟我合作。"

阿尔夫·普莱姆向他摆摆手。"这可说不准,阿尔弗瑞先生!"

下一位登记的来访者是个女人。听差说不出她的名字来。

一位女士?阿尔夫·普莱姆思考着。可不能抽着烟接待一位女士!他忽然想到。他捻灭了手里刚刚点燃的赫迪夫牌香烟。

安娅·波拉萨罗娃闪亮登场,门框仿佛给她镶上了一道边框。

8

在这个光线暗淡、勉强不算阴沉的初夏天里,仆人们在管家的监督下在晒得到太阳的游廊里铺设桌子。

园丁谭富正在忙着打理郁金香花坛。这位中国老人听到了女主人的脚步声,把头转过来,恭顺地问候她。

"天气不错,夫人。"他微笑着说。

"这简直像是老天爷的礼物,谭富!你的郁金香好美,它们开得真好。"

"夫人这么认为,"他颇有深意地答道,"是因为夫人没有看到这些害虫。"他把一只肥肥的蚯蚓高高举起,用另一手指向一丛杂草。"如果不仔细照料的话,它们就会把所有花草都啃坏。美丽的事物也会生病的,夫人。"

她嘴里无意识地重复着谭富的这句格言，看着满园刚刚绽放的花朵和绿荫遮蔽下微微闪烁着白光的房子。不，她不想让自己的好心情被谭富的这番令人不快的话给破坏了——他只不过是跟哪个五千年前的无趣哲人学舌罢了。哲人们又何曾真正知道生活是什么样的呢？

柯奈莉娅·巴尔根继续往前走。刚刚绽放的日本丁香散发出的芬芳和金莲花的苦涩气味混合在一起，一段本以为已经忘却的旋律不知在何处响起——韦伯的婚礼小曲，其中有一句是：

"美丽的蓝色的，美丽的蓝色的春日——"

她哼唱着这首歌，转眼就从茶房走回了花园的尽头。这时，巴尔根高大的身影映入她的眼帘。

"嗨！"她高兴地叫他，"你今天回来得真早，克劳斯！"

他亲吻了她的额头。她对这种过于拘于形式的问候方式并不喜欢。

"是的，柯奈莉娅——"他点了一根烟。

每当他这样叫出我的全名时，接下来肯定要说一些让人不快的解释了！她扫兴地想。

"我回来得早，是因为我马上又要出门了。一次很紧急的商谈！"他靠在椅背上，漫不经心地说道，"没有哪一天没有这样的意外惊喜。"

"可是现在，阿尔夫总算能帮你减轻一点儿负担了呀！"

"他自己今天也要去跟轮船航运的代表谈机器运输的事。所以他请我去安排一件不能耽搁的事情。我可能今天晚上也要忙了。铁矿一正常运行，我们就不必再做这种事情了。你要不

要请一些人来陪你聊聊天？"

迷人的初夏向花园里慷慨地挥洒着它的光辉，而柯奈莉娅却感受不到它的美了。巴尔根又重复了好几遍，说他今天被强加了这场商谈实在是"讨厌透顶"。

"你必须自己安慰自己了，小柯妮！"出门前，他用父亲般宠溺的语气强调说，"我将很快赚到从未赚到过的数额的钱，到时候世界就会按照我们的意愿来运转了！"

示意司机开车出发之前，他在车里向她挥手。

柯奈莉娅·巴尔根被一种绝望的无力感侵袭了。她走去书房，漫不经心地，是的，可以说是厌恶地凝视着一本本书的书脊。所有这些陌生的、印刷的、被编造出来的书本有什么要告诉她的呢？

房子前面，人声越来越响。她分辨出茉德·威灵霍普那有点儿笨拙的德语和格拉夫愉快而略带沙哑的回话。不等她藏起自己脸上的忧郁，李就来报告两位客人来访了。格拉夫略显尴尬地站在书房的门口，威灵霍普小姐已经喜不自禁地奔向柯奈莉娅。

"您知道吗，巴尔根夫人，我有工作啦！"

"您想要去工作？"话一出口，柯奈莉娅自己也诧异地发觉自己的声音听上去很陌生。她强迫自己换上愉快的表情问候格拉夫："现在你们得同一个无业游民一起用茶了！"

格拉夫快乐的眼睛一亮，眼里闪过一丝感激，这让柯奈莉娅失去的好心情又回来了一些。

"您人真好，巴尔根夫人。"他一边坦率地说道，一边把两位女士的沙发椅移到桌子旁边去，"我能跟您讲讲威灵霍普小姐刚才提到的事情的具体情形吗？阿尔夫·普莱姆聘用她做主管秘书了。"

"给克劳斯做秘书？"柯奈莉娅的声音听上去不怎么激动。

"给普莱姆先生！"这个英国女孩回答说，"我以前在我叔叔那里也是个称职的顾问呢。我恳求普莱姆随便给我一个什么工作机会，他终于同意了。在上海，能雇到的可靠白人雇员不多。现在办公室里就已经有人开始刺探消息了，好像我们要去找金子似的。"

"倒是没有说错，我们就是要去干这件事儿！"格拉夫确信地说道。

茉德·威灵霍普亲昵地在他嘴上轻拍了一下。"普莱姆先生不想带我去内地。不管怎么说，我总算不用再成天无所事事地傻坐着了。"

"您还在跟政府争取赔偿，对吗，茉德？"

威灵霍普小姐从李手中接过一杯冒着热气的茶，脸上的表情仿佛一个正在度假的金融巨头："在欧洲有一句谚语：上帝的磨臼慢慢地磨面。① 在这里，在东方，人们给它加上这样的后半句——但是在中国有一百零七个神仙在磨面！意思是说，跟在我们那里不同，在这里所有的事情都要经过一百遍漫长的过程——"

柯奈莉娅示意李出去，让她和她的客人们单独相处。

"茉德，我很高兴，"她说，"因为您的高兴而高兴；如果我跟您坦白，您不在我身边我将很难过，这样说是不是太自

---

① 完整的谚语为："上帝的磨臼慢慢地磨面，但磨得很细。"意为天网恢恢，疏而不漏，做坏事的人迟早会得到惩罚。——译者注

私了？"

"您不是跟我说过吗？人必须看清命运的要求。"

今天这个日子似乎充满了已成定局的论断——柯奈莉娅心想：先前谭富嘴里说着他的郁金香，言外之意却是暗指自己。现在茉德·威灵霍普又带句格言回来，而我却丝毫无力反驳——

"是的，茉德。"仿佛想要请求宽容和理解般地，她说，"我确实说过这样的话，但那时我还不知道，在世界运转的涡流里，我是一个多么多余的存在！"

茉德·威灵霍普深深为这忧郁的声音所动，她严肃地看着朋友的眼睛："您真的不知道吗？如果没有您，克劳斯·巴尔根在这个疯狂的城市里会多么的孤独？——您忘记了吗，正是因为您跟他携手并肩，他才战胜了这巨大的危机？"

柯奈莉娅无法回答她的问题。茉德·威灵霍普惊讶地感觉到，柯奈莉娅跟她握着的手是那么炙热。她请格拉夫讲讲他在陆伍屯短暂参观铁矿的见闻，他用滑稽幽默的方式勾画出一幅一座怯生生的、静静等候着的小城市的画面，十分高兴自己终于能发挥解闷逗乐的作用了。粗枝大叶的外表之下，他早就察觉到了柯奈莉娅的忧郁空虚，这是柯奈莉娅未曾料到的。

9

"您好，上校！"安娅·波拉萨罗娃说，"看到我进来，您似乎显得很失望。"

普莱姆若有所思地打量着这个漂亮的俄罗斯女人。她落落大方地坐下了。他把烟盒递给她。

"女士,如果我说,任何一个其他人来访都比您的拜访更令我期待,您应该明白我是什么意思。有什么我可以为您效劳的?"

她饶有兴趣地透过烟圈看着他的脸:"我的天呐,普莱姆,因为我到现在一直都没能得到您的名片,所以我不得不到您这儿来问上一问,为何您对我表现得如此失礼?"

"我记得我们只有过一次短暂的见面吧!"

"两次!"她纠正道,"上一次是在曼谷领事馆的舞会上,还有一次——"

"如果您把那个午夜在汉口'绿帆船'里的那次也算在内的话,"他承认,"那自然是两次了。您当时坐在沃罗迪的桌旁,所以我们彼此一句话也没说!"

"为什么呢,普莱姆?沃罗迪对您最感兴趣了。他很想帮蒋清把您争取过去呢。"

"别幼稚了,安娅·波拉萨罗娃!"他决定不再与她扯这些没用的,"您是受谁之托来的?想对我说什么?"

安娅·波拉萨罗娃靠在椅背上,心里盘算着。他的打火机打着的时候,她把它转向自己。她闪着铜器般光泽的浓密头发掠过普莱姆的手背,嘴角对他绽开一丝微笑。

"瞎说,普莱姆!我既不是受沃罗迪之托前来,也不是受其他任何人之托。我来是为了给您一个建议。"

这种开诚布公让他心生反感。

"那我们说到建议了吗?"

"不是您以为的那些建议!"

"洗耳恭听。"

"我对我们俩都有一个非常明确的想法，对您，对我。我手里有很多关系，我对那种看不见的游戏也非常了解，不通过那种游戏是永远也不可能在这个国家取得成功的。您现在面对着您人生中最重要的机会，这个机会就在那张开采许可证里——"

随着一阵轻风，附近公园里醉人的芳香从虚掩着的窗户飘进来。城市的喧嚣让两人之间的寂静更加令人窒息。安娅·波拉萨罗娃用一个微笑来掩饰内心的紧张。

我是不是太快暴露自己的目的了？她不由得问自己。不——在这个纬度上不应该考虑道德上的礼仪规范——而是要求取胜。必须下全部赌注一战。甚至赌上自己的心。

"不是吗？"普莱姆试探道，"您对此可是期待不小啊，波拉萨罗娃女士，在最近的地方密切注视铁矿的建造，您不觉得您付出过多的努力了吗？您打算付出的代价是不是太高了？您的委托人完全可以用容易得多的方式来获取我们的计划。"

她恼怒地掐灭香烟，把它扔到角落里，用她小巧的鞋踩灭它，然后猛地站了起来。她站在普莱姆面前，双手撑在普莱姆沙发椅的扶手上，如此靠近，以至普莱姆都能从身体上感觉到她激烈的怒气。

"这就是您的回答！"她轻声说，几乎是耳语般的，"一个连分辨真相和狡猾谎言的能力都没有的、胆怯的小男人的回答。很好，阿尔夫·普莱姆！您的对面是十分强大的对手。除了您，没有任何人会这样逼我为您的敌人而战！"

她眼里深深的幽暗发出一种让人着迷的魔力。

"请您告诉我的'对手'，如果您愿意把一些过分热心的商人称作是我的'对手'的话，他们实在没有必要这样费神。陆伍屯只不过是一个完全被毁坏了的铁矿！对你们而言，重要的是盈利！我向您保证，有很多远比这更好的、更容易赚钱的生意——"

安娅·波拉萨罗娃忽然感到一阵眩晕。一种巨大的寻求依赖的需求迫使她卸下自己伪装出来的假面孔。

"生活却是不一样的——"她疲惫地说。

"激情！美丽！"普莱姆话语中的那一丝讽刺消失了，似乎他在为之前的激烈言辞感到抱歉，"安娅·波拉萨罗娃，您是一位非常迷人的女人，用来艳遇实在是太可惜了。您的游戏只涉及一个问题：两个游戏者之中哪一个会被毁灭？我认为这种在灵魂的堕落之间进行的斗争毫无意义。如果我再次爱上谁的话，那一定得是另外一种爱情。"

她用一阵听上去很虚假的大笑声回答了他。

"出于同情的欺骗伪装是毫无意义的。假装宽宏大量是如此的廉价——如果对方根本就没觉得受伤害的话。您错过了向我报复的机会——"

"我觉得，"他惊讶地说，"我们现在可以结束谈话了。您的神经需要好好放松休养。我既没有理由也没有打算去报复任何人。"

"不打算吗？"她不怀好意地问，"也不打算报复巴尔根？那个抢走了您依然一直深爱着的女人的男人？"

她的手腕忽然被用力抓住，这让她大吃一惊。

"只有怒不可遏的小姑娘才说得出这种话，安娅·波拉萨罗娃。您知道的，我早已经放弃了。"

"可是柯奈莉娅·谷德鲁斯并没有放弃阿尔夫·普莱姆。只有通过谎言——"

这个俄罗斯女人尖叫着挣脱了他。阿尔夫·普莱姆自己都没有意识到自己更用力地抓住了她的手腕,以此来回答她的辩驳。

"抱歉,我差点儿把您的胳膊弄断了。"他说。

"没什么,普莱姆先生!您真的不明白,这场争夺到底是为了什么。您对我的看法完全来源于您对我和沃罗迪关系的毫无根据的猜想。这个错误会有一天成为您的灾难的。今天,我没有什么别的要对您说了。再见!"

不等他再提问,她身后的门已经关上了。

10

"白种人在中国只被赋予一个任务,"一天晚上,哈尔贝克在商会里讲道,"销售!用欧洲的货物把这个国家填满。出口有价值的东西。由于国家的出口保护,这件事情变得越来越困难了。"

普莱姆像看出土文物一样地打量着对面的人。"您知道,你们所有人在上海缺乏的是什么吗?"

"我只知道,我们德国人在上海缺乏什么!"哈尔贝克漫不经心地说,"坚定不移地施加影响力。对英国人来说,他们通过他们君主政府的行为使之成为一种自然而然的事情。"

"而德国人却没有这样做,反而放弃了在中国的特权!"巴尔根生气地赞同道。

"你们缺少的是一场发生在身边的战争！"普莱姆的话让两个男人不由得都看向他。

"听着——"巴尔根想要插话。

"没错！"普莱姆不给他回话的时间，"大概只有一场联邦、上海的欧洲租界和中国城之间的小型内战，就像我这些年来在这个国家内部所看见的那样。现在，比起这里这些仍被安置在一个相对舒适的环境里的人，一些远在受保护范围之外的欧洲报纸作家对中国的了解更多。具有为哈尔贝克所称道的'坚定不移地施加影响力'这种品质的英国人只不过让人们更加厌恶罢了。美国人带了大量资本到中国，当他们差点儿要失去这些资本的时候，他们一步一步撤回去了。那么究竟是为什么，越来越多所谓优越的白种民族放弃了他们的优势地位？因为他们忽视了一个小小的事实，忽略了种族局限性：中国人不是布须曼人①，不是头脑狭窄的黑人，他们甚至跟印度人也有着不同的起源和出身！通过我们，通过'在东方保持中立的国家'，尤其是通过德国人，他们可以分辨出，白种人选择何种方式来发展自己的影响力！我们是欧洲文化的代表，先生们，而非如你们所认为的那样，是商业世界的代表。如果我们不懂得这个，有一天我们也会被无情地打倒的。"

哈尔贝克把他的烟盒推向男士们。普莱姆沉思着拿掉一支哈瓦那雪茄的烟嘴。巴尔根利用这个间隙向大家告别。

"很遗憾，我还有别的事情——再见，阿尔夫！告辞，哈尔贝克先生！"

---

① 布须曼人：生活于南非、纳米比亚和与安哥拉等地的部落集团。——译者注

外面下着大雨。巴尔根很懊恼,他之前已经把他的车派回家了,现在不得不乘坐门卫给他叫来的黄包车。门卫轻声跟黄包车苦力说了目的地,接过小费,把手放在帽子上向巴尔根鞠躬致意。

黄包车风驰电掣般驶过几条林荫大道,然后转进了中国区。印花布和洋葱在潮湿的空气中散发着难闻的气味。一盏湿漉漉的纸灯笼在风中摇曳。八分钟后,他在一栋窗子里透出红色微光的房子前付了黄包车费。

在一个欧洲风格的前厅里,巴尔根脱下外套。一位仆人掀开后面的门帘,请他进到大厅里去。邢欢穿着价值不菲的刺绣睡袍,坐在冒着热气的茶壶前。看到客人进来,他殷勤地站起身来。

"巴尔根先生光临,蓬荜生辉。我可以请您喝杯茶吗?"

该死的礼仪!巴尔根愠怒地想。他一口喝干了递上来的茶。

"有人在等我!"他不客气地说。

"都等得不耐烦了。巴尔根先生,您的朋友们在海绿色的房间里。请您走侧廊!"

邢欢打开一扇裱糊的隐形门,眼前呈现出一条被虚幻的灯光照着的路。

"左手边第四扇门!"他轻声说。

门锁悄无声息地咔嗒一声锁上了。巴尔根的手徒劳地摸索着刚才还在眼前的出口,不管是门缝还是门把手都找不到了。这机械装置一定是独自运行的——零星几个房间被丝绸遮掩着的入口看上去也是锁着的——会是左手边第四扇门吗?万一邢欢有什么阴险的计划呢?巴尔根又摆脱了疑虑。怎么会有人给他这个出手阔绰的客人设下一个圈套呢?

一只手搭上了他的肩膀。在他身后,一个中国人从壁龛里走了出来。他拉住这个欧洲人的上衣袖子。

"这里很安静,但没有危险。先生,请!"

中国人打开第四扇门。安娅·波拉萨罗娃坐在一张摆满了鲜花和菜肴的桌子边,巴尔根只看到她的一脸微笑。

"迟到了很久啊,亲爱的!"她用这句话迎接他。

直到这时他才注意到,房间里有两位站起身来问候他的男士。一个穿着蓝金色长袍、身材滚圆的男人,看上去是个身居要职的高官显贵。他旁边是一位穿着燕尾服的小个子男人,身材瘦削,眼镜片后的双眼闪着机敏的光,是个日本人。

"龙楚!"那个中国人说出了自己的名字,双手抱拳向他鞠躬:"久闻大名,心向往之,巴尔根先生。"

那位日本先生举手投足间则像是一位受过欧洲教育的久经世故之人。"高仓!"他自我介绍道,"很荣幸见到您,巴尔根先生,您好!"

"你没来之前我们聊得很愉快,"巴尔根入座的时候,俄罗斯女人开口说,"邢欢安排了一桌晚宴,这在巴黎可是吃不到的。看到我出现在社交聚会上,你是不是很惊讶,克劳斯?我的这两位朋友——"

"我们必须给您提出一些重要的建议。"日本人开门见山地说。

显而易见,巴尔根不是很理解,这两个人来自两个彼此关系并不融洽的东方民族,为何看上去却如此和睦。

龙楚对他心领神会地一笑,解释道:"巴尔根先生觉得,

我们是很奇怪的一桌客人！我们这个时代的很多日本流派不允许掩盖真实的必然性，来蒙骗那些有远见的人。即使是在政府圈子里，人们也开始理解。"

"您把我引到这里来，是为了谈政治吗？"巴尔根冷冷地说，"那样的话，我只能跟您说，我可不是一个合适的谈话对象。"

高仓摇了摇头。他用有些尖刻的语气对巴尔根说："没有人要求您做这种事。您，先生，您非常热心于陆伍屯。您的朋友普莱姆把您扔进了这场冒险活动。波拉萨罗娃女士会跟您指明道路，把您从必然发生的破产中解救出来。"

巴尔根给自己倒满了一杯香槟，一饮而尽。直到这时他才感觉到，在这空气不流通的封闭空间里，一桌宴席久放产生的气味。他努力压制住恶心。

安娅·波拉萨罗娃的手指抚摸着他的手背。"理智点！"她的声音在他的耳边响起，这声音仿佛是从远方传来，从一个回旋的呼啸中传来。"普莱姆在骗你。事到临头，他的开采许可证还没有被承认。龙楚是上海最大的中国银行家，他知道这件事，他有可靠的消息来源。高仓先生被全权委托，他已经准备好了，通过龙楚正在组建的日—中制铁集团接手你的股份。你得救了——"

"得救！"巴尔根紧握的拳头砸在桌子上，几个玻璃杯被弹起来摔在地上。"我不能在普莱姆背后捅刀子——"

龙楚用一种不可名状的眼神看着他，目光直入他的瞳孔深处，让他的思维陷入瘫痪。他感到，他的头仿佛被越收越紧的夹子紧紧箍住了。那个陌生的呼啸声再次在他耳边响起。紫色和红色的圆圈在他的眼前舞动,直到安娅开口说话,它们才分崩跌落。

"普莱姆?可笑的顾虑!如果不是你的支持,没有人会给他一分钱——"

日本人在桌子的边沿打开一个金色的烟盒。这种微小的日常的细枝末节忽然使巴尔根内心充满了一种对所有生命无边无际的仇恨。他一跃而起,想要离开这个房间。安娅·波拉萨罗娃比他的动作更快,伸出胳膊挡在门前。

"别走!"她请求道。她的脸上满是孤独与痛苦。为了不让那两个黄种人听懂,她用德语说:"你不知道龙楚的权势有多大。他能逼迫你,让你失去一切。我也不是自愿的,龙楚控制了我。你知道吗?我若被拘捕了,无论如何都不允许引渡。我会因为你的缘故而死吗?"

死!这个词成了一个无法跨越的铜墙铁壁,屹立在他和门之间。这确实是在那里的——生的旁边就是死,就是通往毁灭的入口!他又跌坐在自己的椅子上,陷入了冥思苦想。中国人神秘的脸上掠过一丝微笑。他的眼睛大得吓人而又亲切,呆滞无神,好像在看着远处。巴尔根不明白,为什么他在这个男人面前——曾经不知道是什么时候,在很久——很久以前,他似乎——感觉到一种强烈的厌恶。

"巴尔根先生,"龙楚轻声地说,"您必须遗忘很多事情,才能感到快乐!"

"遗忘——"巴尔根自言自语地重复道,"所有其他东西都不是真的,不是真的——"

他疲惫地低下头,下巴落在衬衫上。

龙楚在桌上展开一张纸。波拉萨罗娃女士把一支自来水笔塞进巴尔根手里。

"这是什么意思?"他神志不清地问道。

"签字!挽回你的钱!"她坚决地说,"明天就太晚了!"

他再一次试图摆脱那种陌生的呼啸声和安娅催促的声音。

"请您签字!"龙楚强硬有力的声音撞击着他的意识。他感觉十分虚弱,渴望得到宁静。水笔在纸上画下几笔。散发着宴席令人眩晕的污浊气,绿色房间沉入一片耀眼的蓝。阳光和温暖包围着巴尔根。那艘载着他驶向光明的纯金小船在青绿色的海上摇摇晃晃。

龙楚和高仓费了好大力气才把这个睡着的男人沉重的身体抬到长沙发上,让他舒展开来。中国银行家的手掠过巴尔根的额头,在他耳边轻轻耳语了一些听不懂的话。紧接着,他与安娅·波拉萨罗娃和高仓匆匆地离开了这座房子。

11

陆伍屯,跟中国千千万万这样的地方一样,被内战、饥荒和瘟疫折磨得痛苦、疲惫不堪,衰落为贫苦之乡,又经历了一个新时代的到来。铁锹发出当啷声,锄头破开碎石,汽车把货物运到工厂前,大烟囱里升起第一缕烟,运转着的机器各就其位。第一个矿井里的废墟被清理干净了,坑道一直通往矿脉。格拉夫似乎从来不会感到疲倦似的,正在让人安装升降篮。新的大门根据普莱姆的经验向着东边开,牢固得仿佛一个要塞。门前,一长队中国人挤在那里,准备开始干活。

六周的工作完完全全地改变了这个"山前小村落"的面貌。要不是那些泥泞荒芜的街道、破败的茅屋和空荡荡的店铺,没有人能想到,这里先前是一副死气沉沉、毫无生机的样子。

很多人从上海和汉口来到这里,来出席这盛大的重建仪式。没错,一个机智的美国人甚至还抓住时机,迅速开了一家酒店。这家酒店的餐厅旁边有个漂亮又不失朴素的大厅,里面装饰着开放式的壁炉,还带有一个小厅,由于陈设着沙发椅和地毯,可以交替用作沙龙和酒吧。

约有一百人投身工作,建造一座给白人住的房子。住房里面除了一系列狭窄的小卧房,还有一个起居室、一个厨房、一个淋浴房和一个卫生间。它的左侧厢房里则是一些配备行军床的厅,作为医院使用。就在第一批德国工程师、职员、采矿师傅住进来的时候,房子准时完工,可能只有墙壁还没干。

在两天内抵达的贵客们眼里,陆伍屯依然只不过是个"被上帝遗弃了的偏僻小地方"。公司上司、银行家、商人、来自汉口的省长和他的仆人们、几位领事,当然了,还有巴尔根和他的夫人柯奈莉娅,他们聚集在附近名字滑稽的"卡尔顿"酒店里。

直到官方活动开始之前,哈尔贝克都一动不动,死守着自己大厅壁炉旁边的座位。一堆世界上各种语言的报纸堆放在他的沙发旁。巴尔根经过他身边时说道:"到底还是难以理解,一个像普莱姆这样的男人能在这样一个环境里生活,是吧?"

哈尔贝克吃惊地抬起眼皮,"您这么认为,巴尔根?您的公司可是通过这种非凡的尝试得到拯救的。"

巴尔根以令人诧异的激动语气答道："哈尔贝克，您跟其他那些从上海来的人也是一样的说辞？您不会真的认为，巴尔根公司，谷德鲁斯的继承人，会被那种小小的意外变故所动摇吧？如果普莱姆不是通过我的介绍来到您这里，又会发生什么呢？"

"我会给普莱姆提供帮助，并且参股！"

巴尔根一言不发地出去了，哈尔贝克惊愕地目送着他离开，耸了耸肩，拿起手边一份报纸。

来到陆伍屯的客人们第二天早上在厂房上的平层屋顶集合时才第一次见到普莱姆。汽笛发出尖锐的鸣叫声，工人们涌入冶炼高炉和住房之间的空地。普莱姆大声下达指令。工人们叽叽喳喳的声音渐渐降低，转为喃喃低语。

普莱姆登上高炉前的平台，打量着台下乌泱乌泱的人群。周围是那么安静，就连山坡前树林里传来的风的轻语也能清楚地听见。

普莱姆的目光在柯奈莉娅·巴尔根身上停留了一秒。她的微笑仿佛一个问候，向他飘来。

他的声音吸引了所有人的注意力。他对工人们说的是汉语。但是，通过那些密密麻麻站在队伍里的人脸上的表情，很快就能清楚地看出他在说什么。

"你们知道，"他向下面喊道，"这里几周前是什么样子。那时候你们的村落是一堆被战争、仇恨、贫穷和绝望制造出来的废墟。看看那里！烟囱冒着烟，烟道里烧着火，它的力量可以为人们服务，只要这个城市还存在，这火焰就永远不会熄灭。地底下的宝藏只待有人把它采掘到阳光之下。你们所有人都要工作，你们会得到相应的报酬，用它可以给孩子买面包，给女人买丝绸。这个时代就要来了，那时你们就可以改善住房，兴旺人丁——"

笑声，一开始还有点儿忸忸怩怩地压抑着，接着便自信地从上千个喉咙里爆发出来。对于一个中国男人来说，没有什么愿望比增加子孙的数量更能让他渴望了。如果一个家庭有许多孩子来把它的姓氏广泛播散，那么这个家庭就称得上富裕。

"你们现在不该自吹自擂地说，这些我都已经做到了。你们不是说谎的人。你们都拥有很强的评判事物的理解力。你们都知道，如果没有你们钢铁般的肌肉，我无法达成我的愿望，即使仅仅是让一座高炉重新工作或者是安置一台新的高炉这样的工作也无法完成。因此，我也不要求你们完全地顺从于我的助手，因为我想要的不是仆人。我知道，这个工作会给我们所有人带来福祉，会让你们的城市变得富足。你们不愿意把你们的力气浪费在那种把你们国家的财富搬到大洋对面的事情上——但你们也知道，单凭你们是没有能力把这个国家的矿藏采掘出来的。因此，我从我的祖国漂洋过海地运来了机器和高炉，我的祖国是想要同你们的国家友好共处的，也会用它最好的货物来交换中国给予它的东西。那里的那些人——"他指向那些欧洲人，"已经准备好了他们的财产。一个伟大的任务将我们彼此紧紧地连接起来。今天，我们所有人都将庆祝这个日子。明天，新鲜的力量就要注入铁矿了！"

欢呼声向普莱姆站立的平台涌来，向欧洲人涌来，向省长涌来：太棒了——太棒了！格拉夫吹响了口哨，人群从工厂大门里列队离开。他们从用树叶装饰的大门的圆拱顶下走出去，

来到镇子里。镇子的街道上,纸灯笼、巨大的旗帜、鲜艳得刺眼的彩色三角旗在风中摇曳。市场里,兴高采烈的人群熙熙攘攘,聚集在小饭馆厨子、杂耍艺人和抄写员的周围。只要有外国人的车开过,人群便大笑着、挥着手、欢呼着分出一条小路来。

12

晚宴过后,普莱姆走向他的小书房,希望在这里没有人来找他。他渐渐对这场庆祝他成功的盛会感到厌恶,希望它尽快结束。

他用手撑着头,就要进入梦乡了。

这个昏暗的房间里,只有从大厅门上的毛玻璃透进来的一点儿微弱光线。突然,柯奈莉娅像个幻影般出现了。

"柯奈莉娅!"他心花怒放。他站了起来,想要用力把她拉到自己身边来:他的梦想,他的工作,他的战斗,他的冒险最终实现!她对他内心的激荡一无所知,向他伸出手。在书桌台灯的灯光里,她的戒指闪着光——这微弱的金光让普莱姆如梦初醒。不,再也没有谷德鲁斯家的小柯妮了,现在只有一个柯奈莉娅·巴尔根!

他明显是想拉开两人之间的距离,走到门口,打开了天花板上的大灯。

"阿尔夫!"她还在为白天的经历而兴奋不已,"太精彩了!我永远也不会忘记这场仪式的!"

她对他绽开微笑——这个略带神秘的表情,在过去的岁月里——在过去的岁月里！他在心里补充道——一再地让他倾心，让他迷惘。

"这场成功让您对您的朋友都变得不礼貌了呢，"她天真无邪地、喜滋滋地继续说道，"您连一句话都没有跟我聊过。我们彼此说说话，总没有什么不可以吧。"

他提议去酒店所谓的酒吧里喝一杯鸡尾酒，为这一周以来因为负担太重而深居简出、未与她来往而道歉。

在一张有两个空座的小桌子前，她的身影像一个不可战胜的预言充满了他的视野。普莱姆——他身体里的那个雇佣兵嘟囔道——你疯了吗，嗨？你之前埋头于这外面的废墟与荒凉，所以现在自然会像个高中生那样为她的青春和妩媚所倾倒！柯奈莉娅是个可人儿，一直都是。对人性的渴望使得你已经完完全全地顺从，听任这个无与伦比的女人摆布。

在闪着光的酒杯前，为特地从汉口请来的伴舞乐队演奏的音乐而着迷，这一切都给这重逢的时刻染上了令人陶醉的光辉。内心的反叛站在挣扎着的理性前面，或者说，一种不知名的、曾经在普莱姆心里呼唤着他的东西，现在依然没有熄灭。它还在继续燃烧——它让他胆怯地面对这个问题：他们本可能有什么要跟彼此讲的，像她之前暗示的那样。但是，他知道这是不容改变的，这个问题他是必须要问的！

她的回答里，有一个句子在耳边萦绕。

"——我并不总能理解克劳斯——"

在他们面前，省长正站在一群来自上海的知名商人中间。这些商人跟省长套着近乎，他们让省长觉得全世界都能为他所用。普莱姆目不转睛地看着这些人。

"您还有什么要说的吗?"她听到他说,"没有了吗?我能理解,您原本根本不打算告诉我这些。克劳斯或许有他的原因,如果他为工厂的缓慢建设而忧心的话。但我觉得,工厂的盈利很快就能使他放下心来。"

"盈利!"她语气中的轻蔑使得普莱姆的目光从那群人身上转了回来。

"对于那些从上海来的人来说,除了盈利没有什么是重要的。"他实实在在地肯定道。

"阿尔夫,克劳斯想做您的朋友,那他真得来看看,这里产生了一个什么样的伟大想法。"

"伟大的想法——人们如此轻易地就能说出来。"他没有说完这句话。她也感觉到,他们的这场对话里,重要的内容都没有被说出来。

"阿尔夫·普莱姆——您所知道的远比您今天在众人面前说出来的多。排除阻力实现这一切,一定美妙极了。有几次我真的为您担心——但是那一天一定会来的,到那时您将会被要求做一个凡人。到那时您内心对幸福、友谊或者——爱情的渴望将会占上风,而不再是工作、成功,这些都会被取代——"

"柯奈莉娅——"他想要转开话题,"您把简单的事情想得太复杂了——"

她丝毫不为所动:"您的内心蕴藏着一股必须被消除、被克服的巨大力量,但这股力量也得被促进,阿尔夫。如果我说,有时候我会觉得巴尔根卑鄙,那样的话您会感到惊讶吧。"

他内心的反叛向决心、责任和友谊铸成的壁垒发起一次次进攻。普莱姆不得不躲避到自我内心最偏僻的角落里去,才能够开口说:"那样的话我们就不能再交谈了,柯奈莉娅!各归其位,各谋其利。"

这是一个不同的柯奈莉娅,这是一个能带着一丝黑色幽默哈哈大笑的柯奈莉娅,一个冷冰冰的、被不幸磨炼过的柯奈莉娅·谷德鲁斯,最后一丝少女般的动摇不定像一条旧裙子般从她身上脱落。

"别费劲儿了,普莱姆!有些事情我还不能告诉您。我要讲出来的那个时刻,将会在没有您参与的情况下到来。我也被神秘的力量驱使着,对此我无力抵抗。"她向他伸出手,用近乎男人的方式跟他握手,"晚安,普莱姆同志!我要回去了。跟您谈了这些之后我感觉很累,但我也十分轻松,十分笃定,这种感觉我很久都没有了!"

"晚安——柯奈莉娅!"他醉心于她现在又微笑起来的眼神,犹豫不决地说。

"这是一个古怪的国家,中国。"她压低声音补充说,"它有多得吓人的神仙,我觉得,我还得再重新学习一遍祷告,像小孩子刚刚开始用超自然的解释来逃避难以理解的新认识那样。晚安,阿尔夫!"

普莱姆无法送她出去。他比以往任何一次都强烈地感觉到,她的离开似乎会成为他们之间的别离。

13

直到夜里很晚,歌声还回响在陆伍屯的街道上。一直到午夜,卡尔顿酒店里还播放着音乐。虽然来自美国康涅狄格州的

歇尔特先生没有在他的酒店大厅里铺上镶木地板，还是不断地有人成双成对地起身跳舞。

在跟柯奈莉娅谈话之后，普莱姆终于能穿过他的一群群客人，跟格拉夫一起走到吧台那里去。格拉夫——没错，他现在也正兴高采烈地挺直了脖子，虽然手里拿着装满饮料的杯子，依然尽全力保持自己走的路线笔直。

"人生，真是奇怪得要命的东西！"他对着他的威士忌酒杯咕哝道，"当初我们在汉口不得不紧急降落在蒋清的部队里，那时候谁能想到会有今天呢？"

"有心情思考哲学了，老伙计？"

格拉夫用最轻蔑的语气回答："又是一个从书本和书斋里出来的高级词！普莱姆，说真的，除了那些外我们也学过别的东西，那就是生活本身！我们总有一天要头颅静静地放在角落里，结束一切，彻底死去！像我们这样的家伙！到底是不公平的——在我看来，生活能一直这样继续下去！"

普莱姆开玩笑似的用手堵住他的嘴。

"安静点儿！这样的对话不适合在酒吧里进行。这些事情人们应该去跟他们的牧师谈，而我们这里没有牧师。谁理解了生，便也理解了死，尽管这两者之间相隔那么远。"

格拉夫费了极大的力气，才对上普莱姆的目光。他的眼神总是要跳到一旁去。

"并没有那么重要，普莱姆。一个人存在与否，都不会引人注意。除了像你这种口袋里装着全世界、脑瓜子又灵活的人。"

"呐，够了！"普莱姆抽着歪斜地衔在嘴角的烟。他迅速果断地从高脚凳上滑了下来,向格拉夫伸出手,打算跟他说晚安。突然,他感到一阵那种常常紧随松弛下来的感觉一并而来的清醒,这使他看出,他的朋友还有些什么心事。他把格拉夫拉到他之前跟柯奈莉娅坐着的那个角落里去。"说吧,你是从什么时候开始有秘密的?"

"秘密?我只不过在思考,为什么巴尔根把威灵霍普小姐留在上海?"

普莱姆觉得有点儿不好意思,他倒还没有想起询问她的情况。

两个男人沉浸在自己的思维中,没有注意到巴尔根从吧台走过来,拖来一把椅子坐在他们的桌边。

"你们正在苦思冥想,威灵霍普小姐为何没来——"

"也很惊讶!"格拉夫执拗地肯定道。

"为什么要绕这么多弯子呢?"普莱姆问道。

"好吧,"巴尔根让步了,"我无意听到了你们的对话,也可能我误解了你们的意思。威灵霍普小姐本来是很想跟我们一起来的——"

"那你就应该让她一起来!"

巴尔根的表情仿佛在说,这件事简单到根本不需要解释。

"据我所知,是你,阿尔夫,拒绝带她来陆伍屯的。因为在这个地区,反对英国人的情绪还很重。她的命运——"

他把后面的话又咽了下去。他觉察到,格拉夫睡着了。这个男人发出微微的鼾声。普莱姆随着巴尔根的目光看去,他脸上严酷的表情转为一个温暖的微笑。

"让他睡吧!"他轻声说,"他已经二十个小时没有休息过

了。——没错,我无法否认,我说过类似的话。当然,即使是最谨慎的人也没有理由反对一个两天的逗留吧——"

柯奈莉娅的丈夫不确定地敲着一支香烟,折断几根火柴,而不是把它们点着。

"阿尔夫,你说,你究竟知不知道,你的成就已经有多大的规模了?"

"工厂屹立在那里,高炉里的火已经烧旺了。明天,矿井里就会运出第一批矿石。未来属于我们。"普莱姆从容不迫、不假思索地讲道。

巴尔根把酒杯推向服务生。"再来一杯杜松子酒。我指的不是这个,阿尔夫。你真的是一夜之间就成了百万富翁啊!"

普莱姆把他的这个论断当成是开玩笑了吗?不管怎么样,他对此哈哈大笑。

"或许眼下我是个有钱人——那得是所有的股东跟我一起。但是我们也绝不能不加考虑地大胆冒险。我可能在一个月内,没错,在一周内,或者在五年内重新变成一个穷人!"

服务生把杜松子酒放在桌子上。巴尔根贪婪地去抓它。

"我们不要再说废话了。我来说说事实。一个资本群体对铁矿很感兴趣。我们投资了一千九百万鹰洋,他们出价两千七百万。媒体和专家对这件事情的报道让整个上海都发疯了。眼下,阿尔夫,"——他用近乎恳求的声音说道,"如果你带着你的三百万股份从营业部里撤出来,可能你就——我是说,公司就,再也不会有同样的顾虑了。"

普莱姆的头抬都没抬一下,眼前只有巴尔根拿着快吸完的半支烟的手在上下舞动。他徒劳地与心底最深处汹涌的情绪对抗着，这种情绪想要迫使他一拳打倒这个商人——在最后一秒，他用理智控制住了他那不可遏止地喷薄而出的力量，他的拳头只是朝着桌子的金属桌面狠狠砸下。克劳斯·巴尔根被惊得跳了起来。格拉夫被这一记重重的拳击和玻璃杯当啷的响声惊醒，带着一种滑稽的严肃做出清醒的姿态。他向着灯光眯起眼睛，先打量了一会儿巴尔根，然后看向太阳穴颤动着的普莱姆。

"我要把他击倒吗，阿尔夫？"

"坐着别动，格拉夫！你，克劳斯——给我仔细听着，我在这里建造起来的，是我的工厂。一些人把他们的钱投了进来，如若不然，这些钱就会毫无用处地放在那里发霉。在这里，它们物尽其用。我想要的既不是钱，也不是有些人的那种沾沾自喜的宁静，这些人有了一个装满宁静的麻袋就感觉自己像个皇帝或者圣徒。我想要的是工作，是在这个地区创造出一些东西，一些超越我而发挥作用的东西，一些超越我而强制我的东西。谁挡我的路，谁就是我的敌人——！"

"我想——"巴尔根试图解释。

"你想做投机买卖！买进——卖出——赚钱！没错吧？如果你不想像我预想的那样跟我一起走这条路的话，你就得坦白地跟我分开。我不能容忍这个富有影响力的团队的工厂被人玩弄于股掌之间。跟我保证，你记住了我的每一句话！"

巴尔根感到自己被普莱姆握着的手仿佛被老虎钳子紧紧夹住似的，一股新的、带着幸福预兆的力量涌向他。

"我们同舟共济——阿尔夫！"

"好！还有，克劳斯——你小心翼翼地对待柯奈莉娅，这

一点你做得很好。据我所知，她是一个极其珍贵的人。珍贵的事物总是容易破碎。"

"你这是什么意思？"

普莱姆没有回答他的问题。他挽起格拉夫的手臂，离开了酒吧。他的身体很不舒服——

14

上海，阴雨连绵的一周！房间里每个角落、每一件衣服在这潮湿面前都变得无可挽救。

报童毫不在意地从垃圾堆中跑过。

"日本军来啦！"他们大叫着，"日本飞机扔炸弹啦！"

在中国建筑的防雨棚下面，一群激动的人在讨论最新的事件。

对一切都显得无动于衷的矮个子先生高仓透过他汽车的反光镜看到大街上激动的景象。在一个十字路口，他的车必须得停上半分钟。全副武装的英国人和美国人开着敞篷汽车，一边唱歌一边从雨里穿过：他们是"国际"社区里的"国际"警察，为了保护西方政权的"利益"。保卫这个国家的中国军队在哪里呢？他们正在某处美景里，喝着他们的茶，撑着他们的伞，永远沿着长城行军。

中国人——高仓继续思考着——并不胆小，他们不怕死。他们古老的信条教导他们：所有的命运都是由上天决定的！为什么人们无法给中国人下达命令，无法教会他们军纪？只要一个中国士兵看到阵地失守了，他就会把武器扔掉逃跑。他会这样想：没有人可以与天命抗争。这是一个聪明的、伟大的、能干的民族，一个一点儿好战精神都没有的民族。还要发生许多重大事件，才能激起中国的斗志。假设东京被外国人所威胁，全体日本人都会站起来，拼尽最后一丝力气保卫每一寸土地。

车又可以继续开了。街道空荡荡的，伴随着发动机的嗡嗡声，高仓的脑子里转着许多类似的想法。中国的青年人，见多识广，受过高等教育，经过体育锻炼，他自言自语道，将会开启一种新的生活。他们知道，孔夫子的教义，用在节日里可以非常美妙，但在二十世纪冷酷无情的日常生活里却必须被遗忘。日本有十年的时间，把它特有的使命引到中国来：日本和中国，黄色的世界帝国！面对它内在的强大、面对它庞大的人口、面对它团结一致的精神，一个世界在它面前都显得太弱小、太无能了。

而他，高仓，有一个小任务，在即将发生的大事件的框架下，借助他的力量和阅历做好准备工作。他得到的指令是：收购经营权，保证日本的影响力。日本的强大就是他的武器。但是，只靠这一个武器是不可能建立世界帝国的。除了规定好的任务之外，在高仓先生的脑子里还有一些更加私密的计划，他的关系打通到那位身材滚圆的银行家的办公室里，他跟这位银行家已经做过一些生意了。很成功，很融洽。

陆伍屯浮现在高仓的脑海里，整个上海都在谈论它。高仓很是钦佩普莱姆。他感到很可惜，这个男人不是日本人，更可惜的是，他是个德国人。他曾期望过，他的对手是一个英国人或者美国人，最好是个俄罗斯人。从波拉萨罗娃那里他知道，

普莱姆绝不会把公司交出手来——他还指责他，高仓，没有及时重新着手被内战打断了的谈判，以确保陆伍屯铁矿的开采权。因此，他必须利用银行家龙楚和那个他并不信任的俄罗斯女人来实现他的目标。

车门被拉开了。高仓打算下车，却被砰的一声又关上的门撞到了鼻子。那中国门卫又一动不动地站到他大门旁的岗亭里去了。

高仓暗自好笑，让他的司机打开车门。

门卫没有把手放在帽子上行礼。他充满仇恨的眼睛直直地盯着这个从面前走过去的日本人，也没有伸手帮他推旋转门。即使这样也阻挠不了高仓将他的计划进行下去，阻挠不了他进入国泰酒店的大厅。

一位美国前台经理向他鞠躬。

"311房间。"

电梯向上行驶。高仓随即走进房间，走向坐在窗前凝望着窗外雨景的龙楚。书桌上放着一堆纸。咖啡机发出嗡嗡的声音。银行家递给他的客人一杯茶。

"非常荣幸——"他开口说道。

高仓愤怒地把那个精美的瓷茶杯推了回去。

"龙楚，您害怕了。您不在大厅里等我。我们不用说这么多了。"

龙楚低下了他沉重的、几乎全秃了的脑袋。他的双手做出一个放弃的手势。

"请您原谅一个软弱的人，如果他在这种时刻没能注意所有礼貌的规矩。我真的不是为了自己的安全退回到这里来的——"

"为了我的安全吗？您可真体贴！——巴尔根得到普莱姆的允诺了吗？"日本人激动地问道。

"巴尔根想要从这件事中抽离出去。安娅·波拉萨罗娃说，他们大吵了一架。他恐吓了她。她拒绝再为我们做任何事——"

"这可恶的女间谍！"高仓毫不掩饰他的鄙弃之情。

"通过波拉萨罗娃的介绍，我得以做成了几桩好生意。"

"对她来说一切都好办，如果她只赚钱的话！"

龙楚微笑着，他满脸肥肉。

"钱是尘世的表达方式。上帝把它作为凭据交给我们。只有少部分人拥有它，但它却为所有人服务。"

"这真是一套漂亮的说辞，可以用它为任何事情辩驳。龙楚，提一点儿合理的建议吧。我们必须找到通向普莱姆的路子！"

顷刻间，雨点急促地敲打着玻璃。龙楚沉默良久，似乎在数着一个个雨滴。终于，他的脸松弛下来。

"龙楚有过做不到的事情吗？从来没有——总是有许多路子。它们很崎岖，很昂贵——"

高仓没有让他把话说完："细节对我来说无所谓——多少钱？"他默默打开了自己的支票簿。

15

报童激动的叫喊声飘过外滩商务大楼的墙壁，盖过了上

海——汉口制铁公司办公室里机器的声响。

终于，载着军人的大卡车的轰隆声也混入了报童的大叫声。

"哪里又起了跟日本人的冲突！"巴尔根一边关上窗一边咕哝道，"类似的纠纷迟早会让整个世界陷入混乱。"

茱德·威灵霍普耐心地等着巴尔根继续口授她写完这封信。由于巴尔根沉默着不说话了，她便低声重复读着最后的几句话。

铅笔从她的手中掉落，她俯下身想把它捡起来，身体掠过几张散落在巴尔根座位周围的纸。两个人谁也没有注意到，这几张纸掉到了书桌后面的地板上。

"请您不要这样烦人地给我捣乱，威灵霍普小姐！"他完全失去了冷静，吼道，"您不明白吗？下面那些小子们叫喊着的日本人的进军，危及了公司的未来！这封无聊的信还有什么意义——您把它撕了吧！我不再继续口授了——"

为了躲避他的怒火，她想要离开房间，去那个分配给她的小前厅里完成工作。巴尔根把她喊了回来，拿起衣帽架上的帽子和大衣。

"把您的机器放在我的书桌上，否则您又得每过一会儿就跑到这儿来接电话。我走了，有一个会谈。"

"是，巴尔根先生。那如果龙楚打电话来呢？"

"让他见鬼去吧！"

茱德·威灵霍普还从没见过他同时既如此充满仇恨又那么恐慌不安。

"不——"他很快又更正说，"您当然不会对他这么说。很抱歉，我现在有一个紧急会议，什么时候回办公室还不一定。龙楚可以等我回电,明白了吗?"

到了门前他又站住了。茉德·威灵霍普问他是不是又忘记了什么东西。

"忘记?是的——没错!我——"他压低了声音,近乎耳语般地,仿佛是害怕有人偷听到了他们的对话:"我想表达对您的赞赏。您很出色地熟悉了工作。有时候我觉得——"他苦笑着补充道,"您好像比我还了解我自己!"

她感到很欣慰,巴尔根刚刚表扬了她的努力;面对他冷淡的态度,她从来都找不到一个恰当的跟他相处的方式。

"您太看重我的工作了,巴尔根先生。"她感激地说,"您给了我希望,让我觉得我不是没有用处的,这真是太好了。到现在为止我一直以为,我的工作没有得到您的认可。"

"没错,威灵霍普小姐!您的工作自然是无可指摘的。只是——"他犹豫着,停顿了一下,说出了他的想法,"有时候我觉得,您带了太多公司里的事情到我家里来了。我妻子的神经太紧张疲惫了。绝对不能用任何烦心事给她增加负担。"

威灵霍普小姐听得目瞪口呆。她那盎格鲁–撒克逊式的反驳精神在脑子里打着转。

"巴尔根夫人和我很少谈论到公司,巴尔根先生。一般情况下,我几乎没法跟您的妻子说些什么新的东西。巴尔根夫人常常很悲伤,这可不是我造成的——"

"那么,这可能是谁造成的呢,威灵霍普小姐?"他不确定地问。

"这个我不想说。不然的话,我就是在这里,在办公室里关心您的家务事了,这会受到您的指责的。"

"您不懂我。我又怎么能要求您懂我呢？"他疲惫地说。他的大衣敞开着，帽子往脖子后面拉了一点儿，好像戴着帽子让他觉得太热了似的。这种不怎么绅士的装束让他看上去很绝望。"您会偶尔想起您被救下的那个时刻吗？不，我不是想唤醒您内心某种痛苦的回忆。我只是想说，眼下我大概就处于一种跟您那时候差不多的状态。即使您不知道那是什么，您也能大概理解一些吧？世界上到底还是得有一个人，让人可以跟他讲一些这样的话——"他的双手轻轻地撑在她的肩膀上，她一动不动地支撑着。他光滑的脸庞看上去好像无限地衰老了。

"柯奈莉娅呢？她不是这样的人吗？"她用小得几乎听不到的声音问道。

"对了——柯妮！"他叹息着说，双手从她的肩膀滑落，"请您忘记我奇怪的行为，威灵霍普小姐。"威灵霍普小姐问他，他是否要特别强调，他现在不是在同自己的秘书，而是同家里的客人讲话。"一切都会过去的！这些总有一天会结束！您愿意跟我承诺，不把我们今天的谈话告诉别人吗？"

他伸出手，做出一个无声的请求。她把他的手握在自己手里，感觉到他的掌心是那么潮湿。

"您得去看医生，巴尔根先生！我觉得您好像病了。"

"不必了！"他终于要走了，"您不必担心！"

他匆匆离开了办公室。一个巨大的、越来越猛烈的呼啸声在他的脑子里嗡嗡作响，让他觉得脑袋无比沉重。

股份！他脑子里只剩下这个。我必须拿回我的股份！不惜任何代价。

一辆车把他载到了国泰酒店。再跟安娅·波拉萨罗娃谈一次，通过她从中斡旋，让高仓交还并放弃在邢欢的旅馆里转让的股份，他坚定地抱有这个想法。他清楚地知道，这样的尝试是多么徒劳！但是，他不想放弃这微弱的疯狂的希望，敦促波拉萨罗娃做出这样的行动。

"波拉萨罗娃女士？"前台经理把巴尔根的名片递了回来，"抱歉，女士一刻钟前出去了。"

巴尔根在酒店的报刊亭买了一份报纸，他惊讶于，那种紧张情绪那么快就从他身上消失了，其实他还挺高兴，在这场决定性的谈话之前又赢得了一点儿时间。回家，给柯奈莉娅一个惊喜，陪她一起喝喝茶的想法，让他近乎兴高采烈。正当他要离开酒店的时候，有人叫住了他。

他转身看到，龙楚正满脸堆笑地向他鞠躬。

"真高兴啊，巴尔根先生！我一整天都在到处找您呢。老天爷真是好心肠——您跟我在大厅里喝杯茶吗？"

巴尔根努力压制着自己的怒气，听任银行家在薄暮中把他引到一张桌子旁。一位侍者殷勤地帮他脱掉大衣和帽子。

16

威灵霍普小姐眉头紧锁，眉间的小皱纹让她的脸上有了一种滑稽的严肃感。即便如此，她还是无法集中注意力打字。那股沉闷的、潮湿的燥热让她再也无法忍受，她按铃叫来仆人，要了一杯冰镇的柠檬水。几分钟后，那中国仆人再次轻轻走进来，把饮料放在巴尔根的茶几上。这时他看到了之前掉在地上的文件。他弯下腰拾起它们。

"有东西掉了,小姐。"

"谢谢你,常。你可以出去了。"

茉德·威灵霍普想把这几张纸装进一个松散的文件夹里,这样如果巴尔根想要找它们,就能在手头边看到。一封电报?重要吗?

她先是粗略浏览了一下上面的文字,但没有理解它的内容。接着,发报地的标注映入她的眼帘:上海。

上海?这条不幸的消息,曾如此不可挽回地改变了那个男人的命运,竟然是从上海发出去的?署着汉口部队医院的名?这封电报是怎么到这里来的?巴尔根一定是在给他的岳父和柯奈莉娅·谷德鲁斯——阿尔夫·普莱姆的未婚妻——看了这封电报以后把它收起来,夹在一堆纸里放在什么地方然后找不到了。一个不幸的意外让它再次浮出水面,迫使巴尔根露出了他的真面目。

是的,当初传出普莱姆死亡消息的始作俑者正是巴尔根,而不是别人!

茉德·威灵霍普慢慢地从这个发现带来的巨大影响中恢复了意识。巴尔根肯定早就算计好了,不管是临终的谷德鲁斯还是柯奈莉娅都不能去验证这个消息的真实性。或许他真的还希望汉口方面能确证这个消息呢。从先前得到的关于普莱姆身体状况的消息中也能明确地看出,医生对他痊愈不抱什么希望了。柯奈莉娅·巴尔根曾经跟她毫无保留地讲述了一切,那时候,当普莱姆重新出现在她人生的舞台上时,成千上万的疑问和痛苦一起向她袭来,而谁也无法合理地解释部队医院犯的那个灾难性的错误。以上一切发生后,每个人最终都不得不以为，普莱姆永远地离开上海了。他自己也曾在信里请求他的未婚妻，跟过去永远说再见！她的忠诚——有时候被老谷德鲁斯用辛辣的幽默语气称作是"蔚蓝色的执拗"——使得她有可能毁掉自己的整个青春。巴尔根一定担心过，老谷德鲁斯在得到这个来自武汉的决定性消息之前就离开人世。因为假使没有这个老人临终前说出的"最后一个愿望"，他觉得自己的力量并不足以赢得柯奈莉娅。

茉德一遍遍重复地读着这两行：

德国军官普莱姆受枪伤，

手术失败！

一种友情在这里以令人难以置信的方式流露出来——爱情！因为即使是现在，茉德·威灵霍普也毫不怀疑，巴尔根爱柯奈莉娅胜过一切。巴尔根所有的行为都是从让他的妻子远离一切担忧、一切斗争、一切动荡这一考虑出发的。他在那些跟龙楚、跟那个漂亮的俄罗斯女人和那个矮小机敏的日本人丝丝相扣的谜一样的事情里陷得有多深，茉德·威灵霍普不知道。她预感到，巴尔根最后的动力就是他对柯奈莉娅所有的误导和动摇，还有他对这个安静得让人如此着迷的女人的爱。

只有一个人有资格对这个现在亟待解答的问题做出决定：普莱姆！他是一个对中国的气候和生活方式安之若素的古怪男人。其他人都会被炎热、潮湿、雾气和惊人的严寒击垮，求助于酒精和危险的毒品。他却只是漫不经心地抽掉无数支香烟，然后一举击中事情的要害。柯奈莉娅——她真的是一个敏感、情感太丰富的人，以至于无法在这样一个男人身边生活。如果说有一个适合他的女人存在的话——

莱德·威灵霍普不再往下想。一种神秘的坚毅感促使她把那封电报收藏了起来。她很清楚，如果普莱姆认为不该把真相告诉柯奈莉娅的话，那她就永远都不能让柯奈莉娅得知这件事。

17

南京路刺眼的蓝色、红色、绿色的广告灯下，欧洲人的汽车从灯泡围绕着的直通云霄的摩天大楼旁开过，灵活地驶过长着一张中国式淡定面孔、挥舞着棍棒的警察身边，开到燃着刺眼灯光的安佳酒店大门。

看热闹的群众让出一条路来。一双眼睛挨着一双眼睛。围观的中国人面无表情。只有一阵阵窃窃私语泄露出他们对长城边上战争事件的不安情绪，使他们没有用习以为常的淡定来看待这个隆重得夸张的画面。在他们中间有几个欧洲人，穿着被雨水淋湿了的、有股收容所里那种臭味的衣服。在蹲在地上无聊地叫卖着《上海晚报》的卖报人身旁，这几个欧洲人伸出乞讨的手。

"给点儿小钱吧，Mister——抱歉，Monsieur! ——Herr——"

来自所有人种和民族的穷困潦倒之人被东方的污泥冲到了南京路上。懒惰的、得了传染病的，被释放出来的囚犯和海滩拾荒者。没有哪个船长愿意再让他们上船。

帕特斯，一个高个子的爱尔兰人，用胳膊肘子大力撞开黄种人围成的人墙，向他因在港口酒馆持刀斗殴而被警察通缉的朋友斯文逊问道：

"发生了什么？真是个大日子啊，嗬？"

"天呐，是外交使节的舞会——上海的高贵人士——欧洲人！不拿正眼瞧我们！"

帕特斯尽力伸着他的长胳膊，拂过巴尔根的衣袖。那商人从口袋里拿出几枚硬币，丢在帕特斯肮脏的手指上。接着，柯奈莉娅和克劳斯·巴尔根来到了门卫把守着的门廊。

豪华的大厅里，这对夫妇被淹没在光彩照人的晚礼服、黑白色的男士服装和闪闪发光的名贵宝石中。

"到处都在谈论普莱姆——"打完了各种客套的招呼之后，柯奈莉娅肯定地说。

"几乎都有点儿过头了！"克劳斯·巴尔根尽量用无所谓的语气答道。她抬头看着他，问道：

"克劳斯，你是不是觉得有点儿不是滋味？阿尔夫的成功就是你的成功，公司这么出名，你应该感到高兴啊！"

"公司！如果他们谈论的是公司就好了！每个人好像都觉得，一切取决于阿尔夫。如果不是我，不是我的合作使得市场成功被打开，整个铁矿就会在中国那个穷地方的地下待着，毫无用处。虽然付出了很多努力，暂时还根本谈不上什么功绩。阿尔夫却完全不顾及这个，总是要推进其他技术上的改进和补充。"

柯奈莉娅压制住了她激烈反驳的冲动。她的目光扫过忙于社交的人们，试图寻找一点儿消遣。

"克勒斯特的太太越来越圆润了。"他逗乐地说，"她应该出身于古老的贵族家族，嫁给克勒斯特是为了保护她祖辈上传下来的那座所谓的城堡不被她那些贪财的亲戚占有。天呐，总

是能刚好看见相同的脸。我觉得阿尔夫真是干了一件大蠢事，这么大好的时机他却不出现，尤其是在眼下这紧要关头。明天，整个上海就要遍布流言蜚语了——"

"克劳斯！"柯奈莉娅恳求道，"你真的完全不明白吗？现在阿尔夫心里只有高炉、矿井、工程师、工人和施工计划。到这里来会让他在长达一周的时间里从他原本的任务中走开。怎么会因为这样一种责任心而产生流言蜚语呢？"

她得到的所有回答只是一个耸肩的动作。这时，一个大腹便便的中国人走近了他们的桌子，一个走动着的巨人，庞大的身躯勉勉强强地挤在燕尾服里。挽着他手臂的是一位欧洲女士，在她用头饰拢起来的短发下面，白皙的额头下一双充满攻击性的眼睛果敢地审视着周围的环境。

这个女人一定就是波拉萨罗娃了，柯奈莉娅·巴尔根敏锐而清楚地感觉到。但愿克劳斯不要做那种无聊的事情，把这个投机分子介绍给我！我感觉我今天应付不来一场冷静的对话。

巴尔根一无所知地跟那个漂亮的俄罗斯女人打招呼，而龙楚则以古老的中国礼仪和有良好教养的社交名人的口吻对柯奈莉娅说：

"租界最令人钦佩的女士，鄙人三生有幸——"

"波拉萨罗娃女士——"巴尔根把两位陌生人引到桌边，"我夫人——"

那探询着的眼睛——多么有特点啊，充满了深不可测的幽暗，就像打磨光滑的表面，在它们的后面完全看不到内心深处——将视线落在柯奈莉娅身上。

"波拉萨罗娃女士——"龙楚用卑躬屈膝的语气重复道，

仿佛是在请求柯奈莉娅和那俄罗斯女人的宽恕,"两位女士彼此不认识?这真是天意的疏忽啊!两位被造物雕琢得如此完美、堪称艺术品的女士居然直到现在都未曾相会!波拉萨罗娃女士,她手里的人脉能从东京伸到康斯坦丁——"

柯奈莉娅无可奈何,只得请那俄罗斯女人坐下。龙楚仍不知疲倦地继续说着。如此的一次相遇可得好好庆祝一番,他说。他要向巴尔根夫人致以崇高的敬意——当然了,还有波拉萨罗娃女士——他问她是否愿意同他干一杯茶,以确证那将他的中式陋室与她丈夫的欧式豪宅连接起来的友谊,这友谊里充满了祝福与好运。

"我和您对这友谊的看法完全一样,并且也十分钦佩您,龙先生。"柯奈莉娅强颜欢笑,"我希望您能允许我喝一杯葡萄酒或是香槟。"

"葡萄酒——香槟!"那银行家津津有味地翻着眼皮,小声说道,"什么是茶?水浇在死叶子上。葡萄酒和香槟是生命的浆液,从西方珍贵的葡萄里榨取出来。我们喝香槟吧,女士们,作为白种人和黄种人相互理解的象征,作为东西方之间友谊的确证。我可以请你们到我们那惬意的小角落里去吗?那里受庆典噪声的打扰比较少!"

柯奈莉娅吃惊地看着那位当她走近时站起身来的欧式着装的少女。龙楚自豪地介绍道:"这是小女!"

"您是杨桃小姐?"随着对方令人难堪的邀请,柯奈莉娅平静下来,向这个妩媚动人的中国女子问候道:"请您原谅我的惊讶。当然了,我本以为会看到龙楚的女儿穿着家乡的衣服。"

杨桃为柯奈莉娅摆好了一把沙发椅。

"中国把太多心思花在刺绣上，耽于玩乐太久了。"她谦逊地回答，"青年人认识到了错误，正在寻求真理。"

香槟在高脚杯里冒着气泡，人们碰着杯，微笑着。

"有什么新消息？"俄罗斯女人亲密地问道。

不等巴尔根回答，龙楚便对着灯光举起他的酒杯。

"什么是消息？"他一本正经地说，"它们被搬过来，弄过去。每个叙述者都按照自己的意愿给它润色。它们什么都不是，如果说话的不是事件本身的话。"

"哪个事件会以如此有说服力的语言使您信服呢？"柯奈莉娅问道。

龙楚指着葡萄酒和空气接触的地方那些不断消散的气泡。

"消息就是这样浮现出来，它们又这样消散，成为虚无！"

巴尔根不自然地大笑出声音，想要岔开话题。

"亲爱的、非常富有的银行家，我还从来没见过您有这样的兴致。"

"他在社交场合总是这样的。"波拉萨罗娃说，"当听说陆伍屯暴发了肺鼠疫，而这里还呈现出一派欢快时，人不应该变得富于哲思吗？这消息毕竟不是一个气泡。"

柯奈莉娅的脸瞬间苍白失色。这俄罗斯女人的话让她十分震惊，她的双手紧紧绞在一起。

"这是真的吗？"她磕磕巴巴地说。

"这是一则暂时还没有被证实的英语广播报道，"巴尔根澄清，"还得再等等。"

柯奈莉娅已经尽全力克制自己，但是坐在她周围的四人依然能看出她的激动不安。巴尔根低下头。

杨桃恼怒地眯起眼睛。

"夫人不舒服！"她小声对巴尔根说，"你们该回家了。您怎么能说这种话呢，波拉萨罗娃女士？"

俄罗斯女人假装没有听见她的问题。柯奈莉娅的手抓着沙发椅扶手，试图得到一点儿支撑。她疲惫地站起身来。

"我们喝香槟，我们谈笑风生，或许我们还要跳舞，是吗？就跟所有这些把自己幻想成大大小小的世界统治者的人一样。而在那里，在铁矿里，在那个昏暗、贫穷的小城市里，瘟疫正在肆虐！没有人觉得，"她又转向波拉萨罗娃和龙楚，"我们的无所作为是一种罪行吗？"

龙楚轻轻把她推回到沙发上，沉思的皱纹给他的额头绘上分叉的脉络。他像一尊巨大的神像，在中国的寺庙里智慧而又颇感无趣地眯起眼睛，穿过薄暮俯视着那些无穷无尽蜂拥到他祭坛上来的人们。

"巴尔根夫人还不懂中国。"他说道，好像他必须为她情绪的爆发道歉似的，"从西方的格言中可以看出，它有一颗年轻的心。而已有几千年之久的中国的信条则能够给所有人以安慰。这里的人们，过着这样富裕生活的我们就幸福吗？而那些得了瘟疫的人——假如他们得瘟疫这件事是真的的话！他们就不幸吗？他们只有一件操心的事——恢复健康。而这里的所有人都有成百上千件烦心事！"

"可您至少能活下去！"面对着这个国家令人感到陌生的一面，柯奈莉娅叫道。中国的这另一副面孔，只因这一场偶然事件，便从龙楚沉重的身躯里显露出来，展现在世界面前。

现在，微笑又重回他的脸上。额头上的皱纹也被抚平了。

他又变回了那个穿着燕尾服漫不经心闲逛着的银行家。

"生命是什么？一场随着时间的流逝变得越来越平淡无趣的游戏，反射着真实的幻象。一种在永恒的深渊中滚动着又破碎掉的形式——"

波拉萨罗娃的嘴角轻轻抽搐了一下。她向柯奈莉娅俯下身子：

"普莱姆先生在汉口会得到帮助的。而且，也有可能一切都是误会呢。"

杨桃用审视的目光看着她的父亲，他的表情没有给她任何答复。她毅然转向安娅·波拉萨罗娃：

"女士，用没有任何说服力的希望来宽慰巴尔根夫人，这有什么意义呢？我不知道您说的那些报道；但我听说，闹瘟疫在山区一直都是一种十分可怕的事件。我们在这里力量太弱、行动太迟缓，最重要的是也太不合适、太没有经验，以至于无法给予帮助。"

大厅里攒动的人头在柯奈莉娅的眼前打着转。我是不是得——她苦苦思索着——冲出去大喊：救命啊！你们如此钦佩的普莱姆，凭空变出一个巨大矿厂的普莱姆，正在跟肺鼠疫作斗争！所以你们随便做点儿什么吧——只是不要再跳舞了！在陆伍屯，有人正在死去！敢于做这样的事情需要力量！而我没有力量！她看着她周围那些人冷漠的、淡定的表情，这种表情在任何地方都被视为有教养，人们总是随时带着它来维持人际交往，但它永远都不能彻底改造世界。他们所有人，内心都缺乏一种能力，去感受一种发生在远方的病痛。她醒悟过来，不再抱有幻想。

灯光落在那俄罗斯女人长长的铂金烟嘴儿上。巴尔根盯着自己敲击桌面的手指,看上去似乎陷入其中不能自拔。

她请求道:"请给我一支烟!"

波拉萨罗娃打开自己的烟盒。

"巴尔根夫人,请自便。您不必害怕我的香烟里有毒。我绝对不会——无论如何不会在今天——麻醉您。"

"奇怪——"柯奈莉娅努力保持友好的态度,"为什么您的话这么古怪,说得好像您有一天会有这种企图似的?"

"人能知道自己明天想做什么吗?"那俄罗斯女人反问道,"来,龙楚,杨桃!巴尔根先生和夫人总不能一整晚都跟我们一起度过吧。谢谢您,巴尔根,您不必费力表现得礼貌了——时间真的差不多了。再见吧,夫人!"

巴尔根把柯奈莉娅重新带回了他们自己的桌子。

"一个难以捉摸的女人——"她目送着那俄罗斯女人离去,然后说道,"魔女可能是她最成功的角色吧。"

巴尔根恼火地回答说:"我不觉得她有什么奇怪的地方。无论如何,在生意中我所了解的她是很专业的。倒是你今天显得有点儿不对劲!你想跳舞吗?"

"跳舞?今天?"她的眼里有一种她所特有的无望的忧虑。

"我懂了!"他愤怒地说,"那我们可以回家了,怎样?"

"那样的话我会十分感激的,克劳斯!"

18

管家帮他们脱下外套。

"你怎么还没睡?"巴尔根问,"今天不是彭当值吗?"

"威灵霍普小姐走了,先生!"

"为什么?快说,李!"

"小姐说,夫人不必忧虑。小姐开走了车库里的一辆小汽车。祝你们一切都好,不要担心!"

"你明白这是怎么回事吗?"巴尔根问他的妻子。

"哦,对了!茉德一定是去了普莱姆那里,去帮助他了!"

李差点儿栽倒了。巴尔根因此大声地斥责他,让他滚开。接着,他又向柯奈莉娅为他的暴躁而道歉。

"可怕——这面无表情的脸有好几次都简直让我发疯。他们究竟在想什么?他们是披着人皮的机器吗?"

"你太神经过敏了,克劳斯。"

"没错,这就是我。众所周知。你是不是想说你并不总能理解我?柯奈莉娅,这绝对不是我的错觉。总有一天,我会扫除我们之间产生的一切困难。你要相信,我十分渴望这个时刻来临。在此之前我只还需要——这样或那样——现在还不能说出来——"

她握住他伸过来说晚安的手,轻轻地亲吻了他的脸颊。

"谢谢你这小小的坦白,克劳斯。"她的声音里有一种温暖的语调,使他备感宽慰,"不要为了我的缘故而忧虑。我愿意等,只要我知道一切都会变得像以前那样美好!我可以有这样的期待,对吗?"

他只是点头,而不能回答她的问题。一些也许永远都不能说出来的事情让他憋闷得说不出话来。他匆匆走进自己的房间。

19

道尔夫教授在一份工作上一直做到头发花白,这工作向一个人索取他的全部直到最后,既损害健康,又伤害感情。当他的客人进门时,他正站在一幅大地图前面。他没有转身,指向了地图上的山脉和平原。

"您看,普莱姆厂长,汉口在这里,那个您想给它带去幸运的偏僻小城镇在那里。"

"教授,我来——"

一种看上去更多是尖刻而非理解的眼神透过拱起的眼镜片扫过普莱姆。

"您来,"这位医院领导补充道,"是为了从我这里请走几个最好的医生和护士。在我决定这里缺哪几个人手之前,我必须先算清楚,鼠疫要多久之后能走完从陆伍屯到汉口这段路。谢天谢地,这里有蒸馏过的饮用水,也就是说,要是中国人不把蒸馏水的设备弄脏的话。"

旅途劳顿让普莱姆精疲力竭,他把身体深深地陷入沙发里。教授把一个威士忌酒杯和一瓶酒推给他。普莱姆给自己倒了一点儿酒,然后用苏打水稀释了一下。

"我还是一直不喜欢酒里酵母很纯的味道,就像您喝的那样,教授。虽然我已经是个中国通了。不开玩笑了——您觉得风险有这么大?"

教授叹着气,在他对面坐下。

"您看,"他的声音突然间听上去很绝望,"威士忌!我喝

它的时候不稀释。这是最好的药。可不能让中国人给威士忌里掺水,我从来都不允许我的仆人拔酒瓶的塞子。五千年的文明古国,对卫生保健一无所知。您刚才问我汉口的风险!一只老鼠就能把瘟疫带到这里来,或者一个人。比如说——您!"

"这怀疑可真是诙谐有趣!"面对这不容反驳的论断,普莱姆不得不用黑色幽默来逃避。

"是的。"医生依然保持着冷淡疏离、近乎冷酷的态度,但是也看得出来,他是带着何种忧虑在反复思量着这个问题。"我只想让您看清楚,这个风险会有多大。您会把工厂关闭,不是吗?我给您派米勒医生带四个护士过去,他到时候实地做出的决定也不会跟我有什么不同。他也会尝试用一切理性范围内的方法来跟瘟疫作斗争。"

普莱姆跳了起来。"关闭工厂,教授!所有的技术设施甚至都还没有完备呢。生产才刚刚启动,您却要求它停止运转!不可能!"

教授枯瘦的手从书桌上拿起几张纸。

"您知道这是什么吗?病历——格拉夫送来的病人体温变化曲线图。六个人中的两个已经不幸丧命了。您觉得是我要求您关闭工厂!一派胡言!要求您关闭工厂的是一种无可动摇的绝对必要性,而不是一个年老体弱、在中国耗尽了一半生命的教授,亲爱的朋友!不然的话,您的苦力就要每天从工厂里搬尸体出来了。每一个他们接近的人,就会被传染上肺鼠疫!我从您那儿了解不少情况,普莱姆。完全理解您,您身上肩负着巨大的责任,但也请您认识到这个需求的紧迫性。除了听从我的建议,您没有别的选择!"

普莱姆两只手握成拳头按在太阳穴上。高炉嘶嘶作响，火焰熊熊燃烧，它们下面是阴森恐怖的小城之夜。这画面栩栩如生地出现在他的眼前。

"公司会因此而破产的，教授！"普莱姆请教授再考虑一下。

"公司！此时此刻，您的手里掌握着一个省的命运，或许是整个中国的命运！当然，我已经跟省长汇报了此事，他可能会派一个委员会来。在此期间您还能继续工作，任何人也无权指责您，只要您等候中国有关当局到来。而您自己的良知会怎么说呢——"

普莱姆的目光落在墙上的中国地图上。围绕着陆伍屯有一个教授画的红色的圈，圈的圆周与汉口相切：疫源地和危险区！突然，以汉口为起点的相同的红色圆圈凭空出现，到处都是，越来越多，将整个国家都覆盖了起来，甚至越过了边境线。

"我会照您的建议办的，教授。您一定要帮助我快速进展。您这里即使派出去两个能干的医生也不会很缺人手的。然后，我就去做我力所能及的事！"

医生握住他的手。

"很好！我把米勒医生和科劳森医生派给您。您知道我做出了什么样的牺牲。上帝保佑，希望我们真的能成功控制陆伍屯的疫情。等等——差点儿忘了——省长邀请您去拜访他。请您明天去他那儿！两位医生可以明天一早开我的车去陆伍屯，护士们得乘火车。再见，普莱姆！"

"晚安，教授！谢谢您！"

20

巴尔根的小汽车只在赛车时被它的主人开过几次。这台八十马力的机器被支撑在一个车轮极高、轮距极窄的底盘上,它那配备着实心橡胶专用外胎的车轮在最糟糕的崎岖地形上不倦地啃咬着。上海和汉口之间的道路简直令人难以想象。为旅游业做宣传的导游们可能会夸赞良好的交通条件——在上海则相反,他们会说,一条可以行驶汽车的公路只存在于虚构的故事里。

车上的包里有巴尔根保存的一份英文的地区地图。那一天,在她的重大发现和舞会之间的时间里,茉德·威灵霍普尽一切努力研究了这份地图,并想象了所有想得到的困难。

晚上快八点的时候她开车离开。车子在老旧的公路上勇敢地坚持着,一次次成功爬上几乎不能称为路的、满是泥泞与碎石的路,虽然这经常是毫无意义的。凌晨快四点的时候,她已经把将近五百公里路程甩在身后。

快要到太湖的时候,汽化器不运转了。精疲力竭的茉德·威灵霍普必须把车停在路上。做了一刻钟关节伸展后,她摆弄了很久汽化器的浮子和喷嘴,直到车子仿佛喝汽油喝得太猛了那样地打着嗝,车子总算有那么一点儿要动的意思了。

地平线上出现了一条淡蓝色,宣告着黎明的到来。她不得不再次爬下汽车,用脏兮兮的手摆弄好汽化器,近乎绝望地再次拿出地图。一个骑摩托车的人颠簸着开过她身边。

经过一系列的努力,车子又可以开了。

她惊讶地发现，那个骑摩托车的人弓着身子的身影并没有从她汽车大灯发出的光线范围里消失。这汽车跑不到时速四十公里吗？此前，在平均时速八十公里时，那摩托车骑手也一直跟她保持着相同的距离，即便她开得时快时慢。无疑，这一路段的公路依然很糟糕——

路边出现的第一排房屋让她松了一口气。现在，世界上终于不再是只有她一个人和那陌生人了。犬吠着，一只公鸡被她驾驶的汽车发出的咔嗒咔嗒声惊到，过早地开始歌颂清晨。

加油站的牌子在晨曦中闪着光。木头搭造的大厅里苍白的顶灯灯光下，那个之前超过她车的、穿着帆布工作服的男人正在翻找工具。一个中国加油站看门人跟他说着话。两个人都看着这辆咔嗒咔嗒开进来的小型汽车。

"车坏了！"茉德·威灵霍普把身体探出车窗，对那个中国人说，"你们能换汽化器吗？"

"我们什么都能修！"那黄种人笑嘻嘻地说，"很多需要修理的去汉口的车都到这儿来。小姐请进来。"

"我没有时间。"

那欧洲人在她下车的时候帮了一把，他的骑士风度让她感到宽慰。让一个个零件按秩序运行可比表演特技还要难。

"贝尔格医生。"他向她鞠躬，"您跟我一样赶时间，是不是？我摩托车的手刹失灵了。在这糟糕的石子路上——我懂一点儿汽车修理，我能先把您的汽车修好吗？然后把我的摩托车架在它后面。"

这男子的谈吐显得很善于交际，像是一个有教养的人。在这个偏僻的地方，这已经是很可贵的了。

"奇怪,"她慎重地说道,"我们夜里在同一路段开车,又偶然地在同一个地方抛锚了。"

"我是汉口医院的住院医生,本来正在上海休假,却被一个电话叫回来了,因为医生们必须去那个发生了鼠疫的偏僻小城镇,陆伍屯。又没有休假、没有一点儿快乐自在了——"他急急忙忙解释道。

"您去陆伍屯?"她吃惊地问。

"我不这么想!"他抱怨道,"再也不要去内地,吃粗劣得像饲料一样的食物了!有人被派到那里去了,所以医院里人手不够,您明白吗?所以明天我必须开始在汉口值班。可笑吧——在这旅途之后马上就开始在病房巡诊!让我看看您的车!啊哈"——他举起手"一个汽缸坏了。我们需要好几个小时!"

"您不打算把这工作交给那个中国人去做吗?"威灵霍普小姐说,"我可不能要求您因为我的缘故在这里滞留更久。"

他毫不在意地把需要的工具拖了过来。

"您见过哪个中国人能不把一个生病的发动机彻底弄死吗?在这些家伙手里,您会彻头彻尾地束手无策的。对我来说,摩托车抛锚足够作为迟到的理由了。"

他的热心看上去值得称许。他用专业的手法修理着汽缸,显然对此颇为擅长。

"您是德国人吗,医生?"她询问道。

"不是,我是立陶宛人,在柏林生活过很久。否则我才不管那些德国人呢。所以我也一点儿都不想去陆伍屯,去那个让整个地区都变得疯狂的冒险家普莱姆那儿。"

别说了！她在心里喊着。这个陌生人如何描述普莱姆，在这里一点儿也不重要。重要的是，她要尽快重新上路！

她问那个中国人，这里能不能发电报？太湖附近有一个邮政电报站，是一个流落在这里的英国人开的，这个人就住在"邮政局"——一个好一点的木板房——旁边。

茉德·威灵霍普把他从睡梦中叫醒。他用一些亵渎神灵的话诅咒着人类、中国、这"愚蠢的政府"和这个扰人清静的人。当他认出他的顾客原来是他尊敬的国王陛下的一位女性臣民时，他的咒骂立即转为一个父亲般慈祥的握手。

"您好。"他呵呵地笑着说，"一个这么年轻的小女孩来了太湖？真是个疯狂的世界！有什么事吗，小姐？"

一只水笔在纸上潦草地写下文字。

"没问题！电报两个小时就能到。祝您一路顺风！"

当她回到加油站时，她的帮手正在修理马达，累得满头大汗。

"我们搞得定的，小姐！"他向她保证，"天呐，您看上去好疲惫啊！您想去市场上的客栈里吃点儿什么吗？去让那些懒散的中国人给您煎一个鸡蛋配火腿肉，您就会好点儿的！"

茉德·威灵霍普完全不为他所展望的这顿丰盛早餐所动。

"我可以在汉口吃早饭。不过您能给我一支烟吗，贝尔格医生？"

若不是她疲惫到了这种地步，她或许可以发觉，当他打开他的搪瓷烟盒——一件珍贵的中国工艺品时，他的眼里有奇怪的光一闪而过。

"请您拿右边的，刚刚进口的英国烟。可比这里买到的好

多了。"

一个中国人摇摇摆摆地走过来。

"这里禁止吸烟!那边——那个小房子里有长椅。这里有汽油!"

"好,"他对她笑道,"您去稍微休息一会儿吧。接下来的旅程还要花掉您不少力气呢。"

车库前是一个看门人的简易工棚,里面有一张长椅,一张做得很粗糙的桌子。中国人殷勤周到地在椅子上铺开一张毛毯。

茉德·威灵霍普疲乏地靠在木墙上。现在可以睡觉了——她叹息着说。幸好贝尔格医生给了她一支烟。她美美地吸了一口这使人兴奋的烟。那黄种人出去后随手给她带上了门,她周身的神经都沉浸到了一种美妙的宁静中来,再一次把烟放到嘴边——太妙了!这烟草一定十分新鲜,带着潮湿,味道是如此温柔而又狂野。她又伸展了一下身体,接着她的头便倒向木头墙壁。她的感觉神经已经不再向大脑汇报这因为撞击而产生的疼痛了。茉德·威灵霍普沉沉入睡。

21

酒店里,有人报告普莱姆,一位叫格拉夫的先生要他接电话。当这通电话在将近午夜的时候终于打来时,他的眼睛都快睁不开了。

格拉夫悲伤地听普莱姆跟他讲了与道尔夫教授商谈的情况。

"天呐!"他显得语无伦次,"这就是说,这场博弈我们已经输了!"

"你可不能这样说。所有的牌都还在我们手里,只要上海方面不要胆怯灰心!"

"那当然了!"格拉夫赞同道,"我们已经在这重重困难中闯出一条路来。上海的奢靡生活让人丧失斗志,你得相信这一点!现在我知道了,为什么威灵霍普会踏上这疯狂的旅程。"

"威灵霍普小姐在来武汉的路上?这一定有别的缘故!"普莱姆对着电话筒喊道,"没有人知道——"

"如今,一条消息只要花上两分钟便能通过电波让全世界都知道!"格拉夫纠正他,"等着吧,看看你明天会得到什么消息!"

不管怎么说,这一天是从一个意外惊喜开始的。

早餐桌上有一封电报等着普莱姆:

汽车抛锚。晚几小时抵达。

m. w.

22

好,那我就先去省长阁下府上。这里的这张纸让普莱姆至少不必再长时间地烦忧了,他燃起了决心。我或许可以从那个男人那里拿到一部分开销,他可不能就这样看着陆伍屯完蛋!

一位衣着邋遢的中国人耐心地在省长的前厅里等候着。普莱姆马上就被一个穿着欧式服装的秘书带到了府邸的祠堂

里。那位达官显贵坐在一个五彩缤纷的屏风前，不知出于何种动机，穿着他那海蓝底上绣着金龙的长袍。看到普莱姆进来，他把手里的一本法语长篇小说放在一边，以少年般的优美姿态站起身来。

秘书拍了拍手——一位仆人端来了一个茶壶和两个茶杯。省长邀请他的客人入座。

普莱姆一点儿也没有慢慢品味，端起绿茶一饮而尽。终于，他开口说起了陆伍屯的瘟疫。他请省长考虑，希望省长能从可供省里使用的资金中——

梳着平头的秘书投来一个不满的眼神，见状，省长的表情立刻从怜悯转为一种礼貌的、完全面无表情的僵硬。

"普莱姆先生，您自己在启动工作的庆典上说过，中国是一个贫穷的国家，它的宝藏都深埋在地下，您和您在陆伍屯的工人们要把它们挖出来。饥荒、旱灾、涝灾、长时间的战争已经掏空了我们的钱箱，我们连一个子儿也拿不出来。发生这样的疫情令人十分悲痛，但是假如没有一个像您这样的男人在陆伍屯掌控大局，情况会更加悲惨。普莱姆先生，我们祝愿您果断的措施能够取得圆满的成功。我就把这座城市托付给您了！"

多么仁慈和慷慨！那里生活着的一段时间以来都是他——普莱姆照料的，而现在，省长阁下却把那个城市"托付"给了他，然后像上帝一样地俯视着他！他几乎要忍不住大笑出声——幸好他意识到了，这场谈话发生在中国。

"您巨大的信任——"普莱姆向他保证道。

秘书用一个手势示意他别说了。

"除非，"这位外表光鲜的省长顾问说，"您，普莱姆先生，鉴于疫情的缘故打算从陆伍屯撤走。在这种情况下，省长将继续行使全权处理此事。"

只听哐啷一声，茶杯轻轻落在普莱姆手里的茶碟上，响声回荡着。

"用什么方法？"他急促而激动地问道。

"政府已经做好承受巨大牺牲的准备！"

"这个没有钱的政府？"

秘书不为所动。

"请您不要误会省长，普莱姆先生！政府在财政上和政治上都很困难。美国宣布贷款到期，英国人用经济封锁来还击中国，现在日本人又步步逼近。在北边，中国的一个强大的朋友已经做好了准备，为这个厌倦了战争的国家提供保护。这仅仅是巩固我们与邻国之间关系的问题——"

普莱姆深吸了一口气。原来风是从这个角落吹过来的！

"陆伍屯要成为有影响力的俄罗斯嘴里的一口肥肉吗？您忘了，俄罗斯眼下像毒药一样危险吗？"

曹恒阁下露出一个和蔼的微笑。

"或许，这恰恰可以成为中国送上这口肥肉的另一个原因？——从图谋您的财产，甚至想要您命的东西那里赢得巨大的收益，这对您来说是多好的机会啊！"

"阁下！"普莱姆说，"我来汉口不是为了把陆伍屯卖给俄罗斯人。成千上万的人在等待救援，如果不根除危险，死亡就会侵入千千万万个家庭。您在这里跟我谈生意，而那里的人们正生活在恐惧当中！"

省长阁下举起两只手发誓，对于自己被误解得这么厉害，他深感遗憾。

"如果您采纳那个建议的话，接下来就会有足够的钱来控制瘟疫了。受俄罗斯支持的资本团队会承担起所有责任，付清所有股东应得的资产，而您能从中得到八十万鹰洋。"

"我有长达九十九年的开采权。"

"我的权限最多只能给到一百一十五万。没有更多的钱了。"

到了这个时候，普莱姆依然不能结束这场对话，他不想彻底得罪省长。

"不可能！"他坚决地说，"九十九年后，陆伍屯的铁矿连同所有的设施都会被移交给中国。这一点公司可以保证——开采许可证上也是这么写的，南京政府向我确认过了。九十九年期满后，您的政府可以自行斟酌行事——甚至把使用权转交给俄罗斯。"

秘书抖动着穿着漆皮皮鞋的脚，眼神放空，从他几乎没有张开的嘴里蹦出尖刻的话语。

"政府会更迭！尤其是内阁。今天甚至还有一些派别反对俄罗斯——明天——谁知道——？您忘了，毫无疑问，蒋清是不会同意这个由他已经死去的敌人授予的许可的。哪个地区将会被宣告成为战略防区——举个例子——永远无法预知——到那时那样一个铁矿就会成为麻烦！"

既要不失了礼节，又要表达自己的想法，普莱姆唯一能做到的只有沉默了。由于他过了好几分钟都没有回答，曹恒站起身来，再次对他说道：

"几乎没有一个欧洲人能像您这样令我钦佩，普莱姆先生。我很快就得向政府汇报谈判的结果了。如果您,普莱姆先生,愿意在这个期限内看到我的诚意,接受我站在像父亲一样的角度上给您的建议,那将是我最大的荣幸。如若不然,那以后若因此而产生任何困难,您可绝不能要求曹某为此负责。"

"阁下放心,我对您提的建议的感受跟您所说的完全一样!"

普莱姆对把他送到门口的秘书也鞠了一躬。那秘书微笑着送走他,便冷酷无情地当着等在外面人的面匆匆碰上了门。

回酒店的路上,普莱姆细细思量着这次谈话。他接到了最后通牒。茉德·威灵霍普已经带来了宣战的消息吗?

23

普莱姆一遍遍地走到酒店的入口前,向外面的路上张望。一种令人无力的恐惧感侵袭了他。当他决定,哪怕冒着错过茉德·威灵霍普抵达汉口的风险,也无论如何都要采取行动时,已经将近中午了。他在门卫那里给她留了几行字。

"我的车加好油了吗?很好!请您马上给我连线英国领事!"

普莱姆情绪非常激动地讲了几分钟电话。

"英国公民茉德·威灵霍普之前从太湖发来电报,说她今天上午会到汉口。她一定是遇上了什么事情——现在还没到。有两条去太湖的公路,您能不能派一个人走另外一条过去?我们可以在太湖的车库碰面。如果我们当中的一人在半路上碰到了威灵霍普小姐,就让她立刻返回!"

"普莱姆先生!"领事答道,"我能理解您的担忧。您所要

求的原本不是我的职责,但无论如何——领事馆有一辆车,我们一位年轻的先生乐意参加这次探险。我建议您带上一位中国官员同行。我会派两个人,让他们佩上枪出发。"

"没办法,"普莱姆苦笑道,"等我在这里叫一个官员动身出发,一天都要过去了。"

"请您等五分钟,我派歇尔菲亚先生到您的酒店去。他熟知中国的情况,是一个在紧急情况下随时做好准备保护我的人,他也是世界大战时的一位飞行员,普莱姆先生。"

"我非常高兴,欢迎歇尔菲亚先生,尽管——"普莱姆拉长了语调。

肩膀宽阔、沉默寡言的歇尔菲亚先生拿着上了膛的左轮手枪,坐进驾驶室。

"领事是不是有点儿太夸张了?"普莱姆看着他的枪问道。

"毕竟当时在整个英国空军里都众所周知,跟那位最年轻的年仅十七岁的德国空军少尉打交道可得加倍留神。可惜当时我没有机会——未曾有幸亲自感受一下您的力量。尽管如此,领事根据自己的经验知道,比起一把左轮手枪,两把能镇压住更多数量的人。太湖还是一个没怎么受过现代思想开化的地方。"

转速表跳到了九十。

"世界变了,"普莱姆沉吟道,"今天,歇尔菲亚先生,您是被派来保护我性命的。十几年前您收到的指令可不一样。"

"跟您收到的一样!"歇尔菲亚实实在在地说。

普莱姆点点头。

"这世界是不是小得惊人?"

"世界很大!"歇尔菲亚很是自信,"甚至还有一些国家,政府的力量不足以让它的国王陛下得到应有的尊重。"

这样一句军人的自白听上去近乎令人感动。

"您知道英国和欧洲在东方影响力下降的真正原因吗，歇尔菲亚先生？"

"世界大战！欧洲从来没有陷入过比跟德国打仗更加疯狂的状态。在那里被浪费的人力物力、那时候遭受杀戮的人原本足以维持全世界上百年的平衡。如果英国那时候置身事外，远离这场冒险的话，就不会有什么'黄祸论'了！"

"谢谢您！"普莱姆说，"感谢您这些坦诚的话，歇尔菲亚，我想跟您交个朋友！"

"荣幸之至！"他回答说。

在太湖的车库入口处，一位中国蔬菜商贩的老福特车正在加油。大厅里，一些侍者懒洋洋地伸着懒腰。一位女士？他们笑嘻嘻地把两位先生带到木板房那里去。茉德·威灵霍普正躺在木头长椅上熟睡。

"您知道这是怎么回事吗？"普莱姆问他的同伴。

那英国人从桌面上拿起一支吸了一半的香烟。

"依我所见，有人给了威灵霍普小姐一支含有麻醉剂的香烟——没错！"

车库老板显得很不安。他什么也不知道。前一天晚上值班的侍者——

"马上把那个侍者叫来！"普莱姆暴跳如雷。

中国人眼里的"马上"通常都是好一会儿。在那个侍者睡眼惺忪地慢慢走过来之前，走另一条路来太湖的两位先生也到了。

"太好了——大家都猜发生了什么不幸,原来这位女士只是睡着了!"

"您愿意去把她叫醒吗?"普莱姆问。

车库看守人结结巴巴的叙述让这两位官员一脸惊愕。那小伙子因为害怕而瑟瑟发抖,他说,这位女士的汽车抛锚了,一个骑着摩托车的欧洲男人把它修好后,跟他保证,那位小姐委托他把汽车开走。然后,他就把摩托车架在汽车上,开车离开了。

"没办法了!"歇尔菲亚说得十分肯定,"您的车足够大,普莱姆先生。我们必须尽快把威灵霍普小姐带到汉口。如果到时候她还没醒,我们就叫个医生来。"

24

风神庙里传出单调的颂唱声。半个城市的人都聚集在一个宗教仪式的队伍里,用旗帜和言语祈求风神赶走瘟疫。

老人们只是沉思着蹲坐在一座座房屋前。他们为生活所累的眼睛呆滞地凝视着空荡荡的街道,目光越过拱形的屋顶,望着冷酷而令人感到压迫的高炉、升降篮的传动杆和静止不动的起重机。

成群结队的年轻工人站在工厂的大门前。邝固,一个长着一张饱经沧桑、布满皱纹的脸的男人,是来自香港的移民,正在发表演说。

"你们给外国人做牛做马能得到什么!"他吼道,"现在瘟疫来了,是外国人把它带给你们的。工人们必须占领工厂,在陆伍屯建立一个中国的新的红色组织!"

紧锁着的大门后,格拉夫和科劳森医生正从医院里走出来。医生点头示意格拉夫看那些站在栅栏外的人。

"只要有一场不幸迫使人们思考人生的终极问题,在这个地方就会到处出现煽动者。到现在还没有爆发骚乱,也是个奇迹。"

"您不了解普莱姆!"格拉夫深信不疑地说,"他身上能散发出一种神秘的吸引人的东西。"

他们慢慢走到大门边。忽然间,只剩邝固一个人孤零零地站在那里了。工人们紧紧绕着一个中心点围了起来,打着一个看不清的什么东西。

格拉夫迅速转开大门的保险,让医生从一个缝里挤了出去。格拉夫奔向人群,抓住两个人的肩膀。他看出躺在地上的是一个男人。这个被人越过一个箱子扔过来的人已经一动不动了。

"说!"格拉夫对一个跟他很熟的工人吼道,"你们为什么打这个人?"

一个工人站了出来:"我是你们里面年纪最大的!"喧闹声马上寂静了下来。他深深地向工程师鞠了一躬,说:"老鼠!先生,他带了老鼠来!他不说他是从哪儿来的、想要干什么。我们镇上最年长的长者齐凡说过,肺鼠疫就是老鼠带来的。装着老鼠的箱子里有肺鼠疫!"

医生抓住了格拉夫的手腕。

"不要接近那家伙!如果他确实用那个箱子搬来了老鼠,他可能已经是病菌携带者了。您有左轮手枪吗?"

格拉夫从口袋里掏出一把勃朗宁。

"很好!"科劳森医生小心地打量着这把枪,"您的枪法应该不错吧?"

他戴上装在白大褂口袋里的一双橡胶手套。

"他们打我,"这个被殴打了的人指向那些工人,"我要到汉口的省长那里去告这些人。"

格拉夫把枪顶在他的鼻子下面:"说实话!"

"是,老鼠!"这个陌生人似乎坚信他已经完蛋了,"是汉口的亚宾斯基先生派我来的,让我把老鼠在这里放出去。这些老鼠吃过了瘟疫的病毒。"

"谁是亚宾斯基?"格拉夫问。

科劳森医生替那家伙回答了:

"一个从满洲和俄罗斯边境来的所谓的制药师,已经在南街上做了几个月奇怪的生意了。不要耽误时间了!那家伙说不清。往后退一退!"他打了个手势示意大家,中国人都顺从地退了回去。"格拉夫,您必须杀死这些老鼠。当我把盖子打开的时候,请您马上开枪!把箱子打开!"他对那个来自汉口的差使斥道。

那男人哀求着跪了下来。

科劳森医生自己解开了箱子上的绳子。

被外面的光线晃晕了的三只肥硕的老鼠试图从箱壁爬上来。三声短促的枪响——它们交叠着掉在沙地上。科劳森医生小心翼翼地一个个拎起这些小动物的尾巴,把它们扔回箱子里去。

"来搬这个箱子!"他命令道,"来两个人,拿铁锹来挖一个深坑。"

这支迅速组成的队伍里笼罩着十分严肃认真的气氛。在工厂的围墙边，那只箱子被深深地埋了起来。只有从香港来的邱固没有加入这个行列。当科劳森医生监督大家干活时，格拉夫向这位演说家走去。

"你想煽动这些人？"

"我是要启蒙他们！他们应该赶走外国人！就像发生在香港的抵制活动那样。中国将会被苏维埃——"

"我们不谈这个！这里现在危机重重！我们所做的一切都是为了阻隔危险，为了不再有人受到瘟疫的威胁。这里没有位置给煽动者。如果我明天再在这里看到你，你就会被抓起来受审。我可知道，你在香港的抵制活动里开枪打死了一个商人。"

这个中国人的脸色霎时变得苍白。

"我没有路费！"邱固结结巴巴地说。

"拿了我的钱，你就可以说我贿赂收买你了，嗯？"

"先生，"这黄种人祈求道，"我走，我肯定走！"

格拉夫从口袋里拿出一些钞票。

"马上悄悄溜走，否则的话——"他举起勃朗宁手枪说，然后便从容不迫地回到工人们那里。当他回头看时，那位香港来客已经消失了。看来，一种可能被处决的前景对邱固来说可没有什么吸引力。

"我会亲自把这个带来箱子的人带回汉口！"格拉夫对科劳森医生说。"反正我是要去接普莱姆的。"

"格拉夫先生！格拉夫先生！您过来帮忙——"那些中国

人挥着手。

"回家去吧!"格拉夫对他们说,"一小时后鸣笛,你们就去领大米。汉口来的食物供给车会停在工厂前面。明白了吗?"

要发大米了,不要钱的大米!普莱姆先生会来的。工厂支付了一半的薪水。他们还想要什么更多的呢?几个死人?百十个病人?生命是深不可测的,它的进程是天注定的。他们吧嗒吧嗒地拖着步子离开了。

一刻钟后,齐凡,这个地方最年长的长者,庄重地走进格拉夫的住所。工程师以应有的礼数向他问好。

"非常抱歉,不得不打扰你,齐凡。大家应该跟你讲过,我为什么请你到我这儿来吧?"

"这个地方要被毁灭了。"齐凡谦恭地说,"世界把仇恨带到了山里的宁静中,任何东西都无法让它停止。"

"你得马上跟我去汉口。我们把那个被抓住的人送过去。司令会找出始作俑者的。"

"惩罚并不总是一件好事。如果那个始作俑者是个外国人——"

科劳森医生跳了起来,他激动地冲这个男人喊道:"那我们就这样束手旁观,让人有计划地用瘟疫传染这座城市?祸害的根源还没有被发现——"

齐凡摇着头。

"没有人能封锁祸害的根源,只要中国还是这么弱,先生。"

"那我们就应该等着这个地方的人完全死绝吗,齐凡?"格拉夫问道。

"陆伍屯应该感谢你们!齐凡悉听吩咐。"

"谢谢你,齐凡!嗨——小伙子,把车开过来!快点儿!凌,请您帮我接通汉口的求精酒店。"

当齐凡已经在车里、坐在那个被绑着的人对面等着的时候,电话来了。

"普莱姆先生已经在歇尔菲亚先生的陪同下去太湖接威灵霍普小姐了。"酒店汇报说,"不确定什么时候回来。"

茉德·威灵霍普!在这一天的紧张情绪下,格拉夫完全忘了,她正渐渐地离这个偏僻的小地方越来越近了。

格拉夫兴高采烈地从衣钩上拿起自己的外套。科劳森医生惊讶地打量着他。

"嘿?您是赢了头奖吗?还是酒店门卫发现了一种抗瘟疫的新血清?"

格拉夫已经听不见他在说什么了。他吹着口哨带上了门,司机让汽车马达发出铿铿的声音。科劳森医生叹着气,看起了他的那些病历。

25

"陆伍屯最近发生的事件让您的处境变得简单多了,巴尔根先生。"在安佳酒店舞会的第二天,龙楚十分淡定地说道,"事实很明了,您只会维护普莱姆先生的利益。"

"他的打算完全不是这样的——"

在这个银行家会意的微笑面前,那种思维上的麻痹再一次攫住了他。每当龙楚坐在他的对面,瞳孔里那凝视的眼神深深地吸引住他的目光时,他常常会被这种麻痹感侵袭。

银行家用阿谀奉承的语气继续说道:"您尽管听我说。您作为普莱姆先生的朋友,比他自己还要为他的财产忧心。当您把详细情况跟股东们说明以后,他们将异口同声地——当然了,除了普莱姆缺席之外——委托您,把所有文件移交给高仓的资本团队。普莱姆的股份在保险箱里,可以供您支配。您说,您已经被明确全权委托,抵押这些文件,以便在紧急情况下为抵抗瘟疫筹集资金。这样一种紧急情况已经发生了,即便它发生的形式不太一样。又何必为一场毫无希望的抗争牺牲您和普莱姆先生的财产呢?您有能力拯救他的整个未来!"

"他是我的朋友!"巴尔根犹豫不决地说。

"很多事情都能把朋友变成敌人。通常——"龙楚橄榄色的眼睛意味深长地眨了眨,"一个女人就足矣!我们有您对属于您的股份的承诺,甚至还有您的签名。金额明确,生意做好之后的第二天您就能拿到。我们今晚在邢欢那里见面吧?"

"不!"巴尔根以异乎寻常的激烈态度回答道,"我永远也不想再见到那个高仓——"

"谁说高仓了?安娅·波拉萨罗娃要回来了,见到您她会很高兴的。"

"不行,龙楚。威灵霍普把整个计划透露给了普莱姆。她开着我的车——"

龙楚发出一声轻嘘声。

"当然了!不能把一切都托付于您!您知道贝尔格吗?"

"贝尔格?有个走私军火的男人叫这个名字,假如传言属实的话。"

"不管怎么说,这个人的手头总是很拮据——而我乐意接济他。贝尔格今天夜里还从太湖打来电话，威灵霍普小姐的旅途因为汽车抛锚中断了，贝尔格劫走了她的车，这位富于行动力的年轻女士被搁浅在太湖了。我们毫不费劲儿地赢得了四十八小时的时间。"

"我的天呐！"巴尔根脸色苍白，大叫道，"所以说您派人监视了那姑娘？不管怎么说，抛锚发生得正是时候，否则威灵霍普小姐肯定会开着我的车甩掉您派的跟踪者的！"

"多么天真的想法！"龙楚似乎全神贯注地观察着他涂了奇怪指甲油的指甲，"贝尔格称得上是最值得信赖的摩托车骑手，而且有一辆特种摩托车。适时出现的抛锚使他不必费心制造一场小小的撞车事故了。"

"跟您作对可真不是什么愉快的事情！"

龙楚从巴尔根的话里清楚地听出了愤怒。

"您也没必要跟我作对，巴尔根。"他漫不经心地说，"今晚您会让波拉萨罗娃女士高兴的，对吧？"

26

接近傍晚时分，巴尔根回家换衣服。换上燕尾服之后，他便匆匆离开了家。

这一次，邢欢把他引到了大厅。在一个舞池的后台里，一些混血的乐队成员演奏着音乐，天知道他们是从哪儿流落到这里来的。在吧台旁，一位美国调酒师正在一个貌美如花的中国女人旁边忙着展示他那干巴巴的幽默天赋。四周那些放着红色丝绒沙发的包厢里坐着欧洲人和亚洲人。

巴尔根走进大厅时，聚光灯发出的淡紫色灯光给整个舞厅洒上了光斑。一对对舞伴们紧贴着挤上舞池，沉浸在一曲探戈的旋律里。一位歌手用高得不自然的声音唱着老一套的关于"爱"和"你的眼睛"的歌词。

令人作呕！巴尔根想。我要回去！这个半明半暗的世界跟我有什么关系？我的家就在对面的租界里。我是著名商人，上海——汉口制铁公司现任董事长巴尔根。现在没有人敢怀疑我的声望。或许有人会去商会里窃窃私语，说一些这样那样的闲话。听到这类话时，欧洲人里那些正派的家伙会耸耸肩，说："在东方，人们可真喜欢搬弄是非！"然后继续读他们的报纸。那些谨慎的家伙则认为："天呐——人总有马失前蹄的时候，不是吗？如果一个人做了几个星期的蠢事，我们就想把他全盘否定——那我们自己——喏，我们还是保持沉默吧！"那些幸灾乐祸的家伙继续窃窃私语。重要的是，是否会有一天，他们的闲话会比那些善意者的理智更加强大。这个被诽谤的协会远比它的名声好，它能让每个曾经属于它的人不知不觉地回到它不成文的规定上来，因为没有什么比丑闻更让他们憎恨的了。为了避免丑闻，他们宁愿一言不发地容忍一些小小的美中不足。我要回去了。

巴尔根产生了一种几乎让身体不适的感觉，他发现有一个陌生的目光向他投来。现在他看清了那双透过眼镜片凝视着他的眼睛，围绕着这双眼睛，混乱交织着而又渐渐变得明显的颜色构成了高仓先生的脸。这个人，巴尔根想起，想要用他的恬淡寡欲来迷惑我。打错主意了，高仓先生！中国也教会了白人如何保全面子。没有人看得出我脑子里在想什么——回去？

不——我不会回去的。即便我想回去——瘟疫还在陆伍屯肆虐，今晚的报纸上全是相关的消息。对于我忠诚的心来说，我可以镇静地在普莱姆身边走向死亡，这意味着，过度的自我牺牲！

安娅·波拉萨罗娃头冠下的白皙额头在灯光下闪闪发亮。当她靠近的时候，巴尔根又感到了这个女人那种奇特的、一再让他着迷的魔力，这种魔力迫使他将其他一切都完完全全地抛之脑后，甚至包括柯奈莉娅。

"感谢您的邀请，安娅！"他说完，又同高仓握了握手，"尽管您的邀请来得有点儿突然，说实话，还有点儿不合时宜。为什么我们要在这个讨厌的房子里置身于这些人好奇的目光中呢？难道我们明天要成为整个租界的谈资吗？"

"今天很庄重啊，克劳斯·巴尔根？"波拉萨罗娃大笑着对他说，"这真是一位真正的绅士的不当顾虑！您尽管放心——如果真的有租界的人看到我们，他也不会告诉别人的。因为他自己也不会想这样被看见！"

"不管怎么说——"巴尔根插话说，"这里有安静的房间。我想，高仓先生来，毕竟只是为了谈生意吧。"

波拉萨罗娃的头饰没入交替回旋着蓝色、红色、绿色聚光灯发出的光的浪潮里。

"巴尔根，您真是健忘啊！不正是您要求不去隐秘的小房间的吗？过后我们可以随时退场——不过在此之前我们首先要让高仓先生得到应有的尊重。我们的朋友被一封电报委派到了东京，一小时后他的飞机就要起飞了。"

"去东京？"这个消息让巴尔根很是惊讶。

"我的政府,"高仓解释道,"要求我汇报我们资本团队的长远打算。您将会看到军队枕戈待命!"

"您是官方的日本特使吗?"巴尔根问。

"谁又真的知道它的船要往哪儿开?"日本人答道,"中国政府最近似乎答应了维护日本人的权利。不管怎么样,我此次被委托,在经济部就我们团队全部已经完成的和正在进行的事务作一场报告。为此我想在出发前再明确地听您说一次,那个会议将如何进行。首先——"他察觉到了巴尔根的困惑,他已经不知道自己该如何看待高仓了,"最重要的是,我们要知道,我们能不能完全信赖您?"

"那个签名——"波拉萨罗娃想要缓和一下气氛。

"签名,"高仓说,"它的价值仅限于人们所赋予它的。巴尔根先生的签名到今天为止都只涉及他自己的股份,拥有这份股份还不足以让我们对整个公司,尤其是铁矿的命运施加影响。如果巴尔根先生用誓言向我们担保,向普莱姆先生施加他最大的、最有力的影响,这对我们才是最重要的!"

"高仓先生,您这就是无礼了!我跟您承诺的是,做所有我权利范围内的事!"

"生意和感情是无法协调的,巴尔根先生!凭您的经验,您也应该知道这一点吧!"高仓反唇相讥,"现阶段只有一条路可走:明天的会议上您也将同时以普莱姆先生的名义发言,对,就说是在他的委托下,同时也是在格拉夫的委托下。人人都知道,普莱姆先生无法离开瘟疫地区。"

巴尔根在这开诚布公的攻势之下屈从了。

"大家会要求看书面委托的。"

"不会！"高仓对他说，"没有人能要求您、普莱姆先生的朋友汇报情况。您是在整个公司生死存亡的危急关头通过电话得到相应的指示的。明白了吗？"

极度的局促不安之下，巴尔根紧紧地拽着桌布，差点儿把杯子都扯了下来。安娅·波拉萨罗娃及时抓住了杯子，成功地阻止了杯子摔成一地碎片并引来人们的注目。

"高仓，您要我做的事情就是彻头彻尾的欺诈啊。"他低声说，"龙楚试图——"

"我们现在不要把那个中国人牵扯进来，他不过是个中间人，不需要对任何人负责。而我却必须做出汇报，呈交我工作的证明。我们还有二十二分钟的时间，巴尔根先生。我再跟您重复一遍：我所要求的东西事实上是对您自己和您朋友的一种挽救。只要最开始的混乱平息之后，您就能享受生活了，而您现在却是生活的奴隶！"

那个旧梦！他将离开上海，这个他的厄运之城、痛苦之城、灵魂的苦难之城！他的婚姻破碎了。在一个欢乐的世界里，在南方的天空下，在充满光辉的夜晚，他可以重新找回自我，也将重新找回柯奈莉娅——在一种巨大的、普照一切的圆满里。

"您不要这样纠缠巴尔根了！"波拉萨罗娃语气嘲讽而又带着含情脉脉的弦外之音，"责任感的负担快要把他压垮了。只有天才才能通过更高的领悟能力克服教育和出身带来的偏见。"

"偏见？太可笑了，安娅——"

"巴尔根——"她轻轻地靠在他身上。她的晚礼服按照这

里的流行风尚紧贴在身上,露出闪着光泽的光滑脖颈和后背,令人眼花缭乱。"巴尔根——"她又用温柔的声音叫了一遍,"高仓出发后,剩下的时间就属于我们两个人了。您和我,不是吗?"

是的,他好想把这重压抛到一边去,从良心的折磨中彻底解脱出来。就在他终于有勇气走出最后一步、直到过去仿佛完全被毁灭的那一刻,他终于能舒一口气了。

"我给您我的承诺,高仓!"

这位谈判代表从口袋里拿出一张纸来。

"当然了,我一点儿也不怀疑您。但是您得理解,对于我的政府来说,一句由我口头传达的担保是不够的。政府需要一个情况概览用来跟中国谈判,也需要用这个来提供贷款。若是没有这笔贷款,我们就没有流动资金来支付您的应得款项了。"

——声明——巴尔根念道——对阿尔夫·普莱姆先生和格拉夫工程师的股份有支配权——已将其全额转让给高仓先生——该转让至少适用于全部股份的51%,按票面价值转让。

"普莱姆会叫我无耻之徒的!"他喃喃自语。

安娅·波拉萨罗娃用大笑回答了他。

"普莱姆!他慢慢就会甚至是悔恨地认识到,您是如何把他的一切从破产的危险中捞出来的!"

"一个像普莱姆这样的男人永远不会在公众面前证实,巴尔根先生并未在他的委托下行事。"高仓冷静而实事求是地说。

是的,他不会。他一定会掩盖巴尔根的所作所为,只要还有一口气。难道现在他还沉浸在一个彻头彻尾不可能实现的主意当中,还不该意识到自己的出卖与背叛?

巴尔根在文件上画了两笔,签上了自己的名字。

"您走吧,高仓先生!"他声音沙哑。

日本人对波拉萨罗娃鞠躬,又对巴尔根鞠了一个更深的躬,便从包厢中离开了。他的嘴角阴险地微微抽搐了一下。怀疑浮上巴尔根的心头。如果他现在压根就不是出发去东京呢?

在举起的香槟杯后面,俄罗斯女人金属般的头发闪着光。巴尔根深深迷醉于她的靠近,已经看不到她向日本人投去的那个默契的眼神了。

27

谨慎起见,英国人把吸剩下的香烟用干净的纸卷起来带走了。

医生检查完麻醉剂之后,走进了两位男士所在的等候室。

"严重吗?"普莱姆简短地提问。

医生的目光落在两位男士的身上。显然,他正在认真地思索如何回答。

"不,"他开口了,"我认为不严重。这种紊乱似乎只是普通的意识麻痹。我必须先研究那支香烟的成分,然后才能决定用什么解毒药。就这点而言,您,歇尔菲亚先生,让我的任务变得容易多了。"

"麻醉的效果估计要持续多久?"歇尔菲亚问道,对医生对他的称赞未作任何反应。

医生耸耸肩。

"如果我的推测没错的话,香烟里除了鸦片还含有小剂量的印度红柳桉树成分。我早些年在加尔各答的诊所里,了解到一种效果又快、又没有副作用的解毒剂。我希望,两个小时后威灵霍普小姐就能去酒店了。"

男士们同医生握手,然后离开了房子。

前台经理向普莱姆转达了一个通知:马上到司令那里去。

"现在有趣了!"普莱姆跟他的同伴讲了这个通知,"您有时间吗?毫无疑问,领事想听您汇报司令的措施。"

格拉夫和老齐凡坐在那个拥有无上权力的人气派的办公桌前。在办公室的侧墙边,两个士兵中间站着一个欧洲人。他的身旁,一个苦力坐在一把椅子上,浑身发抖。将军是个战争故事迷,喜欢让自己的样子尽可能接近拿破仑。他不间断地从装着葵花子的罐子里用指尖拿出葵花子来吃,罐子旁边放着他镶着金边的帽子和军刀。一位欧式打扮的中国女人在速记。

"普莱姆先生!"司令开口说道,"从我到目前为止的调查中可以看出,有人使用暴力阻拦一位与您相熟的女士到汉口的行程。对吗?"

"谢谢。我来总结一下:那边的那位贝尔格先生,被捕了,因为他开着一辆在上海被报失踪的汽车,在去汉口的路上被拦下来了。由于车上捆着一辆极重的摩托车,我的一位军官产生了怀疑。在贝尔格先生的物品里发现了一位龙楚先生给阁下——省长写的一封信,附带一张支票和一个指示:把一笔可观的金额转交给江湖医生亚宾斯基。此后,我们拦截了一封阁下发给龙楚先生的电报,其中报告了跟您,普莱姆先生的协商失败。"

曹恒温和地微笑着举起了手。

"我试图让欧洲人改变他们在陆伍屯的计划完全是出于和平的考虑。肺鼠疫——"

"阁下,"司令皱着眉头说,"请您不要让我当着这些外国人的面把您的人和您危害这个国家的所作所为说明白。我们俩是一个民族的同胞,过后我们可以再谈。不光彩的事情不应该在外国人的面前谈论。无论如何,可以确定的是:贝尔格先生的委托人是上海的龙楚先生。那位所谓的药剂师亚宾斯基从阁下这里得到示意,让他的仆人把注射过病毒的老鼠在陆伍屯'放生'。亚宾斯基——他自以为比中国的司法机构高明——已经招供了。"

曹恒沉默地听着他继续指控。

"您那位以出口商人为业的兄弟,几天前从龙楚那里得到了一大笔'贷款',这是最重要的事实!"

司令停顿了一会儿,他嗑着葵花子,发出清脆的响声。

"贝尔格先生是立陶宛人,他将不得不在中国法庭上为自己辩护。亚宾斯基已经从边境离开了,我收回了他在中国的居留权。曹恒处于我的指挥权之下。我还得问一问普莱姆先生,我的调查是否符合他按照外国客人在我们国家的权利提出的要求?"

普莱姆在这位高官的示意下站起身来。

"阁下!惩罚某些人,甚至是高官显贵,既非用来满足我的虚荣心,亦非服务于受瘟疫威胁的陆伍屯。真正的始作俑者在上海,站在我们面前的不过是他们的工具罢了。这里的罪行就交给贤明的阁下宽大处理吧。跟上海那些幕后黑手的决战必

须由我来做。我请求您给工厂和陆伍屯军事保护。"

司令考虑了一会儿,用近乎尖刻的嘲讽语气问道:"您估计会有动乱吗?"

到现在都一言不发地听着他们商谈的齐凡,陆伍屯最年长的长者,这时开口了。

"阁下,请原谅一个由于年老几乎半瞎而幼稚的人来把事情讲清楚。鉴于现在的事变,欧洲人可能拿起武器来对付妨害治安的人。"他的目光扫过省长。司令微笑着。"如果上海的那些委托人为了达到目的,派来全副武装的强盗团伙,又会发生什么呢?"

"您能在多少天内在城外造好一个连住的瓦垄铁皮房?"

"三四天,阁下!"

"房子一造好,连队就进军。工厂从今天起由我保护!"

按照司令阁下的说法,现在省长可以继续"陪陪"司令。贝尔格和那苦力被押走了。司令大方地向三位欧洲人和齐凡鞠躬告别。

"那家伙有种坐在法庭上的感觉——"格拉夫咕哝道,"没人摸得透他的想法!"

中国老人齐凡威严地拉住他的大衣。

"像司令这样的人在中国太少了:在法律和正义上坚定不移,有必要的明智的见识,在职责上强硬严厉!"

28

在英国医生的聚会上,威灵霍普小姐胃口大开地吃着罂粟子小面包、一个鸡蛋和一些火腿肉。她的脸因为高兴而涨得通红。

"普莱姆先生！终于见到您了，我好高兴！感谢您救了我——啊，格拉夫也来了！"她向他伸出手，"您好吗？"

这就完了？格拉夫的心突突地跳着。您好吗？没有更多的话了？没有时间深思这个问题了，歇尔菲亚和齐凡还等着他介绍呢。

马尔科姆医生作了报告。这种麻醉毒品，他说，虽然毒性很强，但是对身体是无害的。用了小剂量的印度解毒剂后，威灵霍普小姐很快就战胜了毒性。说完后，他用地道的英国式握手告辞，因为他的病人还在等着他。

"万一发生了并发症，立马让人给我打电话，威灵霍普小姐。虽然我想这是不会发生的！"

大家聚到了一起。

"不管怎么说，我真是美美地睡了一觉啊！"威灵霍普小姐逗趣地说。

"这件事还有更多好的方面呢！"歇尔菲亚插话说，"巴尔根先生的车有点儿不对劲。贝尔格，那个把你留在太湖的男人，开着它被抓起来了。要不然的话，被关起来的可能就是您了。看当地的情况，我们能不能马上找到您可就真的不一定了。"

连齐凡也跟着一起笑了。当威灵霍普小姐讲述了她充满冒险的旅途之后，歇尔菲亚十分激动地看着她。

"老英格兰真应该为有一位这样勇敢的女儿感到骄傲。现在我明白了，为什么您会成为您叔叔阿尔西人生的缩影。如果没有您，他的人生将是多么空虚啊。"

面对他这诚实而有些笨拙的赞赏,茉德·威灵霍普不禁大笑起来。

"尽管如此,我还只不过是个黄口小儿罢了!"她答道,"香烟上的那点儿花招本应该很容易识破的!"

格拉夫用亲切的夸奖安慰她。

"我觉得,在这么一段非人的旅途之后,我们当中没有一个还能比您更加目光尖锐了。一个对路况知之甚少的人——"

"没错!"歇尔菲亚笑着赞同道,"我自诩是个十分称职的司机。在这段路上,我甚至连国王的命令——这对于一个英国人来说可是至高无上的荣耀——都会咒骂的!"

他诙谐的话赢得了大家的好感。

因为旅途劳顿而精疲力竭的齐凡请求回房休息一会儿。

"当一个人看到如此多美好的事物,"他深受触动,彬彬有礼地说道,"他的内心一定会被遗憾填满,乐意用全部老年人的经验去交换逝去的青春。如果起决定作用的是岁数,人的意志又有什么用?小姐,我太疲倦了。请您原谅一个老人的失礼!"

"你们中国式的风俗真是让人着迷!假如我不是英国人的话,我希望我属于您的民族!"

"让人着迷!"格拉夫不悦地插嘴说,"您不知道!如果没有长者的允许,中国女人是绝对不准开口的。没有人能按照自己的意愿做事,如果她的家庭已经为她做了另外的决定的话——"

格拉夫恼火的唠唠叨叨听上去诙谐搞笑,把普莱姆给逗乐了。

"不，不，朋友，不要夸张！中国的习俗经受了几千年的考验，证明它是井然有序的。比起教这个民族什么更适合他们，我们有更有意义的事情要做：跟我们报告上海的新消息的愿望，在威灵霍普小姐的眼睛里毫不掩饰地闪烁着！"

他从她清澈的眼神深处读出一种满怀忧虑的不安心情和心灵的神秘，来源于一种神圣的友谊。茉德·威灵霍普现在为什么沉默了？当她终于开口的时候，她又是出于什么顾虑如此小声？

"普莱姆先生，您跟格拉夫不会相信的！"

"这真是个可爱的开头！"他说。

"请您马上乘坐您能赶上的最快的飞机，大股东会议明天就要召开了，会上将进行表决，要把公司全部卖出去！"

两个男人目瞪口呆地盯着她。

"巴尔根不会这么做！"普莱姆说。

"不可能！"格拉夫附和道，"这简直就是胡说八道！普莱姆都没有参与决定呢。"

"巴尔根没有全权委托权！"普莱姆解释道。

茉德·威灵霍普挑了挑眉。

"真是令人吃惊，两个如此善于处世而见多识广的男人竟然跟小孩似的！你们设想一下，巴尔根可能会在会上出示一封你们发给他的电报。"

"我没想过要给他发电报！"普莱姆固执地坚称，"难道您从上海来是为了建议我给他发这样一封电报——"

"换种说法——他得伪造这封电报！"格拉夫打断了他，"您是想说这个吧，小姐？"

"我不知道,巴尔根在明天的会议上是会出示一封伪造的电报,还是用其他的不法手段。他已经不是第一次造假了,这就是证据!"

她把那封电报递给了普莱姆。

他的声音变得低沉而沙哑。

"这纸是哪里来的,威灵霍普小姐?"

"巴尔根把它落在了办公室!"

格拉夫比普莱姆表现得还要惊愕得多。

"我要去上海,普莱姆。我要一枪打死这男人!就连夫人也是他——"

"别说了!"仿佛害怕他的这个问题会伤害到六百公里之外那个敏感的灵魂似的,普莱姆极其小心翼翼地问道,"告诉我,威灵霍普小姐,您是不是已经——我是说——柯奈莉娅·巴尔根知道这件事了吗?"

一阵令人不安的沉默。在茉德·威灵霍普身上,普莱姆好像什么别的也看不见了,除了她微微噘起、有些严肃的嘴,那张要说出决定性的话语的嘴。

这个问题——她的心脏急促地跳动着——他关心的只有这个问题。普莱姆还一直爱着柯奈莉娅!她早就预料到了——所有这一切都让她感到痛苦——灯光,从大酒店里传到他们这个角落的嘈杂声——两个男人对她回答的期待。倘若现在可以不必回答这个问题,她愿意付出一切来换取。但她也知道,在消除他的疑虑之前,普莱姆是不会让她清静的。

"没有。"她低声说,"巴尔根夫人什么都不知道。我原本只打算告诉您一个人,普莱姆。现在格拉夫也跟着听到了,这是我无法阻止的。"

仿佛一根被释放得太过猛烈的弹簧击碎了她的意志。她趴在桌子上，把头埋在手臂里啜泣起来。她原本还期盼着什么？期盼着普莱姆会说，他对柯奈莉娅无所谓？瞎胡闹——她已经不是孩子了——但她还是不得不在心里承认，她冒着巨大的危险开夜车赶来并不是为了拯救公司。在她来的路上，她紧锁着的灵魂深处强烈地渴望着，再看到他，再听到他的声音，在他的近旁生活！一种渺茫的希望向她迎来。他眼睛里温暖的光亮对于她，茱德·威灵霍普来说，意味着不可言说的快乐——而现在的普莱姆以一个感激而信赖的朋友的表情面对着她！这个认识将一种不可名状的空虚感抛进她的心里。

格拉夫不知所措地盯着这个啜泣着的女人。普莱姆垂着胳膊坐在她旁边，好像是被这对巴尔根的可怕指控惊呆了。但是，比起个人的幸福，眼下更要紧的是这场博弈。两个危机亟待消除：无论如何也要拯救公司；必须让柯奈莉娅远离这个致命真相的深渊！这两件必须做的事能被归纳为一个要点吗？

茱德·威灵霍普的忧伤让格拉夫的心像灌了铅一样沉重。

"亲爱的威灵霍普小姐！"他用一个小男孩般的语调一遍遍地重复道，"请您冷静一点儿！"

"需要同情吗，小姑娘？"她抬起头来，嘲弄地学他的样儿。"谢谢！格拉夫，您对我是好意。我也已经能控制自己了。您怎么还坐在那里，普莱姆先生？为什么您不速去机场？"

"茱德！"他第一次用不带姓的名字来称呼她，"您应该庆幸您不是一个男人！"

"恰恰相反！没有比这更令我渴望的了！"

"您的愿望永远也不可能实现。不然的话，听到那个消息时我一定会把您打倒在地。您辱骂了一个男人，而他是我的朋友：巴尔根！"他又补充说："但因为您是个女人，而且手里还有证据——我会坐今晚飞往上海的邮政飞机。您呢？"

"我留在这里，普莱姆先生！"

"留在汉口？"

"为了成为对别人重要的人，人们必须上前线去工作。陆伍屯缺护士。"

普莱姆的回答听上去十分恼怒。

"您是不是冒险小说读多了？一个人可不能——"

她打断了他的话。

"一个人可以干脆换个职业，来寻找自己的使命。如果我帮那些超负荷工作的护士们一把，我就已经算是有用了。我厌倦了上海的生活，无论如何都绝不会再回去了！"

"好了，普莱姆！"格拉夫使着眼色把他推到一边儿去。

普莱姆眼角浮上一个认输的微笑。

"您真是位女中豪杰，茉德·威灵霍普！您考虑过吗，陆伍屯可能会要了我们所有人的命？好吧——格拉夫！带上威灵霍普小姐。你得向我负责，让她不要拿自己的健康做不必要的冒险。把这句话也告诉医生！"

"我一定会留心的！"格拉夫激动地保证道。普莱姆现在还需做的就只有跟两位握手告别了。一种奇怪的感觉向茉德·威灵霍普袭来，仿佛这就是她跟他的永别。普莱姆没注意到，她皱着眉头压制住了再次涌进眼里的泪水。

29

茶话会结束后,女仆灰燕在卧室里帮巴尔根夫人换上睡衣。柯奈莉娅向藏书房走去。当她进入藏书房的时候,李管家打算悄悄地溜出去。

"喏?"她亲切地说,"又有这么多只看了个开头的书籍躺在各个角落里,是吧?只管继续清理吧,你在这里并不会打扰到我。"

李戴着一副金边眼镜,穿着欧式的服装。如果不是他那张亚洲人的脸,他看上去就像一位英国管家。就像他成千上万的同胞一样,他有一个朴实无华的姓氏,李。他名字中其余用来装饰美化的音节,被他弃之不用。他简朴的生活包含着千百万中国人的命运。一场洪水毁掉了他极其富裕的家庭的地产,宗族的所有成员都奉献出他们全部的财产来修缮祖宅,但这还是不够。因此李受雇做了管家,每个月将酬劳的一半寄给北平家里的长辈。谁又能看出李曾经是一位中国公使馆里身居高位的官员呢?对于巴尔根和柯奈莉娅夫人来说,他看上去简直是个有教养、可信赖之人的完美典范。事实上,他是在无数政权交替中的一次中失去了自己的职位,然后便退隐到了家族的圈子,直到他不得不接受了在一个有钱英国人身边做事的职位,巴尔根就是从那儿把他接收来做管家的。他用一个公式化的微笑回应了巴尔根夫人亲切的命令。

"巴尔根先生让我替他跟您道歉——"他报告道。

"我知道,李。我丈夫又要被一场会议给耽搁了!我知道

了。你看,李,因为这个,我没法再读完一本书了。"

李一边擦着玻璃门,一边回答说:"只要灵魂在追寻,内心就无法宁静。"

一道闪电般的光亮仿佛从这句话里照向她自己的人生。是的,她的内心不宁静!没错,她的灵魂在追寻!她曾越来越强烈地惧怕而又渴望着这个最终答案,即将到来的某一天会向她索要这个答案。

"你们中国真是一个神秘莫测的国度!"她忧伤地说。

"人们惧怕它,又热爱它,就像沉船落水的人对一片陌生的海岸那样,既是救命的机会,又是未知的谜团。我觉得,它拿走了我们所有人最强大的力量。人们也在这里开会,好像这里没有上百个神仙,没有摆满了神像的寺庙,好像这里只有机器、证券、股份、生意似的。而这一切又以奇怪而危险的方式威胁着我们,完全不像是在我们自己家里。战争、动乱、绑架从最简单的事情里产生,饥荒也经常发生。中国人把罪责归咎于外国人。他们有时会杀害你们当中的一些人,而没有人为此感到有罪。我也几乎以为,事实上的确没有人是有罪的。"

李指着在电蜡烛的光里闪烁着的一排排书本。

"那里是西方数千年的智慧,那里——"他指着窗外,"在喧闹的城市背后是来自中国五千年历史的智慧。尽管如此,命运之路依然神秘而不可捉摸。如果中国想要实现圆满,它也必须走完这条路。每个个体都应该领会这一点!"

"个体?他们就像一粒粒被风吹散的沙子,不知道自己该去向何方!"

李是在微笑吗?他几乎不为人所察觉地轻轻摇了摇头。

"没有人是独自存在的。"他礼貌地答道,"哪里有一粒沙子,那里就有第二粒、上千粒沙子。喜马拉雅山也是由沙粒组成的。一粒沙子紧紧地靠着另一粒,所有沙子把它们的力气联结在一起。如果一粒沙子让另一粒离开了,风马上就会把它卷走。但要不了多久,它就会找到另一粒沙将它紧紧抓住,组成一个新的共同体。"

柯奈莉娅搬来一把沙发椅坐在窗边,凝视着窗外奔流着、舞动着的雾。这雾似乎用它翻腾着的蒸汽将过去与未来都遮蔽起来。李在说什么?他的话听上去几乎是在故意暗示她自己的人生,不是吗?她想要反驳些什么,却只看到了他的背影。接着,门便咔嗒一声轻轻关上了。

在外面那雾墙的背后,命运正在抽丝剥茧。决定离她越来越近。她知道,克劳斯卷入了一些她用灵魂许下全部愿望都无法阻止的事情。他时常令人捉摸不透的暗示给她一种感觉,仿佛她离他很远,站在一条湍急奔流着的河流对面。克劳斯在对岸变得越来越小,直到他的身影彻底消失在远处。使他们走到一起的一切,一直以来不都是一个疑问、一个错误吗?

门铃刺耳的响声把她从沉思中惊醒。

一种不可名状的感觉像电流一样击中了她。

"请马上报告巴尔根先生,我来了!"一个熟悉的声音在前厅里响起——一个让她恍惚以为从千里之外传来的声音。这样的魔力不曾在她的愿望中出现过!转眼间,她便来到了放衣帽架的走廊旁边。

"巴尔根先生不在家!"仆人表示抱歉。

"见鬼!"她又听到了那个声音,接着她便看见了他。他

似乎在考虑要不要脱下大衣在此等候。

"阿尔夫·普莱姆!"

他被她的喊声一惊,便来亲吻她的手。

"晚上好,柯奈莉娅夫人。希望我没有打扰您!"

"真的是您?"她的嘴唇颤抖着,"把大衣脱了吧。您是来找克劳斯的,对吗?虽然他现在不在家,但您去商会也碰不到他。他一直都非常忙,因此常常忘记告诉我晚上是去见谁。说不定他很快就会回家的。"

30

她穿着蓝色天鹅绒睡衣的身影镶嵌在门框里,看上去仿佛一幅由陷入爱河之人的手绘出的画。过去的这些年一定是忘了在她的脸上画上岁月的痕迹。在普莱姆眼里,她一直都还是初次认识时那个青涩得让人着迷的柯奈莉娅,只是她嘴角的微笑更加成熟,眼睛更加善解人意,眉头更添了几分沉思。

"柯奈莉娅!"尽管几乎无法压制住折磨了他一路的紧张情绪,他的声音听上去还是有着令人安心的力量,"我很高兴,来到上海第一个见到的人是您。您不觉得这很不寻常吗?这已经是第三次了。"

"那时,我们之前从来没有见过面。"她对着脑海中浮现出的回忆画面微笑了起来,"您从舷梯上走来,爸爸和我站在码头上。老爷子不得不向您问好,这对他来说可真不容易,您还记得吗?第二次,您死而复生,像一个令人震惊的活生生的幽灵般出现在'五点钟'下午茶会上。而现在,您这么晚来到我们的房子里。我觉得，亲爱的朋友，我们快要在成见的迷宫里迷失自我、为所有的事情赋予双重意味了。"

"不！"他一边随她来到藏书房，一边若有所思地答道，"对我来说，重要的是让生活简单化。生活喜欢用它的杂乱无章虚张声势地吓唬我们，我们可不能容忍它这样！"

时刻待命的李管家深深鞠了一躬，向普莱姆问好。

"夫人有什么吩咐？茶，简单的晚餐，威士忌？"

"随便拿点儿什么来，李。普莱姆先生刚刚结束一场长途旅行，胃口一定很好。"

管家闪身离开，接着便听到他给仆人们下令的声音。

"我们去我读书的角落里坐吧，普莱姆！"柯奈莉娅把烟盒推给她的客人，"那么您这次来上海，是为了把生活简单化吗？"

"没错！"他点点头，"我承认，在克劳斯还没给我答复之前，我很难知道如何实现我的意图。为什么他晚上出门之前都不留个电话号码呢？"

"没有人知道答案，"她突然显得很悲伤，"今晚还能见到他的唯一可能，就是在这里待一个小时。有时候他开完会直接就去办公室了。几周以来他好像几乎没有睡过觉，精力令人佩服，是吧？"

两位仆人把放着餐具、菜肴和饮料的移动餐桌推了进来，李迅速摆好了茶桌。

"还需要什么吗，普莱姆先生？夫人现在总算也能吃点儿东西了，不然的话，她什么都不吃！"

普莱姆马上明白了。柯奈莉娅一整天没有吃过饭！他拍了拍李的肩膀，调皮地看着他的女主人。

"这种情况下我就不必惺惺作态了!你们的诗人是怎么吟唱的,李?五花马,千金裘,呼儿将出换美酒。如果能用我的幸福来交换美酒的话,幸福又算什么!不过,这里恐怕没人跟我索取这么贵重的交换品吧!"

在仆人们上菜的时候,李轻声回答道:"没有人能只接受,不付出,普莱姆先生。有一些行为是在无意识的情况下做出的,正是这些行为完成了一切。而人们却以为,当人不说话的时候,他的行为也停止了。"

这些话深深地侵入了柯奈莉娅的内心。

"李今天特别有见地,阿尔夫。我感觉,他博览我们藏书室里的群书,胜过我们自己。"

"除此之外,还读了大量的中国经典!让我们为这深奥的思想,也为了您的健康干杯,珍贵的朋友!"

他的情绪让柯妮的心情也变得晴朗。无论如何,李总算能再给他的女主人上菜了,这显然让他心满意足。

很快,餐桌又被收拾了起来,仆人们消失在关上的门后。普莱姆皱着眉头抽着烟。

"阿尔夫!"他听到柯奈莉娅说,"您认为我是一个懦弱的女人吗?不——"她把手放在他的胳膊上,热切地看着他,"不要这么快回答。我很清楚地知道,威灵霍普小姐表现出更多的决断力和英雄气概。难道我不该像她那样来对待我的世界吗?"

他明白,她想要暗示什么。

"茉德·威灵霍普是个勇敢的女孩。她向我证明了她非凡的工作能力,现在又要去瘟疫区工作了。我们所有人都钦佩她，柯奈莉娅，但是您的准则与她不同。责任是多种多样的。"

"是啊，"她赞同道，"正是这些责任，阿尔夫，让我看见了崩塌。克劳斯是黑暗权力的一个傀儡。听上去好像我在讲一个剧院里的滑稽社交剧中的一个角色，但我无法用别的方式来描述发生在我身边的神秘的事情了。相信我，阿尔夫，我整日，甚至许多个夜晚都在痛苦而绝望地苦思冥想，我要怎么做才能把克劳斯和我自己从这纠葛中解脱出来。我想不出任何合理的办法。我该同谁、同什么东西做斗争？有几次，我有一种感觉，这个强大的国家全部的重量，它的人山人海、城市、山脉、寺庙和神仙，所有这一切都压在我的胸口上。然后我就想：克劳斯也有同样的感受，这种不可名状的压力驱使他去做了一些他自己可能都不明白的、事实上无能为力的事情。"

他感觉到，她花了多么大的力气才能毫无保留地告诉他这一切，也是第一次清楚地知道，她承受着多大的痛苦。她眼下的状况使得他不可能向她揭露她丈夫犯下的过错。

"我们每个人都有这样的经历！"因此他亲切地说，"中国对白人来说就像毒药一样——直到人们适应了它为止，然后他们就再也不会去设想其他的环境了。克劳斯·巴尔根必须克服它，就跟我们中的每一个人一样。中国人全能的神正在向他伸出巨手。相信我，柯奈莉娅，我来得正是时候，我就是来让克劳斯清醒过来的。如果必要的话，还要狠狠地训斥他！"

她打了个冷战。

"阿尔夫，"她说，"为什么您想对我打马虎眼？我预感到，您是来讨说法的。一个离开了他的阵地，想要整顿前线后方的男人，应该明白——"

"您把事情想得太黑暗了——"他试图转移话题。

"不!"她坚决的态度让他不得不听她说完,"我刚才说'讨说法',但我的意思其实是,某种意义上,向整个这座城市讨一个说法。当我在穿着燕尾服的克劳斯·巴尔根身边出席舞会时,满眼都是晚礼服、首饰、华丽的光辉和看上去光芒耀眼的无忧无虑的气氛,而我们的身后却是陆伍屯的病人、死者的卧榻——"

"柯奈莉娅,"他劝告她,"这种想法对于一个女人来说是无用的、不恰当的,你最要紧的任务是,在任何情况下都能保持漂亮、完美的形象。"

她站了起来。像一个执拗的、对他的权威深信不疑的少女,她一边皱着眉头来来回回地踱着步,一边用责备的目光打量着他,带着一种居高临下,让他完全说不出话来。然后,她好像逃跑似的,被什么东西驱使着走到其中一个书架前,徒劳地整理起一堆乱放着的书卷。突然,她开口说话了,眼睛却没有看着普莱姆。

"我们的每一次交谈都以含糊其词的言语结束,阿尔夫。很遗憾,好几次了,我们从未用真话来结束交谈!今天您把自己卷入了矛盾之中。一开始您充满关怀地想要把我引回到责任的道路上来,或者您叫它什么来着,您还允诺我,跟我一起保护克劳斯。然后,您又确定地说,我必须为了维持一个尽可能完美的形象而生活。您还欠着对我的问题——我承认,提得不是很清楚的问题——一个真正的回答。"

那个坐在沙发上的男人没有动。虽然柯奈莉娅看不到他的脸,但她知道,他正一动不动地凝神倾听着她的话,脑子里除了她以外,无法再思考任何其他的事情!意识到这一点,使得她不由得继续表露自己的心迹。

"克劳斯成了我的丈夫,"她继续说道,而她的每一句话都在往事上撕开一道新的伤口,"那是因为一位临终的父亲希望如此。我发誓,那时候我做好了与他一起争取幸福的准备!假如他让我做他的战友的话,他或许更能经受得住与自己的斗争!很多次我是多么想要支援他,可是他从未努力唤起过我的力量。我们女人,恰巧是我们当中最为缄默拘谨的这一些女人,只不过是在等待一个命令来付出我们的力量,让我们为一个人挥洒热血,付出我们的整个人生。而克劳斯忽视了这一点。他将我视作一个彩色的玩具,一个当人们没有什么要紧的事情要做时才会看它一眼的玩具。我现在必须不断地思考,如果他今天无助地、受挫地来到我身边,我是否有力气让他振作起来!"

普莱姆在金属碟子里熄灭了剩下的香烟。就像这个烟灰盒一样,他想,有一天我也会只留下这么多。如果有一天我被烧尽了的话。在一件这样的事情面前设立内心的准则,究竟值得吗?咬紧牙关,老雇佣兵!即使是现在,你对这个女人的感情也不能把你袭倒!

柯奈莉娅看到,他无意识地摇着头。

"确定什么命运在挑战克劳斯,对我来说并不重要。"他缓缓地说道,"上海是一个残酷无情的城市,中国是一个神秘莫测的国度。像他那样的人并不总能抵御得住各种各样的影响。而像您这样的人,柯奈莉娅,强大得难以置信,比你们自以为的要强大得多。您行为的准则并不在您自身之外的任何地

方,它停留在您的内心,世界上的任何力量都无法规定它,也不能解释它。"

房子里一片寂静,她的心跳声清晰可辨。要不是外面有一辆汽车停在了屋前,柯奈莉娅都不知道现在该说些什么。透过窗子,她看见汽车大灯灯光里巴尔根高大而又有些佝偻的身影,仿佛他的肩上扛着一个重担。他在大厅里对李说了几句话便进来了。

31

"晚上好,克劳斯!"柯奈莉娅向丈夫打招呼,"您很幸运,普莱姆,克劳斯今晚没有被耽搁得更久。"

巴尔根眼里露出恼怒的神色。

"刚发完牢骚吧,柯妮?"一阵难听的大笑声让他的攻击性更加明显了,"阿尔夫肯定是非常偶然地来到上海的吧!在瘟疫城里,没有什么比大晚上来这里拜访一个美丽的女人更要紧的任务了吧?除此之外,或许还冒着把病原菌带到他朋友家里来的风险——"

柯奈莉娅的脸色变得苍白。

"你怎么能这样说,克劳斯?"

"克劳斯!"普莱姆把沙发椅向后推了推,才得以最大限度地控制住自己,"尽管柯奈莉娅是你的妻子——我也无法容忍你对她这样一番劈头盖脸的辱骂!你我都知道,谷德鲁斯家的荣誉是不可侵犯的!"

巴尔根再也没有回头路了。如果在过去的一个小时里,普莱姆介入其中施加影响,猛转船舵,那么只能有一个人下船去,这个人正是他自己,克劳斯·巴尔根!他知道,一种挡不住的自我毁灭的狂热欲望侵袭了他。

"我们坐吧!"假意友好的尖刻讥诮扭曲了他的脸,让他浑浊的眼睛里添上几分恫吓的神态。"你是来跟我谈话的,很好!我一定不会欠你一个回答的。"

普莱姆愤怒地重新坐下了。柯奈莉娅想要站起来。

"我不想打扰你们谈话。而且我也累了。"

"别走!"巴尔根厉声叱责道,"你和阿尔夫已经如此惺惺相惜了,没必要再继续演戏。"

她疲乏地把胳膊撑在桌子上。上帝,难道还有什么是她长久以来不知道的吗?

普莱姆感觉到,一种不可名状的紧张侵袭了柯奈莉娅。他只怀着唯一的愿望:阻止友谊发生可怕的崩塌。如果能找到一个随便什么样的出路,他可以不惜一切牺牲、不惧一切冒险。

"有人告诉我,你计划卖出公司全部股份。我听说,甚至连你本人的股份你也要一起卖掉。让我们对它置之不理,克劳斯,这只是一些流言蜚语。明天早上我向董事们作报告的时候,我希望你能无条件地支持我的方案。我将报告我在陆伍屯采取的措施——"

"冒险的方案!"巴尔根似乎被一种喜怒交加的情绪充斥着,"为了让你所谓的如此慷慨的计划变成现实,我们每个人都全力配合,不是吗?而你现在所要求的,简直就是自杀。瘟疫至少要持续一个季度,假如没有更久的话。再过上三个没有

开采量的月份,最后的储备金也要被吃干花净了。一个像你这样的人不该坐在陆伍屯,像个疯子似的挥霍着钱财,就为了帮助那些苦力们。"

"你把你能表达出的全部轻蔑放在这个词上:苦力们!他们的拳头里握着工厂的命运!健康的苦力意味着巨大的产能。"

"当人们要跟我们清算我们投入的大量资本和一个合理的盈利时,那些黄种人可帮不上我们什么忙。"

面对如此冷酷无情的背叛,普莱姆无言地凝视着巴尔根的眼睛。不,不该再怀疑茉德·威灵霍普的推断了——她的警钟敲响得正是时候,再不从无条件的信任中惊醒就晚了。

"陆伍屯的事情可是生死攸关。"柯奈莉娅绝望地说。

巴尔根毫不动摇地坚持自己的观点。

"重要的不是这个。崇高的目标永远都不是可靠的生意,我们的投资人可不打算为苦力们的健康提供资金。阿尔夫不知道那些人的看法。好,如果投资人反对,但是阿尔夫·普莱姆,你一定要帮我!我的上帝,我曾经跟破产擦肩而过,可不想第二次被扯进这样没有出路的境况了!"

"那时候是阿尔夫救了你——"柯奈莉娅无力地低语道。

"别提这个了!"普莱姆坚决地说,"说了这么多以后,看来让克劳斯改变想法完全是徒劳的。明天的会议上我们会作为对手对峙的。"

巴尔根哈哈大笑。

"你错了,阿尔夫!你根本算不上我的对手,理由很简单,你没有发言权。你的股份现在被龙楚支配,相应的数额会以银行支票的形式交付给你。"

普莱姆跳了起来。

"这简直就是瞎胡闹！谁给你的权利——"

"有些人，人们不得不逼他们去选择幸福。依我所见，这其中就包括某位阿尔夫·普莱姆。"

"这是骗局。"普莱姆无力地说。

"留点儿心吧，好朋友！我将在你的委托下向会议呈交转让公司的协议。我倒想看看，你会不会在全体股东面前让我出丑！如果你这样做的话，你那已经卖出的股份将会反驳你！你永远无法证明，你跟我上一次通电话的时候没有指示我这样做。"

柯奈莉娅愤怒地听着自己丈夫的话，她这才第一次清楚了，他犯下了多大的过错。

"克劳斯，我不惜一切地求你，理智点儿吧！如此铤而走险，这不可能是你的本意。这样做，你将不止会失去普莱姆的友情——我们的婚姻——"

"哦，你察觉到了什么，柯奈莉娅？没错，亲爱的，我是在孤注一掷！今天是一个自白的日子！在商会里有各种各样关于我的私下议论，说我把我的一部分财产挥霍在一个女人身上。你能猜到是谁以如此大的威力控制着我吗？几个月以来，我都是在波拉萨罗娃那连我自己也无法理解的影响力之下行事。尽管如此，我从未放弃离开公司以后跟你开始新生活的希望。现在我明白了，我的期待看上去是多么的天真愚蠢。你的眼神暴露了，你依然一直爱着那个男人：阿尔夫·普莱姆，我们无私忘我的朋友，他精通无须言语、无须公然的行动便能赢得一个女人的芳心之术——"

柯奈莉娅痛苦地跌坐在沙发上。她用手捂着眼睛,在巴尔根的话将她置于的巨大打击中蜷缩起了身子。这一刻普莱姆才意识到,巴尔根对她实施了多么惨无人道的暴行。

普莱姆抓住巴尔根的肩膀摇了摇。

"你病了,克劳斯,什么东西夺走了你的理智。除此之外,我找不到别的解释。马上把所有全权委托权还给我,让我明天独自来处理这件事。度几周假休养一下,会对你有好处的。"

"妄想!"巴尔根讥讽道,"用疗养院作为挽救名誉的手段,是吗?不,老兄,我可以逃避责任,跟你解释说有人如何用关系笼络了我!高仓的钱,龙楚那令人疲倦的礼貌的威胁,还有安娅·波拉萨罗娃将我玩弄于股掌之间。而令人困惑的是,这一切也是我想要的,并且即使是现在我也不想回头。或许你们理解我——或许也明白,柯奈莉娅,尽管如此我还是爱着你——只爱着你。为了你的缘故,我开始了这场骗局——"

"为了我的缘故?"她几乎说不出话来。如果说还有什么能使她更加不知所措,他的最后一句话就做到了。当她继续开口时,诧异和无助的疲倦在她的声音里打架:"我觉得,够了,克劳斯。我对你无所求了。"

"没错!"他点着头,"令人无法忍受的正是这个,自始至终我才是那个有所求的人。我想要赢得你。为了达到这个目的,我甚至不得不——你记得的,对吗?——那封电报,我伪造了那封关于普莱姆死讯的电报。"

巴尔根的椅子翻倒了。刚刚还坐在那里发出肆意谩骂并吐露真相的男人,已经被普莱姆甩到了几米之外。他摇摇晃晃地又站了起来。

"对不起，柯奈莉娅！"普莱姆筋疲力尽地说，"我为这场冲突道歉。您永远也不应该经历刚才这样的事情。"

"您知道吗？"她镇定得令人吃惊，"请您相信我，其实我预料到了。这当中有什么极为可怕的东西。"

一种无法用人类的标准来理解的破坏一切的欲望似乎侵袭了巴尔根，而直至今日，正是这种欲望给他的人生赋予了意义和价值。即使是现在，他也依然保持着他那冷酷的、连自己也不放过的嘲讽。

"你看，阿尔夫，老伙计。"他不得不用一把椅子支撑着身子，"她预料到了。就是这样。我感觉到，她离我越来越远，又跌跌撞撞地回到了她昔日的爱情里。这种事实能彻头彻尾地改变一个男人。他会变得像一扇铰链脱落了的门，再也没有支撑点，只能猛地碰上。那我们的友谊呢？你可能会问。是的，当然了——一个像你这样的男人会寻求斗争，在所有人生的困境里经受考验，证明自己。一种英勇的特性！而我则不然，我觉得这样毫无用处。生活那吸引人的魔力常常诱惑我去做一些可疑的事情——而你则天才般地不会牵涉其中。若非如此，你可能会挑选其他人做朋友和委托管理人！"

普莱姆没有再听巴尔根讲话。他只看着柯奈莉娅。

"或许我现在该走了？"巴尔根压低声音说。

"这整座房子都带着一种特别的敌意看着我，"巴尔根在这压抑的沉默中沉吟道，"我不再适合待在这里了。你至少不会恨我吧，柯奈莉娅？好吧，你今天应该还不知道这个问题的答案。"

普莱姆握住柯奈莉娅毫无生气的冷冰冰的手,扶她起来。他多么希望,今天他没有来上海,尤其是没有到这座房子里来。

"我一直希望,您跟克劳斯之间能架起一座理解的桥。这座桥可能很窄。您不想再试试,找一条通往这座桥的路吗?"

她的声音里充满了来自一颗伤痕累累的心的忧伤,而比起这个,她那写满了深深遭遇的眼睛里的拒绝更加明确地回答了他:

"您自己恐怕都不会再相信还有这样一座桥了吧,阿尔夫!"

"肯定有可能的!我可以承认克劳斯采取的所有措施,没有人会知道我们之间的争执。您想想您父亲的遗愿——"

柯奈莉娅·谷德鲁斯——对,不再是柯奈莉娅·巴尔根——她又是一个完完全全的谷德鲁斯家的人了,骄傲地、即使要否定自己也要诚实地摇了摇头。

"这种时候您要提醒我这个,阿尔夫?您跟我一样清楚,在那样的弥天大谎面前,那个遗愿毫无效力!如果就连您也想要背叛自己的内心,那真是太可怕了。不——不!现在我们要谈论的不是三个人之间的事情,我的朋友。请您想想陆伍屯!"

陆伍屯!一座座被冷却的高炉,一群恐惧不安的人,病人和死人——还有他把欧洲和亚洲在有成效的工作中联合起来的伟大想法!这样的提醒让他说不出任何话来回答她。巴尔根的手重重地放在普莱姆的肩膀上,他吃惊地转过身来。

"别费劲儿了!"他听见巴尔根用变了样的声音说道,"两个人解决不了的事情,第三个人也无计可施。一旦那个球落在了地上,平衡就被破坏了。我手里许多漂亮的五彩纷呈的东西已经被夺走了,留给我的只有一片待整顿的狼藉。至少请相信,这吓不倒我。"

他向柯奈莉娅颔首示意,接着便离开了。

普莱姆又一次握住柯奈莉娅颤抖着的手,他感到,她仿佛要在这短暂的触碰中寻找倚靠和保护似的,正如几个月前在国泰酒店里那样。

"我们要感谢您,"她在克制自己,"因为您,普莱姆,命运今天才得以完成了长久以来亟待做出的一个决定。李是怎么说的来着?只要灵魂在追寻,内心就无法宁静。我们必须一次又一次地走过无尽的错误,才能找到真理。晚安,普莱姆。您不必担心,就让我一个人在这儿吧。一个谷德鲁斯家的女人还承受得住生活让她所担负的东西。"

她的身影退回到房间里灯光斑驳的暮色中,消失在被李无声地关上的房门后面,却把普莱姆的思绪带到了远方。啊,没错,当然,李一言不发地、尽职尽责地站在那里,已经准备好了他的大衣。鬼才知道为什么他早就预料到了这一次告别的时刻。李的嘴角是不是掠过了一个会意的微笑?

"夫人要就寝了!"他用抚慰的语气回答了普莱姆没有说出来的问题,"灰燕已经给她准备好了睡眠茶。只要喝上三口,任何人都会困的——"

"这很好,李!"普莱姆亲切地点点头,"晚安。好好留心照顾巴尔根夫人!"

外面又有一个惊喜在等着他。石子路上,脚步声嚓嚓作响,黑暗中显现出巴尔根的身影。他汽车的马达发出的隆隆声,准备好要开动。巴尔根开口讲话了,语速又快又紧张。

"我觉得——我想要——喏，总之，阿尔夫，我们应该冷静地谈一谈！到现在为止你也没有考查过我的建议。你总会发现的，我真的是为了你考虑——"普莱姆冷冰冰的沉默让他自己也感觉到了，他的话毫无意义。他做了一个放弃的手势，打断了自己的话。"我至少还能送你回酒店吧？"

"谢谢，克劳斯。我觉得，我们最好还是就在这一刻分道扬镳吧——就像我们的想法和行动一样！"

阿尔夫·普莱姆走进了暮色中。大轿车的大灯发出刺眼的光，风驰电掣地驶过。他很高兴，在漫步走向国泰酒店的路上，他还能呼吸一口新鲜空气，即使这是上海弥漫着危险的夜晚的空气。

32

四位护士，七十三张"床"，四间将就着布置好的病房，这就是陆伍屯的医院。

十九个苦力躺在安娜护士的病房里。病理发展的第二阶段，确凿无疑的症状，上升的体温曲线，从住院部来的幸存者，也就是说，也不是没有希望。出现这些症状四天以后还能呼吸的人，就有一线生还的机会。安娜护士在疲倦地打着瞌睡或是在呻吟着的病人之间笔直地走来走去。仅有的女助手是两位勉勉强强粗浅地学会了护理的中国女人，她们能帮她一把，清除病人可能会带来危险的排泄物，保持病房的卫生。睡觉对于安娜护士来说已经成了一个传说。即便如此，她依然能以她批判性的眼光仔细地打量着前来报到上岗的茉德·威灵霍普。

"像花朵一样娇嫩，我的乖乖！"她用她那汉堡方言说道，"你真的有一颗渴望冒险的灵魂？这样的人我可不能用！"

茉德·威灵霍普并没有被她给吓唬住。

"有人告诉我，护士小姐，您迫切需要帮助。"

"助手——哎哟我的天呐——你是一个助手吗？回家找妈妈去吧，那儿可比这里要舒服。"

"我没有父母。我叔叔在汉口的抵制活动中被枪杀了。"

安娜护士的顾虑马上转变为一种充满同情的和蔼可亲的态度。

"孤零零的一个人在这个世界上？好吧，那就留下来吧。你一定要非常留心，口罩戴上后不要拿下来。这样一个小小的瘟疫可不是什么好玩的事情，但是如果能小心警惕的话，什么也不会发生的。"

她向威灵霍普小姐教授各种不同的护理知识，她质朴的心里，很快就对这位乐于服务的英国姑娘产生了一种母亲般的喜爱之情。现在，在这位护士短暂的睡眠时间里，再也不会出什么岔子了。这使得她们之间确立了坚固的友谊。

"真是个机灵的乖乖！"她不吝赞赏，"只是有一点让我不太喜欢。"

"是什么呢？安娜护士？"

老护士思考了一会儿。

"你的头脑里有着苦恼的思绪。或许是个男人。喏——你也不用马上就脸红了。每个女人在你这样的年龄都有过这种经历，全世界各处都是这样的。但是这却是一件蠢事，我的乖乖。男人们不值得让我们头疼。"

"也许有例外呢?"

安娜护士变得诙谐起来。

"嗯——或许有。如果你恰好是爱上了这样一个人,那一定会很有趣的!"

茉德·威灵霍普总是直到午夜过后才能躺下来睡觉,而黎明时就得再次准备起床了。

"喏,茉德护士,"起床后,米勒医生就来找她,"这里可不是什么好地方!您只需要帮我一个忙:遵循所有的医嘱,保护好您自己的健康!我可是向格拉夫担保了,保护您的生命安全。"

在威灵霍普小姐看来,米勒医生博学的额头下那沉思的蓝色眼睛十分引人注意。她从未看清楚过,那双眼睛到底想要表达什么或是掩饰什么。他今后的打算肯定不会是在中国、在这里给苦力接种疫苗来度过一生。

"老是说格拉夫,一遍又一遍地重复格拉夫!"她回答道,"是谁任命他做了主治医生了?"

这样的对话让医生颇感有趣。他拖过来一把维也纳椅——这种椅子甚至也在全世界最偏僻的东方被用作座椅——跷起二郎腿,打开烟盒。

"您也想抽一根吗?小小地提个神,不会伤害您的。"他把火给她,然后便向着"住院部"前厅被粉刷成白色的瓦垄铁皮天花板吞云吐雾起来。"您身上有着阿尔比恩[①]人那种相当固执的性格。"他友善地说道,"我跟您讲一些事情,您或许可以

[①] 阿尔比恩(Albion)是大不列颠岛的古称。今天,阿尔比恩仍然作为该岛的一个雅称使用。——译者注

从中得出结论。当时,航塘暴发了斑疹伤寒,政府呼吁我们去救援。我们建了一个野战医院,拼尽所能。四周以后,当地居民人数减少到了原来的十八分之一。"

"你们去得太晚了吗?"

"不是。我们有十五张用来手术的病床。只有一点跟这里的情形不同——在航塘,没有一个这样的格拉夫沿街奔走、明察秋毫,在镇上的长者和几个德国工厂领导的帮助之下建立起一支与疾病抗争的突击队。"

茉德·威灵霍普被逗乐了,她看着米勒医生。

"换句话说,格拉夫就是个万能的人咯!"

"您相信吗?哪怕只有一个中国人重视科劳森医生或者我的医嘱也就好了。苦力们淡定地看着发病倒下的人,用鞋子把他咳出的痰蹭开,然后毫不在意地带着病原菌,拖着步子在这个地方走来走去。您的香烟要吸完了,披上大衣跟我来,我会向您证明,格拉夫对我们所有人意味着什么。"

她好奇地跟着他到了外面,几分钟后他们便来到了菜市场。在街道入口处有一个小帐篷,里面可以看得到一个担架。四个戴着红十字袖章的中国人正在看护。

"你们设立了救护站?"茉德问道。

她的猜测把米勒医生给逗乐了。

"是格拉夫设立的——如果您说的救护站指的是这个的话!只要在户外或者在房屋里有一个男人或是女人发病晕倒——您知道这病发作起来有多快——所有附近的人就撤退,房屋在彻底消毒之前不允许有人再进来。人们呼叫执勤的人,会有两个人带着担架赶来,用一块布塞到病人的身下,然后就

这样，不接触病人，做好准备把他运走。一个看护留在帐篷里。当那两个抬担架的人把病人送进医院的时候，第四个人就去拿一副新的担架来。今天一共收诊了十四例病人。"

那些她几天以来在这里工作时死去的人浮现在她的眼前。

"危险增加了？"

"如果不是格拉夫的举措，死者的数量可能是现在的十倍。真是神奇，这家伙用了什么办法赢得了这些中国人毫无保留的信任。嗨，说曹操，曹操就到！"

当格拉夫把双手深深插在口袋里、抽着一支短烟斗迎面走来时，他踩着有点儿摇摇晃晃的步伐，看上去就像一个水手要去美美地享受陆地上的度假似的。他一言不发地打量着那些执勤的中国人，然后把烟斗从嘴里拿下来，用威吓的口吻敦促那个守卫。

茉德·威灵霍普看到，那苦力飞快地从口袋里抽出一块帕子，把它放在手臂上方。

"这些人接到命令，"米勒医生解释道，"遇到急救通知，要先把帕子绑在嘴前，然后再抬着担架出发。祝您胃口好，格拉夫——我们也能收到饭前祝福吗？"

看到威灵霍普小姐，格拉夫喜形于色。

"嗨——茉德护士！出来喘口气啊？您应该多从屋子里出来走走！医院里的空气对您美丽的小脸可没有什么好处！这护士服简直太适合您了。说真的，您在这个荒凉偏僻的地方甚至变得更漂亮了。"

"您听见了吗，医生？"她快活地问道，"他说这恭维话不过是为了掩饰，他实际上老是在骂我呢！很好，格拉夫先生——我知道啦——那么您见了安娜护士又会说什么呢?"

"安娜护士!"格拉夫重新点燃烟斗,咕哝道,"她简直是个老兵。与这棵橡树相比——您可不要见怪,威灵霍普小姐!——您就像一棵桦树,长着薄如蝉翼的叶子和一碰就痛的树皮。"

瞧瞧,格拉夫现在出口成诗了!他粗犷的本质里本来就有一些打动人的地方,让人不由得喜欢他——茉德·威灵霍普觉得。三个人慢慢地散步走向医院。

"格拉夫说得对!"米勒医生试图把中断的对话继续下去,"珍重,茉德护士!现在,每个人的生命都是双倍的珍贵,每个护士的生命则是十倍的珍贵。我们必须合理地调整您的值班表。我把教授纠缠得不得安宁,你们现在总算不必继续过度劳累了。您得看看别的东西,散散心。"

说着,他们走到了厂房边。茉德·威灵霍普匆匆告辞,安娜护士可能已经在等她回来了。

"再见,格拉夫。"她直截了当地说,"感谢您的关心。再见,医生!等那三个从汉口来的护士到了,我就能睡个够了。您知道吗,这个期盼对我来说意味着多大的幸福!"

她的头发再次被风吹起来,在灯光里闪耀着金属般的光泽。接着,她便消失在房子的入口处。

工程师又吸起了他那在谈话间已经变冷的烟斗。米勒医生感觉到,在他那伸出去的手背后,格拉夫似乎意欲掩饰自己的尴尬。不管怎么样,他仿佛着了魔似的凝望着医院的窗户,希望能再看见一次威灵霍普小姐。

"恭喜您发现了人才,格拉夫!说实话,当初我还有点儿

担忧和害怕,您会给我找一位娇弱的女士做助手。这位小姐是个勇敢的姑娘——或者说已经不再是个小姑娘了——是个自信的、精力充沛的、乐于奉献的人。"

他抓起格拉夫的手臂,跟他一起走到医院那边去。要不然,格拉夫可能还要在这个位置坚守几个小时呢。

"她是这种人里出色的典范!"格拉夫把双手深深地插进裤兜里,"普莱姆会不会也思考过,这个可人儿给他带来了什么妙不可言的东西?"

"普莱姆?"医生挑了挑眉毛,"我觉得——您,格拉夫——"

"好好想想,您想干什么!"他的同伴吼道,"无论如何,瞎喊这样的蠢话可不是什么好事!您觉得,如果茉德·威灵霍普通过您了解到我对她的感情,我心里会舒服吗?她可能会在她的倾慕者名单里把我归类到打着'可怜而徒劳的爱慕者'标记的这一栏?"

"冷静点儿,格拉夫!没有人偷听到我们的对话。关于茉德·威灵霍普,我可以跟您保证,她刚刚还表达了对您极度的赞赏,亲爱的朋友。带着超乎寻常的关心——"

在这世界上,幸福的人如此之少!这是米勒医生对人生的认识之一。而他认为,格拉夫的幸福不过系于只言片语之间,为什么不抓紧机会把它说出来,哪怕这只是一场幻觉?幸福不就一直都是一团飘来飘去又消散在雾气中的磷火吗?

格拉夫双脚岔开站在医生面前,棱角分明的脸已经没有任何愤怒的表情。就连他的耳朵似乎都在跟着一起笑。

"天呐——这是真的吗?"

"就跟莱德·威灵霍普现在在陆伍屯一样真实！"

医生这个老骗子心里也暗自笑了起来。那里已经出了陆伍屯了！从这儿开始就是工厂了！格拉夫当然不会理解这个"巧妙的辩证"。没关系！在那个英国女人那里，唯一能让他有希望的就是放下腼腆。在他知道她喜欢他之前，他是不会打定主意的——

"谢谢您，医生！"格拉夫喜悦地继续说道，"现在我对这里的事情又重新有了兴致。过去的这些天里，我千百次地咒骂整个中国、陆伍屯、普莱姆和我自己。现在，一切自然都好了！人必须知道自己是为什么而活，为什么而担风险，对吧？您懂我吗，医生？还是说您觉得我完全疯了？说真的，我不应该那样生您的气。"

"疯？相信我，格拉夫，我愿意付出一切代价变得像您那样理智！您不要这样傻傻地盯着我看，我不能把话说得更明白了，您也不必对此加以思考。对于像您这样的人，中国甚至可以说是一块试金石，当命运纠缠不休时，您就把它握在手里，用力地击打命运的头颅。"

"像我这样的人？"格拉夫沉思着重复道，"等等，亲爱的朋友——您属于另外一种人吗？在我看来——"

他没有必要把这句话说完了，米勒医生的身影已经消失在病房里。

真是个怪人！聪明，能干，又总是有点儿被神秘的面纱笼罩着。格拉夫在他身边总觉得自己像个小伙子——但是，这个小伙子必须在重重危险中保护比自己聪明、却比自己力量弱的哥哥。

33

　　普莱姆没有注意到,在巴尔根家的别墅灯光熄灭后的阴影里,有一辆汽车等在他的对面。就算他的目光偶然落在那辆车上,他也不会注意到那张在黑暗里偷偷窥视着他的脸。

　　他迈着有力的步伐离开了。在两条大路的交叉口,他思考了片刻,然后选择了一条更短的岔道,即使这条路的照明要差一些。路的两边矗立着一些尚未完工的房屋。

　　当听见一阵发动机的轰鸣时,他已经在这个方向上走出了大约四百米远。奇怪,在街道上的黑暗中看不到有车!正当他以为是自己幻听、打算继续往前走时,一辆车突然出现,大灯发出一道光束,照得他目眩。看来他没听错。那辆车停下来了!有人用汉语大喊了一声——普莱姆下意识地跳退到一座还没有砌好的墙下的阴影里,从这里他可以看到几米外。两个只看得出轮廓的身影正在向他靠近。他本能地向兜里掏去——可恶!他把左轮手枪忘在汉口的汽车里了——

　　"站住!"他向那两人喊道,"你们想干什么?"

　　那两个男人在黑暗中停住脚步,并没有回答他的问题。普莱姆牢牢地把身体紧贴在墙上,握紧了拳头。他看见,两个家伙里较为矮小的那个突然低下头,像猫一样地跳了过来。就在这一刻,普莱姆已经出拳,打在那男人的太阳穴上。那男人像个麻袋一样地倒下了,滚到了汽车大灯的灯光里。另一个男人踌躇不前,接着他听到了一个温和的中国人的声音。

　　"我们没有什么恶意。"那男人在黑暗中说,"只是受人之托，把您带到上海去商谈商谈。"

"跟谁商谈？"普莱姆试图通过问话来拖延时间。他看着那个说话的人，希望能认出他的脸来。而他没有察觉，街道另一边，光束的背后，第三个人正在蹑手蹑脚地走来。

街上那个黑影用听上去很忧伤的语调说道：

"我不能说，我不知道！没什么恶意——"

两只手紧紧地扼住了普莱姆的脖子。他迅速转身，抓住那看不见的人的一只手臂，然后用一个柔道动作抓起那个攻击他的人，把他摔到了一边。然而他的敌人却有应对的方法——他狡猾地从普莱姆紧紧抱住他的手臂里滑出，下一秒普莱姆便感到肩胛骨的位置火辣辣地疼。他再次用左拳出击，击倒了那个看不清的人——在那人倒地的身体上方，普莱姆也脸朝下倒下了。

一阵奇妙的宁静包围了他的感官，仿佛有一双翅膀轻柔而沉重地在他身上簌簌作响。从管风琴的呼啸声中传出一曲带着小提琴音色的、本以为已经被遗忘的儿歌。那小提琴声又变成了一个女人的声音，柯奈莉娅·巴尔根的声音，很久以前她还是柯奈莉娅·谷德鲁斯，一个青涩美丽得不可思议的姑娘。他的手静静地放在胸前，冷静而安心。

34

上海—汉口制铁公司会议厅的天花板上，风扇有规律地旋转着，发出嗡嗡声。即使是这种现代化的设施也驱赶不走那令人窒息的酷热。除了巴尔根，所有被邀与会的先生们都已经全

数到齐了。

哈尔贝克正压低了声音跟荷兰人埃特玛讲话。在上海，人们提到这个荷兰人就会说：这家伙钱多得发臭！埃特玛觉得这样说是没道理的。将近七百万荷兰盾意味着什么？他能像揩去一小堆尘土那样摆平一场危机。

"技术上的成就是巴尔根全部的骄傲。"哈尔贝克毫不掩饰他轻蔑的评判态度，"您看看这些闪闪发光的东西，简直不能更没用了，但看上去却是十分排场。"

埃特玛把烟斗从他那残存的几颗发黑的牙齿中间抽了出来。

"这个男人赌输了，哈尔贝克。"

"我也是这么担心的！"这个颇有权势的德国人点头赞同道，"真是可惜！谷德鲁斯把大笔财产留给了他的女婿，总的来说他还是有看人的眼光的。那里的那些侍者——有着中国人特有的拘谨呆板！——也是巴尔根训练出来的。军官生涯对他真是一点儿坏处都没有。"

埃特玛蔑视的眼神里透出他对巴尔根不甚恭维的看法。哈尔贝克理解了：比起他好的一面，巴尔根显露出的更多是愚蠢！荷兰人在他吐出的烟云后面嘟囔道：

"在德国，军官需要有骨气。立场，您懂吗？在任何情况下，在女人这件事上也不允许失败。"

侍者们悄无声息地端上茶和威士忌，苏打水冒出的气泡在玻璃杯里嘶嘶作响。与会的人们默默看着指针走动着的钟表：十点三十二分。

"也是有风格，"丹麦人安德生抱怨道，"从什么时候开始允许会议主持人不准时了?"

"陆伍屯来新消息了吗?"埃特玛问。

哈尔贝克耸了耸肩。

"死亡人数总计超过七十人。无论如何还是挺让人惊讶的,病灶已经得到了隔离。普莱姆采取了强有力的措施。另外,您知道吗?他也要亲自参加会议。"

"什么?怎么参加?谁说的?"问题一个个乱哄哄地飞来。

哈尔贝克惬意地靠进椅背。

"看上去似乎是个小惊喜啊,先生们!好吧,我跟你们透露个秘密。刚刚从事务所打来的电话,我的秘书告诉我,不是别人,正是普莱姆在昨天快到下班的时候亲自询问会议的时间。他似乎突然就已经到了上海。您笑什么,埃特玛?"

"我很期待看到巴尔根那张蠢脸。据说,今天有人要跟我们建议解散公司?然后,普莱姆就来了。你们应该看看,关于公司的解散我们能谈多少。"

门被撞开了。龙楚拖着脚步啪嗒啪嗒地走来,为了庆祝这一天,他穿着用闪闪发光的锦缎做成的中式长袍。在银行家庞大的身躯旁,那个穿着英式西装的矮个子男人看上去几乎像个孩子——这个善于交际的日本人长着一张精力充沛的脸,目标明确地走向一把空着的椅子。每个人都不由得注意到,原本那么衣着时髦、风度高雅的董事长现在看上去是这么面色苍白、睡眠不足、疲惫不堪。

"咳!"哈尔贝克脱口而出,"我们在这里开的是异域服装节还是公司董事会?"

他的话让巴尔根猛然惊醒。他突然加紧了步伐,走到他的

椅子后面。

"先生们,我很荣幸地向你们介绍龙楚先生——作为中国最大的银行家,他在上海商界肯定不是个无名之辈吧——还有高仓先生。后者是日本资本团队的谈判代表,这个资本团队将会再次向我们开价。"

两位亚洲人仪态大方地鞠躬。在与会众人敌意的目光之下,巴尔根觉得有必要做进一步的补充解释。

"高仓先生到场是为了——在一定程度上——代表被紧急事务困住的普莱姆先生,出席我们的会议。"

埃特玛的烟斗在嘴角游移,"那么龙楚先生,如果允许我提问的话,又是受谁的委托到场的呢?"

安德森愤怒地插嘴道:"就我所知,可没有让别的资本团队的代理人进入董事会的先例,巴尔根先生。我们首先就不习惯,在我们的圈子里看到这两个远东国家的国民!"

他的话得到了大家的普遍赞同。

"首先,"哈尔贝克插话说,"这里可能要做出一个决定。我们不能在事情已经成为既成事实后才被告知!普莱姆以充分的理由阻止这两个国家的人参股,对于这两个国家的争执我们不想参与。他们只会把他们政治上的紧张关系带到我们的工作中来——"

高仓带着一种镇定自若的理所当然坐在了普莱姆的位置上,龙楚则拖过一把椅子,坐在日本人跟巴尔根中间。在这场激烈的争论间,龙楚脸上的微笑一点儿也没有失了友善。当大家都沉默下来时,他接过话茬。

"很多问题需要回答,先生们!请让我说几句,这不仅与巴尔根先生取得了一致——"他先向右边鞠躬,"也得到了高仓先生的同意——"他又向左边鞠躬。两人像两尊神像似的点头回应。"董事会的决定,高仓先生和我也将参与表决。我们也是董事!"

"嘘——虚张声势——闻所未闻——"

龙楚用右手举起一张纸,左手举起另一张。他的姿态使得激动的人们安静下来。银行家可以不受打扰地继续说下去了。

"当着在这两张纸上签了名的董事长巴尔根先生的面,没有哪位先生会怀疑笔迹的真实性吧。此外,若还有任何不清楚的地方,巴尔根先生会亲自用口头的证实来反驳。这里的第一份证明文件是将巴尔根先生的所有权利转让给龙楚——"他指向第二份文件——"将所有普莱姆先生的股份转让给高仓先生。"

一位年轻的商人跳了起来,刚来上海不久的赫尔伯特·克劳姆讷是他叔叔——一个机械进口公司创立人——的继承人。

"阿尔夫·普莱姆的签名在哪里?"

龙楚用眼神下达了一个无言的命令,巴尔根笔直地站起身来。他把拳头撑在桌子边缘,对着桌面上绿色的毡垫讲话,眼睛没有看任何人。

"正如每位董事所了解的,我的朋友普莱姆在移居陆伍屯之前全权委托我以他的名义签名。而大家有所不知的是,陆伍屯打来电话,口头委托我出售股份。普莱姆认为,当前的情况下公司已经支撑不住了,由于高仓先生目前还能保证股票的买价,他做出了一个迅速而果断的决定。转让我们的股份也是为了你们的利益,先生们!"

克劳姆讷毫不顾忌地放声大笑。

"为了我们的利益!这个了不起的工厂就要直接被卖了!对我而言,总的来说,重要的是赚钱,先生们。"他转向与会的众人,心里暗暗为自己势不可当的勇气感到惊讶。这是他第一次在这么多人面前发言,带着初生牛犊式的激动振奋。"但是在这种情况下,我拿出资产却并非为了个人盈利,而是为了,或许能帮忙建造一些有用的东西!"

勇敢的小伙子!哈尔贝克想。我得对他刮目相看了。他总是有点儿迷茫地坐在商会里。只不过,他对这帮流氓太过于果决了!应该小心谨慎地智取。

埃特玛把烟斗放在桌上,目光从容不迫地在众人之间游走,最后坚定地落在烦躁地玩弄着一支铅笔的巴尔根身上。他几乎要忍不住自己的笑意。

"奇怪!事实上——简直可疑,巴尔根先生!您接到一通从陆伍屯打来的关于出售普莱姆股份的电话——而普莱姆先生今天却打电话通知他要来参加会议——"

"愚蠢!"哈尔贝克嘘声道,"您真应该不开腔的!"

埃特玛无奈地冷笑着。

"必须有人把真相告诉这些无赖——"

一阵令人窒息的寂静,只有那继续疯狂转动的风扇还在发出嗡嗡的声音。即使是一支从巴尔根手里掉落在地毯上又弹起来的铅笔发出的轻微声响,也清晰地传到每个人耳里。

只有龙楚还保持着他的淡定。

"请允许我讲几句!"他坚决地对巴尔根说。

"龙楚先生请讲!"巴尔根低声说。

"先生们！"银行家讲话时依然镇定自若地坐着，"荷兰人，您说的是真的，我只能证实您的说法。普莱姆先生确实来到了上海。在座所有人都认识这个令人钦佩的男人，他在陆伍屯的工厂里做出的巨大成绩让全世界都不得不为之惊叹。这样的一个人怎么能忍受他的计划被人认为是完全错误的呢？普莱姆先生打算，亲自在你们面前为他的处理方式辩护。但是很遗憾，他身心交瘁，健康状况堪忧，因此，在医生的力劝之下他只好决定不来参加会议了。"

"普莱姆在哪儿？"克劳姆讷激动地叫道，"我要马上听到他本人说说这到底是怎么回事。"

龙楚抱歉地耸耸肩："无可奉告。"

埃特玛想刨根问底："太奇怪了，不是吗？我们的客人先生们无论如何都想要把陆伍屯这个所谓的烂摊子弄到手！如此伟大的献身精神，你们能理解吗？"

我的天呐！他惊慌失措地想，那个看上去好脾气的放高利贷的会用眼睛惑人心智！

"您觉得有没有可能，"他对哈尔贝克耳语道，"龙楚把巴尔根给催眠了？"

日本人在讲话。没有人知道，他是否已经按照礼仪请求过发言了。所有人都只能听到他殷勤恳切而又强硬尖锐的声音。这个人的影响力让这些对他持否定态度的欧洲人无法忽视。

"——有人提出批评，说我们这是献身精神。不，我们是精打细算的！很遗憾，我的权限不允许我向大家揭示终极的内在关系。先生们，欧洲只想着短期投资。'中国是永恒的——而日本更加恒久！'我国一条古老的谚语如是说。陆伍屯不会

是唯一被我们和平征服的地方。日本必须扩张，它已经足够富裕，能用军饷来满足它在领土上的迫切需求。日本是很慷慨的——先生们！"

他的话听上去很强硬，但也很合理。汗水从人们额头上滚落，流过全身，酷热严重折磨着他们的神经。玻璃杯里的苏打水气泡越来越频繁地发出嘶嘶声，侍者们不得不越来越急匆匆地给茶杯里满上热茶水。

哈尔贝克全神贯注地听着高仓说的每一个字，同时他也观察着巴尔根和龙楚。荷兰人的话撞开了他思维里黑暗的大门。没有人注意到点儿什么吗？他环视着四周问自己。没有，他继续沉思道。人们都惊呆了。那银行家就像玩弄玩具娃娃一样地操纵着巴尔根。在龙楚的棋局里，那个来自岛国的代理人又扮演着什么角色？这一点我还不清楚。同样，我对那个波拉萨罗娃的作用也知之甚少。毫无疑问，关于她的那些流言是真的，但是她在这局神秘莫测的游戏里有着什么样的任务？她只是给巴尔根的诱饵，还是说她还在背着同伙追逐自己的目标？——搞阴谋诡计！他的思维飞快地运转着。所有一切都付诸东流！哦，不，我也不愿意损失我的钱，巴尔根先生，跟您一样！我那有经验的鼻子却在这里嗅到了一些什么东西！——哈尔贝克一边苦思冥想，一边观察着，也在等着巴尔根把话说完。这个人说的每一句话背后似乎都藏着一种危险的双重意味。

"高仓先生的解释已经揭开了所有的面纱。普莱姆不得不屈从于更有利的认识。或许我们已经做好了做出巨大牺牲的准备，但这场灾难旷日持久，是我们应付不了的。我们还能有什么更多的要求呢：有人向我们保证，让陆伍屯得以续存，我们对重建中国发挥的作用不会徒劳无功。"

"纯粹是强取豪夺！"克劳姆讷大为光火。

巴尔根猛地打了个颤，但他继续说道："我提议，所有股东接受普莱姆的建议，将其持有的股份转让给高仓先生，股价为——"

"等等！"哈尔贝克响亮的声音打断了巴尔根的话，"我要求暂停会议。在最终表决之前留一刻钟的思考时间会有好处的。"

这一次，哈尔贝克成了龙楚恶狠狠的眼神的目标，但他一点儿也不害怕——他只向上翻了一下他那闪着冰冷光芒的瞳孔上方的眼皮，那中国人便马上把头转向了一边。

"但是——"巴尔根无助地犹豫着。他似乎感觉，商会会长的提议让他很难反驳。

龙楚向他示意。

"确实！"他和善地微笑着，"我们实在是太热了！高仓先生也需要一点儿时间来迎接最终的考验。我们没有人愿意带着沉甸甸的思维去突袭这些头脑如此清晰的人——"

一把把椅子被推开，一根根香烟被点燃；人们聚成一个个小群体，每个人都很高兴，总算能稍微活动一下了。哈尔贝克走向巴尔根。

"允许我去打个电话吗？"

"当然！"巴尔根似被解脱，舒了口气，"您想在行情改变之前迅速做一次股票交易？"

"您说对了！"他在巴尔根胸前轻轻一拍，"或许我能用您

私人办公室的电话机,对吧?"

35

柯奈莉娅和衣躺在床上,毫无抵抗之力,听任内心痛苦的煎熬。她一动不动地凝视着夜灯发出的微弱光线,心里只有一个愿望:能睡上一个小时,来逃避她从前的希望和这最终的事实之间的巨大冲突。她的眼睛流不出一滴眼泪,这些事情已经把她哭泣的能力彻底麻痹了。她所感觉到的就如同生了一种病,在因为发烧而打着剧烈的寒战之后陷入死一般的昏睡中——

这样痛苦到失去知觉的时间过去了几分钟,还是几天?她不知道。直到一阵持续不断的电话铃声打破了她迷迷糊糊的状态。混乱不堪的房间里依然亮着夜灯,但现在已经完全是白天了——一个不愉快的早晨。灰白的灯光胆怯地冲刷着四周电灯上的小丝绸灯罩。她刚能活动手臂,就抓起了电话听筒,用一种冷静而陌生得吓人的声音报上自己的名字。

"谢天谢地!"电话里的男人说,"我已经不间断地打了六分钟了,还担心发生了什么可怕的事情!"

"您是谁?"

"请原谅我的冒昧打扰,夫人。我是哈尔贝克——您或许还记得我们偶然的碰面。请您马上来公司的事务所!"

柯奈莉娅·巴尔根不懂他的意思。哈尔贝克是想拿我寻开心吗?一个在他这个位置上的人恐怕不太可能允许自己开这种糟糕的玩笑吧。停顿了很久之后,她说:

"去公司的事务所？您搞错了——"

"不！"哈尔贝克用近乎不礼貌的坚决语气回答道，"我没有搞错。我这样生硬、突然地请一位女士来参加公司的会议，对您来说可能显得很失礼。这里发生的事情我自己也未曾料到。或许您知道的比我多——您了解的事实肯定足够让一切都取决于您的证词。阿尔夫·普莱姆今天消失得无影无踪——很遗憾我不能给您更多解释，因为，就像我说的，我根本无法解释！"

她的胸腔里有什么奇怪的东西在狂跳！柯奈莉娅的手紧紧抓住电话听筒。

"普莱姆失踪了？而我——"

"您，夫人，却能救他，至少能救公司。您会到场吗？"

"会——"她低语道。

"请您不要耽误时间！——不然的话，等您来的时候，一切都已经尘埃落定了！"

她听到对面挂断电话的声音，然后呆呆地站在床头柜旁。慢慢地，非常缓慢地，听筒从她手中滑落。正当她弯腰想要捡起它时，灰燕脸上带着可亲的笑容，平衡着手里的早餐托盘走了进来。在女仆的目光之下，柯奈莉娅突然彻底清醒了过来。那中国女仆故作自然的表情没有骗过她，她意识到，有人故意让她睡了这么久。

也就是说，这整座屋子都知道了昨晚发生的事情！真让人惊讶，柯奈莉娅清醒地思考着，仿佛所有痛苦的思索都变得不必要了——中国仆人们一定有他们自己观察和传播消息的方式。任何人的一举一动都逃不过这些看似漠不关心的仆人们的

眼睛!

"早上好,夫人!"灰燕满脸微笑地行了个屈膝礼。"夫人睡醒了?夫人现在需要吃些点心补充体力!"

柯奈莉娅断然拒绝了。

"没有时间了!立刻叫一辆黄包车来,五分钟之内我必须出门。然后马上回来帮我打扮得有点人样儿!"

那惯常的亲切的早间闲话已经到了女仆的喉咙里,又被她咽了下去。转眼间她已经无声地闪身出去了。她在外面支使了一位男仆去叫黄包车。半分钟后,她便已经回到了女主人身边。当柯奈莉娅冲了个冷水澡,用毛巾擦干身体,换上衣服,最后精神振作地上了黄包车时,才过了不到八分钟。

36

"喏——"哈尔贝克打完电话出来时,龙楚恰巧站在巴尔根私人办公室的门口,"小宗股票交易还顺利吧?"

巴尔根摇响了铃,每一位先生都走回自己的位置。哈尔贝克做出一副和这个大腹便便的中国人一样落落大方的表情。

"一个像您这样的老专家应该知道,接下来的二十分钟才是决定性的!"

龙楚咯咯笑着。

"不是也有一些生意能在很短的时间内做完并且令人满意吗?"

董事们重新入座。巴尔根示意协商继续进行。休息期间,他和埃特玛、克劳姆讷和其他少数几个重要的与会者谈过了。

"如果各位觉得合适的话，先生们，我们现在就进入决议。所有支持和反对的意见都已经讨论过了——"

在场的所有人都惊讶地看着哈尔贝克。他的双手插在口袋里，身体跟椅子一起来回晃动着，轻声吹着口哨："'t is a long way to Tipperary."① 当巴尔根也停下来注视着他时，他漫不经心地说：

"请您原谅，巴尔根。我还有一件小事要告诉您。"

"一件小事？"巴尔根点了点头，表示同意，"请讲！请说得简短点儿！"

"非常简短！"哈尔贝克继续以他无拘无束的姿态晃动着，甚至连眼皮都没有抬一下，注视着因为他的动作而在玻璃杯旁来回滑动着的苏打水瓶子。"几分钟后，您夫人将出现在会议室！"

所有人都一动不动。龙楚的脸凝固成了一张苍白的蜡制面具。高仓像个木头雕像似的坐在比他矮不了多少的桌子后面。巴尔根沉重地呼吸着，然后他笔直地在众人面前站了起来，大喊了起来——不是说，是喊：

"还从未有过女人进过会场。——您怎么能——"

哈尔贝克没有改变姿势，镇定自若地答道：

"还从未有过中国人和日本人进过会场。但现在我们在这里看到了我们尊贵的客人龙楚先生和我们的日本朋友，不是

---

① 《It's a long way to Tipperary》(《去蒂珀雷里的漫漫长路》，原文拼写即 't is a long way to Tipperary）为英格兰作曲家 Jack Juge 所作歌曲，第一次世界大战时期在不同阵营和国家的前线官兵中广为传唱，曾轰动一时，风靡世界。蒂珀雷里为爱尔兰的一个郡。——译者注

吗？我这么说无意侮辱这两个可敬的民族，正如您现在引用我们不成文的规章为证，一定也不是想要贬低女人。但是面对今天这些惊喜，我们都保持了镇定，那么我就搞不懂了，与自己的夫人见面怎么会让您如此失控呢？"

巴尔根竭力让自己冷静。

"您不知道，昨天晚上普莱姆、我妻子和我之间发生了什么——"

他极度的震惊转变为恳求的语调。

哈尔贝克瞬间转换了他那漫不经心的态度。现在，他站了起来。他的话语明了而尖锐：

"先生们——现在可以确定，昨天晚上巴尔根先生亲眼见过普莱姆先生——在上海！两位先生彼此交谈过。照这么说，巴尔根先生一定知道，普莱姆现在在哪里！"

巴尔根的手做出一个无力的姿势。

"您定罪的方式真是妙极了，哈尔贝克先生！然而即使是最优秀的侦探也可能得出错误的结论。我只能对您做出与事实相符的保证——"他停顿了一会儿，却又决定坦白："我和我的妻子都对普莱姆的去向一无所知。我觉得——"巴尔根转过身来，试图在参加会议的人身上寻求庇护，"没有哪位绅士真的会对昨天晚上我家里发生的家庭矛盾感兴趣吧？"

没有人敢开口。老埃特玛激动之下把烟斗都冷却掉了。克劳姆讷惊讶地睁大了他年轻的眼睛。

"是的，"哈尔贝克肯定道，"我们为什么要探究您的私人事务呢？巴尔根，没有人认为您夫人会愚蠢到在这里给我们讲述您的家事。撇开这个不谈，我们既没有权利、也不愿意逼迫您做一个供述。我们只想知道一件事：是谁把普莱姆藏起来了？此外，我们还必须搞清楚这场有人试图逼我们做的古怪交易的幕后背景。您希望在我们跟您夫人商谈的时候离开会场吗？请您自便！"

巴尔根把一切希望寄托在自己已经被白纸黑字确认过的权利上。

"我要求做出决议——"他突然爆发了。

这句话被他桌上电话机的铃声打断了。哈尔贝克把巴尔根的手推到一边去，自己从叉簧上拿起听筒。

"请讲？——对，请您让巴尔根夫人进来。"

"我抗议！"那个被略过的人无力地喊道。

"写进会议记录里！"哈尔贝克十分冷静地说，"一旦证实我的独断专行是站不住脚的，在场所有人都应该谴责我，将我从商会里除名，并且做你们认为正确的事。现在，暂时就由我按照我自己的判断行事。"

"好！"克劳姆讷喝彩道。

安德森适时退回到自己的座位上，不然的话，他要在极大的欢欣鼓舞之下发表一篇演说了。

龙楚向巴尔根鞠了个躬：

"格言要求我们允许别人鲁莽行事，巴尔根先生。谁若是草率地做了一件事，他很快就会在矛盾的灌木丛中迷失方向。"

巴尔根到底听懂他的话了吗？他像着了魔似的盯着那扇随时都有可能打开的门。男士们匆匆地熄灭了他们的香烟，相互靠拢，以便腾出多加一把椅子的位置。哈尔贝克在入口处迎接柯奈莉娅·巴尔根，把她引到这个宽敞的座位上来，简单地向

在场的众人作了介绍。

每个人都渐渐明白了，巴尔根无可挽回地卷入了一场黑暗游戏，但这些人当中没有一个人不由自主地以审判者自居，而又不乐意尽自己所能把这个直到今天还受人尊重的男人从中解救出来。他，巴尔根，没有勇气看着他的妻子，他看上去甚至没有勇气离开会议厅。他现在再清楚不过了，对他的判决就要做出了。——他只能看到柯奈莉娅一点儿模糊的身影，她衣服上的香气让一种熟悉的、经历过千百遍的东西在他的脑海中又活了过来：斗争和幸福，收获的和给出的痛苦。在这清醒的环境里，他意识到，他的失败已经无可挽回，他必须静静地坐着，在这么多眼睛和耳朵前忍受着这可怕的事。

他内心挣扎的痛苦太过明显，完全逃不过柯奈莉娅的眼睛。尽管她鄙弃他，但她对这个与她共同生活了数年的男人感觉不到一点儿恨意。她似乎正在以一种神秘的、说不清的方式离开他——在一个他永远也不能抵达的远方的岸边，她觉得很安全——

哈尔贝克还在思考他的问题，柯奈莉娅简短而果断地开口：
"您告诉我，普莱姆失踪了。这是真的吗？"

哈尔贝克证实了她的话，与他惯常的样子不同，他完全睁开了眼睛。他投来的审视的目光向她传达着他钢铁般的意志力，这目光向柯奈莉娅证明，她面对的是一个有着超凡能力和知人之明的男人，她应该对他寄予全部信任。

"夫人，可能——从您先生的话中可以推测出——昨天在您家里发生了一些令人痛苦的事。我们没有人想要侵犯您的私人领域，这里要讨论的是一些别的事情。有时候，甚至连无聊的生意也可能变成命运，我们的会议就面临着这样的前景。我的任务则是，减弱可能发生的严重后果的影响力，无论它会打击到谁。但愿，"他抱歉地补充道，"您能理解我的意思！"

"完全理解。——问题是，我真的能给您您想要的说明吗？"

"当然！至少您能告诉我们，昨天普莱姆先生和您先生是否曾以任何形式谈过公司的股份。我知道，这样向您提问让您非常不适应，也有伤某些惯例，但以我作为商会会长的身份，我相信我能判断，在什么时候打破常规是正确合理的。"

柯奈莉娅用无限怜悯的目光打量着她的丈夫。他昨天的种种迹象足以让她推断出，他设的局已经被揭开了。

周围坐着的恐怕没有一个人此前经历过如此巨大的、令人血脉偾张的紧张情绪。刚刚还懦弱地垂头丧气地坐在那里的巴尔根似乎慢慢地找回了自我，他的脸恢复了生机。他不得不逼迫自己使出超人的力气——然后他终于成功地开口，替柯奈莉娅答道：

"没错！——我们还斟酌了很多其他事情。哈尔贝克，先生们，你们不必以真相的名义向我妻子控诉我了。作为一个男人，我必须站直身子来替她说话。我是一个懦夫，一个蠢蛋——若非如此，这样的事情就不会发生了。原谅我，柯奈莉娅！我必须在所有这些人面前求你——你恐怕不大可能再给我一次机会了。在这所有罪孽的尽头，我至少还想在你面前找回我的诚实。"

她的眼睛突然亮了一下，这给了他回答。虽然他无法完全抹去她脸上那道新添的痛苦经历的伤痕，但他转变了她的强硬态度，减轻了她的鄙弃之情。当柯奈莉娅带着一丝微笑点点

头，压低声音，仿佛旁边没有别人似的对他开口说话时，最重的那个负担从巴尔根自知有罪的灵魂上落下来了。

"尽管你的决定来得太晚了，但它还是缓和了一些东西。我几乎要为此感激你了。那么阿尔夫呢？他怎么了？"

"我们昨晚是一起离开的。如果没有人能证实阿尔夫·普莱姆今天早上还像昨晚一样活着，我就得被控告谋杀了。虽然我——我发誓！——我根本就不知道，他今天为什么没到场。他打算来的，大家都知道，他还打算追究我的责任，就像您替他做的这样，哈尔贝克。我甚至还希望站在这里的是他——因为普莱姆绝不会把我不幸的行动和它可怕的后果公之于众！他在我家门口跟我告别，拒绝我载他一程。所以我就独自开进城了。"

哈尔贝克打手势示意他不用说了。他向巴尔根夫人伸出手。

"我们欠您一个最深切的感谢——首先是为了您先生，他在您面前表现出坦白的勇气，这是他在我们面前无法找到的。我跟您说过，您能救阿尔夫·普莱姆。但我不知道，您也能救克劳斯·巴尔根！我大概不必跟您保证，我现在已经把抹去克劳斯·巴尔根犯下的错看作我的任务。我们会查明普莱姆的去向，并且让您知道，我们的努力很快就会有成果了，夫人。"

柯奈莉娅颔首示意，然后离开了会议室。

一个可敬的女人，哈尔贝克确信他的判断。换作任何一个其他人在她的位置上，早就崩溃了。只有一种内心无与伦比的力量才能让她如此骄傲地正视命运。为了她的缘故，巴尔根也应该做一个正直的人。

门关上了。高仓要求发言。

"太多的误会，"他沉吟道，"阻碍了决议的进程。可以说，我们——龙楚和我，竭尽所能让巴尔根先生确信售出股份的必要性。陆伍屯正处于极大的危险中，必须马上做出决定来挽救工厂，先生们。你们可以支配的资金永远都不够渡过这场危机——"

若不是巴尔根突然爆发出一阵嘲讽的大笑，他本来还可能再多说一会儿。哈尔贝克想要插嘴，但他现在已经不能阻止巴尔根说出一切。

"谢谢，高仓。没有什么可以粉饰的了。在座所有人的投资中，我得到允诺，被我转让的普莱姆和我的股份可以以两倍于所有其他股票的价格兑现。我试图说服自己，我是为了我的朋友而违背他的意愿，从即将发生的破产中抢救一些什么东西出来。但我从来都未能彻底骗过自己。当初，这家公司的成立在最后一分钟让我免于破产。自那以后，我最大的恐惧就是不再属于公司、不再是商会里受人尊敬的一员、不再是一个有影响力的人——我所做的一切，都是为了尽快得到影响力、得到权力。"

"够了！"哈尔贝克用命令的口吻说。

"不够！"巴尔根反驳道，"中国有千千万万诱惑，我的抵抗力被慢慢地掏空了。先生们，对于我误入歧途的事情，你们通过传言了解到的远比我乐意让你们知道的要多。我的神经已经不听使唤了。我还只剩一个目标：逃离这座我的失败之城，逃离我作为一个有钱人的幻觉，一个试图通过一种更健康的生活来补偿和遗忘他道德上的堕落的有钱人。我已经将我的股份一分不剩地卖给了龙楚，把普莱姆的股份卖给了高仓，除了还

需经他本人同意之外。简而言之,无论如何我都必须退出公司了。而高仓还要做的只有一件事:他必须交还普莱姆的股份。"

"高仓先生——"哈尔贝克说,"我们马上就办!全部数额加上一笔由您决定的手续费——"

高仓摇摇头。

"抱歉!我完全不知道有什么保留条件。"

他把文件递给哈尔贝克。文件上有巴尔根的签名,却没有他刚才提及的限制条件。哈尔贝克把它推给他。

"您承认这是您的签名吗,巴尔根?"

这可能吗?巴尔根清楚地记得那晚在邢欢那里的情景,每一个细节都清晰地浮现在眼前。

"这一定——这就是——一份伪造品——"他喘着气说。

这时,哈尔贝克已经把高仓拿出来的第二份文件拿在手里。

"巴尔根先生所指的那份文件,"日本人面无表情地说,"您看——上面没有签名。巴尔根先生称之为:毫无必要的过分谨慎!"

被他指控的人目不转睛地盯着这两份不一样的转让文件。他慢慢明白过来这其中的关联。在他犹豫不决的时候,高仓曾把合同塞进上衣口袋里,之后给他自来水笔时,又把它摊开在桌面上!一个老掉牙的戏法——成功了。

"不容更改——"那日本代理人说。

"文件在签字前被调换了!"巴尔根涨红了脸怒吼道。

"抱歉,哈尔贝克先生!"龙楚插嘴说,"巴尔根承认他自己精神失常了。真是令人惋惜,我们不得不看到,偷偷吸食被英明的中国政府禁止进口和服用的毒品,在白人的大脑里造成了怎样的混乱——"

巴尔根备受打击，垂头丧气地坐了回去。四面八方传来了愤怒的批评回应龙楚。哈尔贝克又抢回了主导权，被他敲响的铃声盖过了嘈杂的人声。

"安静！文件上有签名，这是无可争辩的！巴尔根当时被施加了再强大的人可能也扛不住的压力。请问龙楚先生和高仓先生，你们是否愿意以更高的收益退还股份？"

两位古怪的朋友交换了一个心意相通的眼神——两人一致摇头。

"这是正当权利——"

"你们所依据的，看似是正当权利。"哈尔贝克讥讽地纠正道，"很好，如你们如愿！"现在他转向了欧洲人，"那我们就将两位先生看作股东。但是，除了两位有权参加所有会议和享有共同决定权之外，根据章程，我们必须认识到如下事实：第一，两位先生的品行无法向我们提供维护公司利益的保障；第二，本来就只允许由普莱姆先生亲自承认的股东进入会议；第三，经确证，龙楚有很大的嫌疑知道普莱姆先生的去向。您的沉默表明，您对这个男人的失踪负有责任。在普莱姆不在场的情况下做出决议，这有违相关人的意见。我宣布会议结束！"

"我们会去法庭——"高仓讥讽道。

"最好不要用这件事去烦扰法庭！"埃特玛用低沉的声音大笑着，振奋于哈尔贝克果断的行事方式，"法庭可能会太过关心这场交易的幕后背景。"

"请离开会议室！"哈尔贝克要求被排除在外的两人，"否则我就要让侍者把你们强制性地请出去了。再见——见你们的

鬼去吧！"他又嘟囔着补充道。

龙楚第一次没有再维持他那从容的中国人的礼貌，一言不发地离开了会场。高仓向哈尔贝克投来一个绝非善意的眼神。

"至于您——"哈尔贝克把手放在巴尔根肩膀上，"在日本有许多很棒的疗养院。您有足够的钱在那里待上一年，考虑您之后将移居何处。我向您担保，所有的事都不会公之于众，但我不想再在上海碰到您，您的健康状况承受不了这里的气候！"

每个与会者都向巴尔根鞠躬致意，然后会议室就只剩他一人了。他把头埋在桌面上。侍者悄无声息地关上了门。

37

普莱姆脉搏疾驰，心脏不规律地剧烈跳动着。背痛。发烧？肺鼠疫？

慢慢地，眼皮终于听从了拼尽全力的意志。接着，一个只有微弱光亮的房间轮廓映入眼帘。陆伍屯？不可能——那里没有这样富丽堂皇的中式装潢的房间——一盏红灯笼在他眼前来回舞动。

上海的酒店客房？

普莱姆苦苦思索，记忆的链条一环接一环地套上了。茉德·威灵霍普，在太湖被找到——飞到上海——

他的脑海中浮现出那条有着未完工房屋的街道，作为一场莫名其妙的袭击的背景。

他吃力地动了一动，用胳膊撑起身体，这个动作简直像把他的后背撕裂了一般。眼睛又不听使唤了。所有一切都渐渐模糊为一片红色的朦胧。

"见鬼！"他说，"真是糟糕透了！"

他不得不先等说这句话费的劲儿慢慢缓过来，才终于成功地完全睁开了眼睛。

一个中国人站在他面前——欧式穿着。这是一个在过短的鼻子上架着一副牛角框眼镜的中国知识分子。他友善地把普莱姆推回到枕头上。

"请您安静地休息！情绪激动对您身体不好。您还没有退烧。"他说着一口最纯正的学院英语。

"嗬？"普莱姆吃力地眯起眼睛，嘀咕着，"您是个什么样的流氓？如果您不是的话，就不可能待在这样一个全是流氓的房子里！"

他的看护面无表情，握住普莱姆的手给他号脉。

"佟医生，"他用悦耳的声音报上自己的名字，"有人打电话给我，让我通过恰当的护理来挽回一个令人遗憾的疏忽。您很快就会康复的。没有人想要您的性命。"

普莱姆讽刺地大笑起来。

"真是令人感动！先是唆使几个杀手来拿我的命，然后又扮作救我这条值钱的小命的救命恩人。我倒更情愿，在这副仁爱的讽刺连环画面前隆重地翘辫子。"

佟医生也一起大笑了起来，仿佛普莱姆开了一个特别好笑的玩笑。

"欧洲人永远都是一样的急躁！"他轻蔑地说，"仁爱？哦，不，这可能并不重要。毁灭一个生命毫无意义，如果这个

生命不再能危及某种目标的话。我保证,我不清楚这目标是什么!"

他整理着桌子上的一些药品。

普莱姆沉思着,对着那红灯笼的灯光眯起眼睛,这舞动着的玩意儿从始至终都让他颇为恼火——慢慢地,它停在房间天花板上属于它的固定位置上了。墙壁也不再来回跳动、定在原地保持不动了,这让普莱姆极为满意。

"终于!"他惊讶于,在医生平静的目光面前,他的愤怒好像自动消失了似的,"事情回归了自然的秩序。事实证明,意志力比高烧更强大。医生,一个受伤的、被剥夺了自由的男人是否可以打听一下您可敬的委托人的名字?"

"龙楚先生让我向您转达他的问候,并祝您早日康复,他将尽快亲自向您表示他无限的敬意和对这次意外事件最深的歉意。作为一名在欧洲大学读过书的医生,龙楚先生让人叫我来是为了尽可能给您最好的护理和照顾。而且——"显然,佟医生很满意他的通报带来的反应,他补充道,"龙楚找对人了。我敬爱的中国同行们的中草药只会让受伤引起的发烧更加严重,而一个有经验的医生完美的治疗却战胜了它。十二小时以后,您的体温将恢复正常。"

"真是可喜,"普莱姆认同道,"至少还能在某种意义上享受到完美的护理。不管怎么说,龙楚总还是足够谨慎,没有把这个看守犯人的任务托付给一个欧洲医生。"

佟抬起骨节修长的手。

"您的身体状态不允许您更大范围地自由活动。"

他不动声色地碰了一下桌面上的一个按钮,一扇门打开了。一位中国仆人推着一辆餐车走了进来,上面放着英式早餐,有茶、火腿、烤面包片、鸡蛋、黄油和果酱。

普莱姆伸手取用食物。

"这点心看上去真不错,佟医生!我会无忧无虑地享用它们的。为了我的缘故,这里面也许藏了什么毒药吧。"

佟把盐递给他。

"真是奇怪,"他说,"当欧洲人自以为他们已经充分了解中国时,他们还能如此错误地评判中国人的待客之道。"

"亲爱的医生!"普莱姆一面惬意地咀嚼着,一面冷笑道,"我永远都不会宣称,我在这个滑稽的、疯狂的国家里变得精明了。我只希望自己能尽可能地看透,以便搞清楚龙楚打算什么时候彻底干掉我。"

"没有人会在他想要杀死或毒死的人床边安置一个医生。"佟劝导道,"可惜我不知道,您经历了什么样的过程被带到这里,对于相关的细节我也不感兴趣。除了让您,普莱姆先生,迅速而彻底地康复,我没有别的目标。"

"有人无论如何都要让我在一段时间内失去影响力,以便从容不迫地做出一个决定。如若不然,我会坚决反抗以自保。您号称,您不知道这件事?"

佟细心地抚平普莱姆被子上的褶皱。

"人生来就是去看、去认识的,应该放弃在事情的发展过程中去改变点什么的错误认知。命运走在预先为它规定好的路上,这条路只在极少数的情况下与我们的愿望相交。"

"圣人孔夫子!"普莱姆喊道,一片松脆的烤面包片在他健康的牙齿间咔嚓作响,"你们关于命运、神灵和人生的卓越

见解都来自这位智慧的老人,对吧,佟医生?希望您坦率诚实地告诉我,我那可爱的伤口什么时候能赏脸愈合呢?"

"如果能避免一切不必要的激动情绪,两到三天。"

"嗯,看到我在这里吃早餐的人,肯定不会觉得我会不必要地激动起来。"

普莱姆吃惊地放下餐具。带着愤怒的、完全非中国式的匆忙的迹象,龙楚挪动着他庞大的身躯进入了病房。普莱姆早前曾在上海与他有过短暂的碰面。

"嗨!"他挖苦地接待他的客人,"我快要以为盼不来您仁慈的拜访了呢,金钱大师和阴谋行家!"

龙楚压低声音对医生说了几句话,医生顺从地退出了房间。银行家,这座神秘房屋的主人,叹着气在床边坐下了。

"不胜荣幸——"他一面开口说道,一面还一直大口喘着气。

"对——我知道!我了解您所有客套的空话!"普莱姆打断了他即将开始的滔滔不绝,"没有什么比给我的躯体配备上可爱的伤口再把它监禁起来更高的荣幸了。老流氓,您那奇特的大脑对如此无耻地剥夺一个人自由的后果是如何设想的?什么都不必多说了!只要把我送到一个符合我的选择的环境里,我就愿意谈判。在此之前,免谈!"

一阵突如其来的疼痛扭曲了他的脸。龙楚小心地帮他收走餐具。

"哦——您不舒服吗?""主人"给普莱姆把一个枕头挪正。

"请先给我一支烟!"龙楚掏出一个烟盒,然后把火递给普莱姆。"谢谢。您想干什么?想跟我说,一切都是一场误会——在这期间你们这些强盗却已经买下了公司,要马上让人把我送到租界去?"

普莱姆想用他侮辱性的言辞实现一个明确的计划。没有哪个中国人能容许自己在自己家里被辱骂,他知道这一点,所以他希望,龙楚一气之下会不由自主地说出一些不假思索的话。然而事与愿违。

"一颗愤怒的心能发泄发泄总是好的。"龙楚答道,好像普莱姆的任何辱骂都打击不到他似的,"我们想跟您结盟,普莱姆先生!"

"结什么盟?"普莱姆只问了这一句。

"我现在合法持有您的股份和您在陆伍屯的工厂的合作权,巴尔根把它们卖给了我。其他股东不知道他们想要什么。来自陆伍屯的消息称,新增了三百例病患。再犹豫不决,公司一定会破产的。"

普莱姆半闭着眼睛,掩藏起自己的震惊。

"三百——"他不知所措地重复道。

"一个巨大的、紧迫的数字!"龙楚确认道。

"所以,您是想争取到我,让我参与您的计划?"普莱姆嘲讽道,"多么奇特的理智的颠倒啊!您怎么想出来的?"

"在您痊愈后,您将把全权代理权交给我们。这样就能保证您在陆伍屯永远都有影响力了。"

他把一份合同递给普莱姆,普莱姆大致浏览了一下后撕毁了它。

"您,"银行家喘息着说,"会后悔的!"

"一派胡言!"他的犯人不以为意地答道,"我甚至希望,

您——马上,明白吗!——让人把我送到欧洲租界去!"

龙楚哈哈大笑。

"我会等的,普莱姆先生,看您如果几天没有水喝,您的答复又会是什么样的。人必须耐心地等待。四十八小时后您将接受全部条件来救自己的命!"

"残酷无情之人的角色不适合您,龙楚先生。如果您把我渴死或者饿死在这里,您的处境就会变得容易些吗?恐怕不大可能!"

龙楚已不屑回答。

38

男仆们在屋子里悄悄地闪身而过,又消失不见。所有房间里都充满了压抑的寂静,沉默之神坐在看不见的宝座上,时刻准备用他那可怕的巨爪扼死所有的生机。

那怪物绿色的眼睛常常在柯奈莉娅床铺的上方俯视,钻进她醒着的目光里。约莫在清晨时,当谷德鲁斯踏着忧伤的步伐走进门来,坐到床沿上,握起他女儿的手时,这庞然大物又退缩了回去。

谷德鲁斯说起了过往的日子,说起了他的希望和失败,他惊讶地摇着头。

"你必须明白,孩子!"他喃喃地说,"每个人都有一点儿永生不死的想法,甚至我们商人也一样。'公司'似乎是我们的灵魂、我们最好的一部分。所以,在你面前我也曾是个所谓的'健康的自私自利者'。巴尔根让我们失望了,而普莱姆在我看来太过冒失！一个好的商人是无法理解这种内心的冒险精神的。这是我们的命运。你现在必须认识到你的命运，孩子，否则它又会从一扇门里溜走了！"

柯奈莉娅正要对这位老先生说些什么，他的形象便在一片朦胧中化为了乌有。十分罕见地，她也看见了早已故去的母亲。一开始，柯奈莉娅以为自己看到了她眼里的泪水，但那其实只是一丝古怪的、超凡脱俗的微笑——一个几乎带来令人宽慰的信念的微笑。只不过，这微笑没有那种让人回忆起本真的力量。

本真在一个早上来到了柯奈莉娅这里。灰燕小心翼翼地把女主人扶到了窗边的沙发椅上。柯奈莉娅眼神空洞，她不知道自己在这里坐了多久。一种已死去良久的、剧烈的、燃烧着的、令人幸福的痛楚突然从她的眼里到了她的心里，那幅从视网膜折射到她意识里的画面，在其他那些倏忽而过、现在又消失不见的幻象前描画出一个身影，一个坚定而匆忙地走来的男人的身影——阿尔夫·普莱姆！她大喊出口。更确切地说——她觉得自己好像喊了出来。事实上，她的嘴唇只做出了那些音节的口型，却没有力气将声音赋予这两个词。

那男人漫不经心地从屋旁走过。大概是一种不被她所承认的渴望让她弄错了，是一个远看恰好跟他有几分相似的人走过，或者什么别的东西——但是她被惊醒了！

"我必须救他！"她命令自己。她想走到她的小书桌上的电话机那里去，给银行打电话。会有人告诉她，她的账户里有多少可供支配的数额——钱！在中国，还有比财富更强大的武器吗？

李走了进来,打断了她的思绪。

"冯·韦斯特恩博士,"他报告说,"夫人,请他进来吗?"

她有多久没见过老谷德鲁斯的这位朋友了!在她的想象中,这位出于不明原因接近她守丧的这座屋子的老人,成了整个活着的世界的代表。他,她想道,会用他无拘无束的嗓音把那些陌生的鬼魂从各个房间里吓跑的。李领会了她的点头,他鞠着躬给这位律师打开了门。柯奈莉娅向她的客人走去。

"真的是您,博士。"她坦率地说,"真是意想不到。简直难以置信!"

他瞬间握住了她的手。

"自从您可敬的父亲过世后,在纷乱熙攘的上海,我们几乎没有机会再相遇。您在发抖吗?如果我来得不是时候,还请您原谅。我能扶您去沙发那里吗?"

"谢谢!"她顺从地坐下了,"是的——您已经好久没有来我这里做客了。"

"上一次,我想想,还是您签字将您财产的全权代理权授予您先生时。"

她不由得笑了。

"请您有话直说,博士!您是为了一个急迫的动机而来的!"

"没错,巴尔根夫人。就我所知,您心里有许多苦楚。请您原谅一个老法学家,我不得不触碰到您的痛处!像我这样从事法律工作的人,只是想用我们并不总是那么温和的方式,来服务和帮助人们经受住生活的考验。"

对于冯·韦斯特恩老先生来说,这可是一段长得惊人的演说。他紧张地摆弄着他那副从不离身的单片眼镜。

"啊——"柯奈莉娅懂了,"克劳斯去过您那里!"

"猜对了!"他明显松了一口气,承认道。

"好吧,博士,那我就祝您作为我丈夫的辩护人一切顺利。虽然我——"

"您误会了!"他惊讶地打断了她,"您先生觉得,您需要一个有经验的顾问在身边,来审查他即将向您传达的建议,并预备好为您未来的保障负责。"

"克劳斯要给我建议?这疯狂的事情还没够吗?我们已经分道扬镳了——"

这位老朋友再次忧虑地握起她的手。

"您先生感到了他的罪孽。他愿意不惜一切代价,至少把表面上的事情理清楚。这座用遗产造的房子上有抵押,他会把它赎回的。您曾一再地支持他的生意。法律规定,有过错的丈夫要保障其妻子合乎身份的生活方式。克劳斯·巴尔根希望能满足您的一切愿望——如果您不愿意说出来的话,我也被委托向您提供慷慨的建议。"

她精神错乱般的大笑声传向空荡荡房子里的每一面墙壁。

"请您告诉巴尔根先生,"她突然平静下来,带着一种尖刻的语气说道,"一个谷德鲁斯家的女人不会从任何人那里拿一笔作为好心馈赠的养老金,从她的前夫那里也不会。您明白吗?"

"明白!"冯·韦斯特恩自知理亏地小声回答,"只是——请您别忘了!——将您从前的财产恢复原状是巴尔根的义务——"

"那些财产应该在我和我丈夫的生活中跟他平分,亏损也是。近些天以来,我们之间已经不再有任何关系了。因此,这段

时间记入克劳斯·巴尔根名下的盈利,我一分钱也不想得到。"

"我知道了!"冯·韦斯特恩博士带着青年人般的振奋补充道,"老谷德鲁斯也会这样做的!我能最后再提一个无法回避的问题吗?"

"请讲!"柯奈莉娅点点头。

"在领事馆办理离婚那天,您想亲自到场吗?"

"如果可以回避的话,我放弃到场!"

"那我可以请求您签字授予我全权代理权吗?我会尽力按照您父亲的意愿处理所有程序上的问题的。"

说话间,冯·韦斯特恩站了起来。

"再见,柯奈莉娅!"他又换回了对她年少时的称呼,"请您相信,我宁愿没有跟您做过这场谈判!"

"我知道,亲爱的博士!我要感谢您,尽管您对此事有一些可以理解的顾虑,您还是接受了它。这表现出您对我真诚的友情。"

39

天已经很晚了,米勒医生在这个所谓"酒店"的酒吧里遇到了格拉夫。

"天呐!"工程师把手放在这个眼窝深陷的男人背上,"您都快要从凳子上摔下来了!像您这个样子应该去床上,医生!"

"也许是吧!"医生可怜兮兮地试图装笑,"但那样的话我就要惹起您那全城闻名的怒火了吧,老兵?"

"为什么?就因为您享受您应得的睡眠?"

"好吧，我本以为，格拉夫，您想今晚就知道，根据最新检查结果，道尔夫教授已经在电话里批准恢复中断的工作。"

格拉夫一跃而起，跳到了地板上，把酒吧里的几个人吓了一跳。

"哎呀！医生！朋友！或者——您觉得我是个蠢蛋吗？"他突然担忧地问道。"不——一位像您这样的伙伴不会撒谎！来——医生！再为了健康，为了陆伍屯喝一杯！——歇尔特——把您的最后一瓶香槟拿过来！伙计们，一起来！"他向正在打牌、下象棋的欧洲工程师、监工、会计师们喊道，"你们所有人都被邀请了！"

歇尔特从汉口带来的两打唱片，里面是一些诸如《甜心》《梦》《月光》这样的歌曲，在留声机里哼唱了一整夜。

黎明时分，一种久违的忙碌终于苏醒了过来。工人们成群结队地穿过工厂大门。火烧红了。起重机不再僵立着，而是在矿井上方摆动了起来。升降篮降入矿山。

在他位于厂房里的小办公室里，格拉夫用手撑着头，凝视着窗外。刚刚，在他向上海的总部传达开工的消息时，他被告知了近些天来发生的事。

他朝着电话机吼道：

"我们需要钱！一车皮一车皮的钱！从今天起我们开始继续工作了，一周后就能全面投入生产。"

"抱歉，"上海的办事员说，"很遗憾，在巴尔根先生离职的情况下，没人委派任何人来接替他。我们拿不出资金来，如果普莱姆——"

格拉夫在狭窄的房间里来回快走，假定——他激烈地思考着——普莱姆已经成了这场险恶斗争的牺牲品？显而易见，工厂的所有权还会不断地被争夺。然后车轮就会停止转动——公司，这个男人用他内心的全部力量、奉献了自己的生命建立起的公司，就要像一座纸牌搭的房子一样坍塌了？该死，该死，不——这种事情不会发生的！如果是普莱姆，他肯定会在这样的困境里毫不动摇、有所作为的。要是他能凭空变出鹰洋来就好了！

带着一种不祥的预感，他再一次摘下电话听筒。他蜷着身子，仿佛要向着敌人阵地跳去似的，等待着电话接通。他恼怒地要求接线员转接汉口的银行分行。

"在这种情况下贷款？"对方回答他，"抱歉，格拉夫先生。您的账户，更确切地说是工厂的账户，由于近些天里连续不断的提款，已经严重透支了。如果事情就像您自己描述的那样，那我们必须从今天开始冻结该账户。如果公司——这个您和我都无法知道——在此期间被转让了——将没人承担这笔债务！"

"您怎么能——"格拉夫暴跳如雷。

"说实在的，如果您不让我们了解这些事情的话，我们说不定还能短期地放一笔款。但既然您把具体情况告诉了我，很遗憾，我就无法在我的主管面前维护您的请求了。"

<h1 style="text-align:center">40</h1>

冯·韦斯特恩博士刚一离开，李的身影就出现在门框里。这位管家没有继续走近，而是等候女主人吩咐。

"喏,李?有什么事?说吧!"柯奈莉娅有一种不祥的预感。

李担忧地抬起他棕黄色的眼睛。

"巨大的不幸围绕着这座房子,夫人。男仆们、女仆们,还有李某,都一起分担夫人的悲伤。"

"我的天呐!"柯奈莉娅生气了,"这是隔墙有耳吗?"

李摇了摇头。

"每个偷听的人都会被惩罚,夫人知道的。这是给您的——"

他递给她一封打印在巴尔根私人专用纸张上的书信。

克劳斯连这个也想到了!哦,他做了一个清算——他就是这个意思!他想作为一个受尊敬的人离开上海,就连在他的仆人面前,他也想问心无愧地离开!她渐渐对这个她从未真正了解过的克劳斯·巴尔根产生了一种苦涩的理解。在他稳固的出身和权势背后,他其实没有什么了不起的。但是他在日常小事中都时刻保持无可指摘的状态,像他的西装那样,像他镶着闪闪发光的珍珠的领带那样,像他在整个社会面前的行为举止那样,而他是那么喜欢错误地将这个社会叫作"世界"。

"那么,就不得不说再见了。"要离开这些做事熟练的、原本令她相当厌烦的仆人,这让她感到悲伤。

似乎没有什么话比这句话的含义更让李觉得可怕了。

"不,夫人!"他请求道,"所有人都恳求能被准许留下来,除非夫人不想要我们了——"

"这会超出我的经济能力,李。"

管家的语气更加迫切了。

"我们还有三个月的服务期属于夫人,一百天!时间到了以后呢?我们只想说:我们要留下。我们吃白米饭也没关系,

一直吃白米饭。每个人都攒了一点儿钱,有的人多一点儿,有的人少一点儿。我们跟夫人一起分担。"

柯奈莉娅不得不转过身去,她不想让她有经验的管家看到一个——尽管是出于感激——流着泪的女人。

"谢谢你们!留下吧,只要你们愿意,只要我还在上海。谁又知道未来会怎样呢?谁又能预知,普莱姆什么时候才能从监牢里被放出来——"

"普莱姆先生在监牢里?"李惊惶失措地问。

"不,不是这样的,李。我们一无所知。这件事背后的黑手可能是龙楚,或者那个跟龙楚做生意的日本人高仓。也可能这一切只是一场不幸的意外!"

"龙楚!"李喃喃自语。

柯奈莉娅不会明白,在李通往仇恨与斗争的内心世界里,这个名字唤醒了他怎样的回忆。那个为虎作伥的高仓则正是给那个党派提供资金的投资人之一,而李和他枝繁叶茂的大家族所遭受的巨大灾祸就是因为那个党派的阴谋诡计。

"我,李某,去找普莱姆先生。"他斩钉截铁地说,"一个中国人要比国际警察知道得多。"

"你有路子?"

李意味深长地微笑着,掀起了他的秘密的一角。

"老天爷有许多路子。龙楚家的帮厨曾经跟我在同一户人家干活。他不会有胆子跟我隐瞒什么的,因为他可能会有一天再次成为我的下属。"

"什么时候?"柯奈莉娅重新燃起了希望。

"今晚!"

"很好！我跟你一起去。"

他像宣誓那样地举起手。

"夫人，请三思！龙楚很警觉，也很危险。如果被他察觉到了——"

"危险！"她高兴起来，像对一个朋友那样地对李说，"我就是要寻求危险，李。我要开始战斗了。我们一起去。"

李一如既往地向她鞠了个躬。

"悉听夫人吩咐！"

天刚一黑，柯奈莉娅·巴尔根就同她的仆从李一起离开了家。为了尽量不引人注意，他们步行穿过昏暗的岔道，来到了国际社区的边界线上。

在这里，龙楚家附近，李带着他的同伴从一个茶馆的侧门来到二楼一个上了锁的走廊。从它的阳光顶棚下面看出去，可以俯瞰房子周围的一些道路而不会被别人看到。一个耳背的白发老人啪嗒啪嗒地拖着步子走了上来，丝毫没有一点儿惊讶，给他来自白皮肤世界的客人端上了盛在迷人的瓷器里的茶和散发着香气的姜饼。

李向他的女主人解释他的计划。他想向龙楚的仆人打听并问出，有没有可能——如果普莱姆确实就在这里——跟他取得联系。如果老天爷对他的计划仁慈的话，他就把柯奈莉娅引到那龙潭虎穴中去——暂时她还必须在这里等着。

那老人陪李走了出去，并在他和管家的身后关上了通往走廊的门，没有人能透过门上的羊皮纸窗看到这个小阳台里面。

画着龙的纸灯笼在风中轻轻摆动。柯奈莉娅凝望着街道上无声的生活景象。

"中国!"她小口品着茶,目送着穿着长袍的人们像猫一样悄无声息地从一座座房屋旁走过,心里想道,"如此智慧,如此单纯,如此残暴,如此幼稚!它甚至干得出这种事:把柯奈莉娅·谷德鲁斯变成了柯奈莉娅·巴尔根,又把柯奈莉娅·巴尔根重新变回柯奈莉娅·谷德鲁斯!我渐渐明白了,为什么直到今天人们还称它为巫术之国!"

41

杨桃跟她的奶妈敏秘密地商量了几句,这个老妇便蹑手蹑脚地走到厨房里,在已经为男仆们准备好的晚茶里掺进了一点儿粉末。将近午夜时分,龙楚家的整座房子都陷入了深深的沉寂。黑暗的房间里,敏坐在她的女主人床边,眼圈熬得发红。

"现在,"她耳语道,"所有人都睡了!我再到走廊里去看看。然后你就能去满足你的好奇心了!"

杨桃穿好衣服,等待着她的老朋友。

"一切都安静下来了!"奶妈站在门边说,"杭在大声打鼾,我从他口袋里拿了钥匙,他一点儿也没有察觉。给你——你等会儿得把它还给我。当心隔壁的房间——医生睡在里面。"

像一片羽毛般轻盈,杨桃纤长而深沉的影子在这不怀好意的黑暗中无声地掠过一个个过道和大厅,来到了那个被拘禁人的房间门口。果然——杭躺在房门旁的长椅上,沉浸在梦乡里。奶妈的安眠药粉对她的计划大有帮助。

杨桃先把镶着珍珠的袖珍手枪塞进睡衣口袋里,然后她用因为激动而颤抖不已的手成功地打开门锁。她把一个厚重的门帘推到一边，然后低声尖叫了一声，退了回来。床边的夜灯照亮了一张陌生的脸，两只巨大的眼睛一眨不眨、毫不惊讶地看着她。她深吸了一口气，确认了通往隔壁房间的门是锁着的，并且同样也被一个厚重的、隔音的门帘掩盖着。她犹豫着，推了一把凳子过去，坐了下来，用她深色的眼睛紧张而无言地打量着这个沉默的男人，手指玩弄着那把纤巧的手枪。

"晚上好！"普莱姆好奇地开口招呼她，"您手里的玩具真是漂亮可爱。在我的家乡，人们想要唤起年轻女孩的浪漫幻想时，就给她们买这样的东西。用这个东西来处决一个人，看上去有点儿困难。如果您是抱着枪毙我的友好目的而来，请您再靠近一点儿——那样的话您需要准确地把枪顶在太阳穴上。"

这番话让她的脸色变得苍白，像一个按照传统习俗教养出来的中国女人一样盯着自己的脚尖。

"这是我人生中第一次无视我父亲的意愿，偷偷来这里，为了防止有什么冤屈发生。您是谁？是谁把您弄伤的？什么原因让您留在这里？您为什么想对我父亲不利？"她压低了声音问道。

"龙楚的女儿？我的天！"他吃惊地说，"没想到，这个聚敛钱财的人身边也能有如此的美人！"

她的脸红到了脖子根。她茫然无措地坐在他面前，看上去倒像是比他更加需要安慰。

"您是怎么到这儿来的？您再不说，就要有人来逮住我们了！"

"我叫阿尔夫·普莱姆！"他躺着侧身略做了一个费力的鞠躬姿势，尽力让这位夜晚来访的女客人了解他的品性。"您听说过陆伍屯的铁矿山吗？看您的样子，这个地名似乎唤起了

您的某些记忆。呐——我让它运作了起来,而一些贪财的人则想将它据为己有。您父亲就是这伙能干的人当中的银行家。有人在陆伍屯放了中了毒的老鼠,那里现在正流行瘟疫,工厂停工了。由于我还一直不屈服,所以我被人从背后捅了一刀,然后,就像您看到的这样,被监禁了起来。在您可敬的父亲眼里,我是一个不听话的家伙。他将平均每六个小时就换一种刑讯方式来威胁我,但暂时还不够有决断力来选定一种方式。"

阿尔夫·普莱姆至今还没有在一个中国女人呆滞的面容上看到过如此直白的表情变化。

"您说的是真的?"杨桃低声说。

"相不相信我是您的自由。"普莱姆简单解释道,"我现在有什么理由撒谎呢?而且您的问题太真诚了,让人无法用谎言来回答。"

她凝神思考了片刻。

"您一定很恨我父亲吧?"

"一旦他把我放了,这对我来说根本无所谓!我只怕,只要他还继续做我对手的爪牙,他就迟迟无法做出决定放了我。尤其是高仓——"

当他提到这个名字时,她的震惊表露无遗。

"高仓?日本人?和我父亲?"

"您不要激动。"普莱姆平静地说,"我不认为高仓真的是日本的代表,我认为他只是一个挡箭牌,在他背后还藏着别的势力。您父亲太看重金钱了。这种事情在我的国家也时常发生。"

似乎没有什么事实比这一个更让她心情沉重了。

"他不懂这个新时代,普莱姆先生。他的心是善良的——

但他不得不背负太多的困顿与仇恨。您明白吗？"

"如果您这么说的话——我明白。不过，由于可敬的龙楚先生，我的日子很难过。"

她走到窗边，窗玻璃后面，铁栏杆的影子清晰可见。

"如果我把门打开，您能走吗？"

普莱姆忧虑地摇摇头。

"我都到不了您父亲的庄园门口。三天后我或许还——"

杨桃把手指立在嘴唇上，仔细听着。有听不清的声响穿透到房间里的寂静中来。

"但愿没有人注意到我！"她害怕起来，"如果被我父亲知道了，会很可怕！我还会再来的，明天或者另外哪一天，我会想好怎么放您出去。冤屈的事情必须被纠正。再见，普莱姆先生。"

她已经无声地闪身出去了。

那个远远的声响渐渐变大了。接着，佟医生便从隔壁房间里进来了。他恼怒地把凳子推到一边，皱着眉头看着他的病人。

"您没睡，普莱姆先生？难怪——这房子在午夜时分似乎有一种奇怪而扰人的热闹。我先是觉得，您的房间里似乎有人在说话，现在又听到，那外边有什么东西走过去了。这会是什么呢？"

"不知道！"普莱姆答道，他咬住嘴唇，真心感到高兴，龙楚的女儿及时离开了他的监牢。

两个人都仔细听着外面，他们的讨论被城市里传来的枪声盖过了。

"您听见了吗，医生？"他转向佟，"如果不是哪里发生了

一场交战的话,就砍我的头好了。"

佟看上去十分震惊。

"日本人总是不按常理出牌。今天人们还在谈论吴淞的空投炸弹,看来他们还想拿下上海——"

他的思绪被龙楚的出现打断了。他走到了医生和病人中间,显得十分愤怒。

"日本人在火车北站前!"他气喘吁吁地说,"现在,普莱姆先生,您马上就有机会为您的冥顽不化而后悔了。这个岛国将用武力取走人们拒绝给它的东西了。"

普莱姆对这个独特的见解放声大笑。

"原来也有东西能让您令人起敬的好脾气发生动摇啊!如果它就是几颗炸弹的话!您不必担心,伙计!日本人早就变成了彻头彻尾的绅士,不会伤害像您这样恐惧的平民一根毫毛的。他们会遵守国际上的游戏规则——"

龙楚低声跟他的学究狱卒谈着话,但是佟医生也不知道,为什么他们几乎无法把龙楚的仆人从沉睡中叫醒。

42

国联①委员会甚至都召开了大会。日内瓦的绿色圆桌上,被翻动的文件沙沙作响。在中国的边境城市和上海,中日商人之间纠纷不断,每天都有大学生举行抗议活动,人群包围了司

---

① 国际联盟(1920—1946),简称国联,是《凡尔赛条约》签订后组成的国际组织。其宗旨是减少武器数量、平息国际纠纷以及促进国际合作和国际贸易。第二次世界大战结束后,国际联盟被联合国所取代。——译者注

令府。

大批人群从这场未被承认的战争殃及的地区，涌向黄浦江畔这座富裕的城市。人们身边充斥着被死亡、饥饿和疾病纠缠着的露宿街头逃难者的叫喊声，以及到处安置的机关枪的射击声。到港的轮船瞬间就挤满了白色和有色人种的流亡者。

傍晚，国泰大酒店里，小提琴和萨克斯开始演奏。在愤怒和恐惧的寒战发狂般地飞快传遍这个国家时，在上海即将陷入一种自我折磨的绝望之中时，这些会聚在国泰酒店的人们看上去似乎不为任何惊天动地的事件所动。香槟酒瓶塞发出砰砰的声音，酒吧侍者的调酒器当当作响。魔幻的灯光瀑布中浮现出白皙的香肩和深色的燕尾服。

巴尔根感到，这优雅的酒店里夜晚时分轻松愉快的假象和中国危急的战斗之间的矛盾，刺骨而充满告诫的意味。跟德国领事就他的离婚事宜进行了一番冗长而令人不快的交谈之后，他来到了国泰酒店这个避难所。他还想再和安娅·波拉萨罗娃谈一次。他未来的行动，没错，他的命运，可能取决于她的态度。从给他在餐厅里用两张屏风隔开的角落里，他能通过开着的门看到大厅里活跃的景象。

穿过周围人好奇而钦慕的目光，安娅·波拉萨罗娃走了过来，她比以往任何时候都更漂亮、更特别。手艺高超的巴黎发型师做的头发闪着光泽，让她的额头显得光洁而少有地天真无邪。巴尔根费力地倾听着自己纷乱嘈杂的思维——这个女人——他想道——她是千万人渴慕的对象，漂亮，对男人们的思想和情感而言都充满了危险——我爱她吗？他的心脏剧烈地跳动着，他想起，他为了安娅·波拉萨罗娃，而不是为了其他

任何东西——失去了柯奈莉娅——牺牲了自己。

当他弯腰亲吻这个女人的手背时,他在她眼里看到了既疑惑又高兴的神色。她的手指摆弄着立在桌上的、给水晶镶上了彩色花边的兰花。

"见到您,我发自内心地高兴,我的朋友。这些天发生了太多事情。您能理解这跟我们作对的命运吗?"

外面的舞曲又开始了。在这个被粉饰得矫揉造作的世界里,抑郁与困境、痛苦与绝望只存在于流行歌手那多愁善感的副歌里。

"理解?我赞同这命运!"他用他特有的尖锐语气说道,"没错,安娅,游戏失败了。我们掺入了太多的假牌。总有一天,真正的王牌必须出现。现在,我们站在这里,手里还拿着多出来的牌。没有人需要绞尽脑汁来掩盖有过错的人,他们已经把自己勾画了出来。"

她的眼里亮起一点儿嘲讽的火花。

"您是这么看的?出身和教育过分地把您逼向了负罪感的重压。我们到底失去了什么?或许是一点点所谓的好名声——另外,您绝对不知道今天发生了什么——高仓不得不逃走了——"

"高仓——逃走?"他低声重复道,"这是什么意思?"

"哦——很简单——那次后果严重的董事会之后,我马上请龙楚和高仓来喝茶。高仓把文件装在他的公文包里。您知道的,我并不总是按照自己的决定行事,对吧?我受人之托,把这两位先生介绍给刚刚抵达上海来开重要会议的沃罗迪认识。"

巴尔根大吃一惊。

"新军队的军事顾问？就连这个危险人物都是圈子里的人？"

"继续听我说，克劳斯。沃罗迪传达了一个非常值得重视的提议：蒋清跟他的顾问闹翻了，沃罗迪已择主而事。他建议高仓把转让文件交给他。由于我们在普莱姆和哈尔贝克那里没有取得什么进展，所以他想把文件带出国界，用这些文件来给南京施加压力——"

"瞎折腾——"巴尔根疲惫地嘟囔道，"不要否认！是您，安娅，策划了这一切！那高仓呢？"

"他拒绝了！高仓告辞离开了。一小时后，他才在自己的房间里发现，他的公文包被人用一个相似的公文包调换了。那只消失不见的包里装着签了您名字的重要文件。他大叫了起来——他的房门边站着一个男人，那人把门关起来，和他一起在房间里待了几分钟。没有人知道他们俩说了什么！高仓马上从侧门离开了酒店。他在上海的客座演出结束了——"

巴尔根盯着这个俄罗斯女人，他全部的力量都凝聚在眼睛里。

"您肯定知道沃罗迪的特使传达了什么消息吧？"

她那白皙得闪闪发光的肩膀打了个冷战，没有回答他的问题。

"我猜——没有更多的了！那人肯定威胁高仓，把整件事情附上所有证据呈交给他的政府。在对这场股票交易根本不知情的政府所谓的保护之下，他试图肆意妄为，给一个财团搞私人买卖。在东京，人们可绝不会轻饶他的！"

一阵眩晕感向巴尔根袭来，他的头隐隐作痛。他自

己——是的,他玩了一场错误的游戏,毁灭了信任和信仰。而他的所作所为只是无数卑鄙无耻的行为中的一个。现在他明白了,就连他的伙伴,当她给他提供看似的好处时,也一心只想着欺诈他——没错,这个女人,这个假装爱着他的女人,为了帮助那神秘的权利计划取得胜利,想要毁了他。

"沃罗迪是您的老朋友,不是吗,安娅?"

她没有找托词。

"我们多年前一起来到中国。当时,我们在土耳其的工作结束了。但是,我们被指派到了分开的工作领域,直到这些天才再次偶然相遇。这个人有一种令人无法抗拒的意志力——我徒劳地抵抗着他的影响力,但我又高兴于被他所征服!您能理解吗?其实,克劳斯,您肯定能理解我痛苦的处境——"

"您要我理解?"他心灰意冷地重复道,"您是不是忘了,当您一开始只用暗示和眼神、后来又用致命的爱抚向我许诺天堂般的美好时,您把我推到了什么样的地狱里?而我对您而言不过是一个实现目的的工具、那场棋局里的一个棋子,而那场棋局的意义我可能直到今天才第一次无力地明白过来!一切,安娅,都是您用来迷惑我的:爱情,激情,献身!我以为我把幸福搂在了怀里,而您除了让我欣喜若狂、目眩神迷,什么也没有给我!"

这个俄罗斯女人被自己震惊了:她的心真的在为巴尔根而跳动。她已经无法想象没有巴尔根的生活。

"忘了这一切吧,克劳斯·巴尔根!"她几乎是羞怯地说道,"您现在是一个孤独的男人。我并不渴望待在沃罗迪身边——任何人对他来说都只是一个工具。我怕他——您跟我必须离开上海——我们一起走吧！"

事情居然发展到了这种地步，这个女人给他提供了最后的庇护所！他确信，从现在开始，他既没有故乡、也没有一个朋友了，这种确信击溃了他。一个猛烈的动作深深地吓到了安娅·波拉萨罗娃——他从口袋里拿出一把勃朗宁手枪，放在桌子上。

"您看！"他的举动中显示出足够的决断力，这是他在过去从来不曾拥有的。"我本想用这把枪杀了您，安娅！这里面有六发子弹，但没有一发会要了您的命——因为我知道，比起它现在的状态，这条生命已经不能被更深层次地毁灭了。我恐怕要通过一场暴行来摆脱您，解脱我自己了——我这颗杂乱无章的心来源于一场错误，只要它还以为自己爱着您。在这个告别的时刻，让我们对彼此坦诚——"

她紧紧地抿着嘴唇，苦苦思索着，向着酒店大厅里色彩斑驳的热闹景象看了一会儿。她最后一次尝试用一个迷人的微笑来赢得他：

"这真是孩子气的想法，克劳斯！把自己从所有责任中解脱出来吧。上海不想再看到您了。往事的幽灵会追随着孤独的人直到天涯海角，我会把您那些灰暗的记忆全部赶走的——我们会得到影响力和权势。我的旅程是要去往美国，在那里，我会得到新的任务的。"

"您要用那个来引诱我？好，安娅，非常好——那您现在就跟我透露透露，您要在这件事、在我们的事情上完成什么任务？"

"我会告诉您的！今天，知道这个对您已经没什么用了，

克劳斯·巴尔根。如果您跟我走,您就会从中得知:我的使命已经结束了,因为反对日本人的激烈动乱又开始了。通过高仓的阴谋,我了解了这个岛国的经济计划,并由此认识到了它的政治企图。到目前为止,俄罗斯军官还在培训中国士兵,这对盟友现在也上路了。我们所有人都在努力,让日本在中国的事务中陷得越深越好。这些眯缝眼的天皇信徒暂时的成功甚至是符合我们预期的——它为俄罗斯的抗日宣传创造了条件。"

"您毫无顾忌地把这件事说了出来,安娅。"他觉得很累,"这其中有一些可怕的有说服力的东西。请您原谅一个浅薄无知的商人,如果他还是没有摸索到这背后的政治意义的话。"

"这我相信!"她大笑道,"您只要稍微思考一下就能理解。美国和英国已经一个接一个地失去了优势地位,日本对俄罗斯来说是一个讨厌的邻居——经济上和世界观上都是。日本会进军——总有一天,美国和英国无法再袖手旁观。我们想推动日本,不管它愿不愿意,让它去侵犯这两个国家的势力范围。他们会把这个亚洲岛国消灭掉的。鲜血和困顿将把中国投入新的动乱中去——俄罗斯将张开双臂拥抱它——"

"然后把它像珊瑚虫一样地榨干,再压碎!"巴尔根打了个冷战,"通过您我理解了,普莱姆想要奋斗出什么样的目标。你们把他藏在哪儿了?"

"您觉得我的同盟者们会坦率地告诉我这件事吗?"

她微笑着把玩着被他放在桌上的勃朗宁,巴尔根注视着她美丽的双手。如果有人命令开枪打死一个人的话,她都不会颤一下的,他想道。

"把枪放到一边去!"他严厉呵斥波拉萨罗娃。

"瞧您紧张成什么样了，巴尔根！"她不以为然地说，"您的眼睛里充满了仇恨！您觉得这个玩具会让我害怕吗？您恐怕最想看到我这样做吧！"

她依然始终带着自信的微笑，把枪口放在自己的额头上。巴尔根大为震惊。他想跳起来，把勃朗宁从她手里夺走——在这个过程中，他笨拙地撞到了桌子上，桌子向安娅·波拉萨罗娃倾倒，打在她的胳膊肘上。枪——通过这撞击被触发——响了！他眼前的这张脸抽搐着，鲜血流过这个俄罗斯女人裸露的肩膀——然后她的身体倒向一边。椅子翻倒了——这个刚才还活着、嘲弄着他的女人，毫无生气地躺在他脚前。

他呆呆地保持着他的姿势，一动不动地站在翻倒的桌前。香槟在地板上流过，跟血混合在一起。巴尔根仍然这样等待着，直到尖叫着的人们出现。接待经理稍稍用力把他带了出去。

"巴尔根先生——"这个男人嘴唇毫无血色，说道，"巴尔根先生——您怎么能杀死一个女人——"

巴尔根感觉，他的全部神经好像都失去了知觉。他等在酒店的办公室里，无法将脑海中呼啸而过的念头理出一个清晰的头绪。一刻钟后，一位官员进来了，他一言不发地被他押走。国泰大酒店里的萨克斯、班卓琴和小提琴今天早早地就沉默下来。客人们被要求在大厅里休息，他们激动而紧张地谈论着这场谋杀——这场根本就不是谋杀的谋杀。

43

在一个矿道的入口处,一队苦力等着升降篮。

"所有人都健康吗?"格拉夫问这些男人。

"是的,先生!"他们齐声答道。

"你们有多少人?"

"三十八人,七个新来的,十四个没来。"

"十四个人——"他喃喃自语道,"他们的老婆孩子怎么办?"

"有很多孩子,先生。我们把他们收养到自己家和其他家庭里,我们有足够的大米。女人们还在哭天抹泪,等她们被安抚下来了,就能重新进城做工了。"

他突然无法直视这些人脸上坦然的、默默忍受任何命运的表情了。

他的耳边响起了一个小伙子的喊声。

"格拉夫先生——医生要我跟您说,让您马上去医院。"

米勒医生在前厅等着工程师。

"新病例?"格拉夫着急地问道,"刚刚开始的工作又得被取消了吗?"

米勒医生摇摇头,递给格拉夫一张支票。

"钱?"格拉夫的眼睛费力地看清了汉口的英国银行的名字和那笔几十万鹰洋的数额。他跌坐在一把藤椅上。"一笔巨款!"他目瞪口呆地喃喃自语道,"这是怎么来的,医生?"

"威灵霍普小姐请您按照她的决定来支配这笔钱。"

有那么一瞬间,茉德·威灵霍普这个名字好像没法从他的嘴里说出来。而格拉夫呆呆地看着那张价值巨大的纸,没有发觉这一点。

"上帝!"他被感动了,"现在我懂了,医生,人为什么会因为钱而变得虔诚——事实上,伙计,我已经完全陷入了僵局!一分钱也搞不到——而现在——您怎么不说话?就一直哭丧着脸坐在那里!"

米勒医生的眼睛里燃烧着病态的火光,他的嘴唇抽动着。真是个奇迹,在这种过度劳累的状态下他还能站得稳!他缓缓地开头,转变了话题。

"有点儿太累了,格拉夫。昨天夜里差点儿坚持不下来。因为有一个新病例呈报给我,一个那么紧迫的、那么特别的病例,以至于安娜护士决定把我从睡梦中叫醒。您知道,她极少做得出这样的事情。"

"那么——"格拉夫顿了一顿——"这个病例——"

"我被委托的第一件事,"米勒医生似乎已经完全忘记了他们这场对话原本的中心,"是把这张支票交给您,并告诉您,任何时候工厂都能支配这笔钱,只要您或者格拉夫觉得正确。"

"所以说,中国政府终于承认茉德·威灵霍普的索赔要求了?"

"是的!昨天,一个领事馆的信差带着这张支票来到陆伍屯。这个令人钦佩的姑娘直到最后一刻肯定还打算,亲自把这笔巨款交到您手上——"

一个可怕的念头紧紧攫住了格拉夫的心!

"直到最后一刻——?那茉德·威灵霍普是被什么阻挡了——"

"她亲自把支票交给了我,"米勒医生打断了他的话,"我先把它——仔细地——消了毒,才敢把它交给您。"

格拉夫的脸色变得苍白。

"茉德·威灵霍普——"

"——染上了肺鼠疫!"医生轻声补充道,仿佛他害怕自己的话似的,"现在您明白安娜护士为什么有勇气叫醒我了。因为茉德·威灵霍普急着把钱转交给您。"

那张银行支票从格拉夫手里掉落。如果不是米勒医生注意到了的话,它就要留在医院前厅的地板上了。他弯腰捡起它,果断地把它塞进格拉夫胸前的口袋里。

"您可不能丢了这张支票!"他严肃地说,"请您想想工厂,想想普莱姆!"

格拉夫用手像孩子一样捂住了脸。这一刻,这个男人拼尽全力振作精神,才得以站起身来。

"带我去见她。"他压低声音说。

米勒医生拍了拍他的肩膀。

"相信我,格拉夫!这很重要。您必须相信,我们会救威灵霍普小姐的。我们毕竟还是为这些黄皮肤的兄弟们在这条生与死之间狭窄的小路上找到了平衡,不是吗?"

"带我去见她!"格拉夫再次要求道。

"瘟疫会极其严重地毁坏一个人的容貌,格拉夫。您最好还是别去看她了。"

米勒医生还没有说完这句话就后悔了。格拉夫迅速转过身,紧紧地逼近医生。

"我!别去!看她!"他喘着气,胸脯起伏,激动的情绪让他的整个身体都在猛烈地颤抖,"伙计——我爱这个女孩!女人?上帝,一个像我这样的雇佣兵在港口的下流酒吧间里认识的自称'女人'的都是些什么样的造物啊!对她们所有的感觉都消逝在一种感觉里——我这一生,女人对我来说是无关紧要的,也让我无法理解。第一次有一个活生生的生命让我清楚地知道了,我也是有心的。那就是茉德·威灵霍普!而您想让我——别去看她!"

令人惊叹!米勒医生不由得想。我在我欧洲和亚洲的诊所里看到过许多事情,但这样的一种感动——如果这个男人再多说一个字,我就要开始号啕大哭了!

他挽住格拉夫的手臂,带着他穿过走廊,来到一个被隔离的房间前。

"请您稍等片刻!"

上帝——我刚才还想感谢你的。我是一个坏家伙,因为我现在试图咒骂你!格拉夫被单独留在那里,自言自语道。一个如此至高无上的万能的主,怎么能容许一个了不起的、勇敢的、无私奉献的人被推入这种要命的疾病的深渊呢?不——不——这是我不能容忍的——

米勒医生回来了,打断了他和这位超自然的神灵的争吵。

"把这块帕子绑在嘴前!"医生命令道,"它是用抗瘟疫的药物浸过的。"

"瞎胡闹!我去探望茉德·威灵霍普的时候不会把自己的脸蒙起来,好像我要去参加化装舞会似的。"

在格拉夫这辛辣的黑色幽默面前,医生缴械投降了。他无声地推开了门。在他的示意下,安娜护士离开了病房。他自己

在格拉夫后面也进入了房间,站在窗边,把脸扭过去。

茉德·威灵霍普那闪着光泽的、现在却凌乱了的头发从枕头里露了出来。比白色的枕套颜色还要浅的额头——半闭着的眼皮——嘴唇的弧线——脸颊的形状——而这一切都被病毒弄成了特有的变形、肿胀的样子,肺鼠疫就借助这病毒在她身体里疾驰而过。那个昨天还能走能笑的茉德·威灵霍普已经几乎认不出来了。

"空气——一点空气——"格拉夫听到她说,"你们为什么连一点点空气都不愿意给我?"

他从一个在冰桶里冰镇着的玻璃瓶里倒出一杯水。米勒医生想把他拽回来,却又在格拉夫愤怒的目光之下把手垂了下来。茉德·威灵霍普的双唇贪婪地沾上了水。当她费力在她肿胀的、绷紧的皮肤下挤出一个感激的微笑时,格拉夫差点儿叫了起来。

"格拉夫——"听到她那备受折磨的声音,他必须紧紧地按住自己的手,才能不发出呻吟声。"我谢谢您——是的,您一直想要帮助那些人。米勒医生跟我说的。我相信他。您不是一头熊,对吧?也许,您有一颗非常胆怯的心?"

"威灵——威灵霍普小姐!"他高兴得讲话都结结巴巴了,"您把我给看透了?我必须亲自来向您表达我的感激之情——用您的钱我就能挽救工厂了。您理解我吗?"

"哦,当然,格拉夫。"她回答说,"很好——去把整个中国改变得天翻地覆吧,如果您用这笔令人厌恶的钱就能做得到的话。就算我能活下去,我也永远都不会需要它。这几周里我学到了,在这个世界上什么东西才是重要的。钱不算在其中。不过考虑这个没什么用了——我的日子已经到头了！"

"不！"他急迫地说，"不，茉德，您不可以屈服！"他刚才是说了"茉德"吗？在这种时候，这个已经不重要了，只要她能听他说，并从他的鼓励中赢得力量！"茉德，您必须活下去——我——爱慕您，所有人都爱您——"

"那里，它靠过来了——"她突然变得异样，充满恐惧地说道，"它燃烧着——它越靠越近了——"

她的脸上蒙上了阴影。格拉夫想抓住她在被子上方胡乱摸索的双手，这个病人突然喘息着坐了起来，指着他，歇斯底里地大叫道：

"出去——医生——跟格拉夫一起出去！我就是流行病——我是鼠疫！不然——他也会——送命——"

她跌在枕头里，昏了过去。

格拉夫站在床脚，手里还紧握着那杯冰水。米勒医生拿走水杯，把他推到了外面的走廊上。安娜护士重新接管了她的岗位，她怜悯的目光扫过这位工程师。那么这个——她若有所思地想到——就是那个人了。这样的话，也许那个"例外"说得还真没错！而这样的一个人却被命运如此粗暴潦草地对待——荒唐的人生！在这里更是加倍的不可捉摸！

到了医院门前，米勒医生松了一口气。直到此刻，格拉夫还像个半瘫痪的人一样走在他身边。

"格拉夫！"医生坚定地看着他的眼睛，"我们在这个穷乡僻壤成为伙伴。我向您承诺，我用自己的健康作保，帮助茉德·威灵霍普渡过危机。"

"我对您深信不疑，医生！"他用一种仿佛支离破碎的嗓

音说道,"您用您的幸福起誓了,我会遵守您的诺言的。假如您失败,我若是打死您,您可不许生我的气!任何人都必须被惩罚——即使他是那么的无辜!否则一切就都毫无意义了。"

米勒医生泰然自若。

"我甚至会请求您这样做,格拉夫!因为如果我无法成功地救这条命的话,对我而言,我自己也就一文不值了——"

44

那一夜,血战之后,日本先头部队占领了这个中国城市。战争的轰隆声甚至让上海的欧洲人也惊骇和恐惧,一些外国人可能是第一次明白了,中国根本就不是什么世外桃源。这时,基于巴尔根夫人和她的仆从李对有关部门做的陈述,中国警官和国际警官闯入了龙楚家。

被喧闹的人声惊醒的佟医生一边披上晨衣,一边推开了门。一个中国人和一个欧洲人用挑衅的目光打量着他。

"嗨——"他不无幽默地说道,"不期而至的客人?这可不行。我们这儿有个康复期的病人呢。"

"好吧!"那位英国刑侦警察的目光在病人和他的中国看护之间来回扫动,"普莱姆先生,对吧?"

"的确是——"佟承认道。

"那么,您就是那位被叫到这里来看守囚犯的亲爱的佟医生了?"

"希望我的护理起了作用——"

同行的中国人把手搭在佟医生肩上。

"等等！"英国人挡住了他，"您为什么想逮捕这个人？他没有参与这场罪行。如果您珍爱自己生命的话，就快点儿离开吧。群众已经聚集了起来，要把这座日本人朋友的漂亮房子夷为平地。由于火车北站那场战斗的结果，中国警方已经不再能控制这个地区的局势了。"

"这位——先生？"佟医生给病人把着脉，问道。

"布朗，查尔斯·布朗，如果您想知道我微不足道的名字的话。"

"布朗先生，"佟继续中肯地说道，"我明白，我在您眼里不是一个完美的医生。但是，我的责任不允许我离开病人。啊哈——"他指着两个抬着担架走进来的警察，"你们想绑架普莱姆先生吗？那我要陪他一起去！"

"请您离开我的视线范围！"布朗握起拳头威胁道。

"佟医生真的在尽力帮我康复。请让他自便吧！"普莱姆被逗乐了，插嘴道。

"不要相信这些黄种人——"为了让他的话只能被普莱姆听懂，布朗警官突然说起了德语。他生气地皱着眉头叫普莱姆好好考虑："这个人可能会给您下毒——"

又有一位警员走了进来，汇报说："龙楚被惊动了，他消失了。"

英国人耸了耸肩。

"这是您的管辖范围，吴先生。"

这个被称作吴先生的人从容不迫地微笑着。

"中国很大，布朗先生。龙楚可能已经踏上了旅途。总有一天我们会再碰见他的。"

"您非常狂热地想把这个家伙送上绞刑架——在我看来。"布朗不满地说道。

那位刚刚汇报过的警员补充道：

"一个叫杨桃的年轻中国女人，还在这幢房子里。"

"杨桃！"普莱姆说，"布朗先生，请您把这个女孩送到租界去。如果日本人推进到了这里——"

布朗变得充满了恶意。

"我们租界里本来就有一万多余的中国人了。"

"她想救我！"普莱姆热切地说，"再说，龙楚可能也会来找他女儿的！"

面对这个建议，吴一言不发。他的这种反应让布朗做出了决定。

"可以，我没意见。前提是，您确实是我们要找的那个人，而且我们也要带走您本人。"

普莱姆目瞪口呆。

"虽然我听说，一个刑警越能怀疑，他的能力就越强，但是在这件事上这样怀疑可不太必要。"

"喏？"布朗做出一个狡黠的表情，"在中国就是会发生稀罕事。"

"佟医生可以——"普莱姆试图反驳。

"我认为，以龙楚的狡猾程度，他可以安排一个证人来照他的意思说话。巴尔根夫人会辨认您的。"

他向他的警员下达了一个简短的命令。

普莱姆还没来得及问个明白，柯奈莉娅已经走了进来。她的目光寻找着普莱姆。带着重逢的喜悦，他以惊讶的微笑问候了她。

"阿尔夫，"她由衷地说，"这是什么样的遭遇啊——您受了很多苦吧？"

仿佛害怕最轻的动作也会让她像一个幻梦一样化为乌有，他一动不动地、入迷地任由她的手抚摸自己。

"不，柯奈莉娅。我还在这里躺着，只不过是因为我在如此奇特的情境下被人从睡梦中叫醒了。请您原谅，我完全没有为您的探望做好准备。"

"您怎么可能知道呢！李前天才打探到您的下落，然后我们就让有关部门行动起来了。"

"李？"普莱姆问道，"我懂了。为了把我从'黄色巨龙的利爪中'救出来，柯奈莉娅，您和他采取了强硬的措施。这真的是——我要称这为一个外交上的杰作！如果明天才来——"他指着外面重燃的战火，"肯定就来不及了！"

抬担架的人用一条被子把普莱姆裹起来，放到担架上去。

"出发！"布朗命令道。"巴尔根夫人，我给您提供一个在上海国际警局做女警探的职位。可惜您恐怕会放弃这个机会。"

一行人慢慢地走过通往大厅的、只有极小的吊灯照明的昏暗走廊。

"放弃？"柯奈莉娅若有所思地微笑着，"您说得这么肯定——我也可能会提醒您不要忘了您的请求的，布朗先生。"

"没有什么比那样更让我高兴的了，夫人。"他真诚而兴奋地保证道，"当心——别绊倒了——"

大厅的出口处躺着一大捆东西。她不由得打了个寒战。布朗握住她的手臂。

"可怜的家伙!"柯奈莉娅看着一个死人黄皮肤的脸。

"他太严格遵守他主人的命令了,我们的两个人被他打伤了。所以我们不得不用左轮手枪来开路——枪声惊动了可敬的银行家先生。这种带四五个庭院的蜿蜒曲折的中式房屋,总会在什么地方有一些秘密出口的。"

第一个庭院的大门口旁,油灯的灯光落在杨桃身上。她面无惧色地等着普莱姆,然后走到他的担架旁来。

"别来无恙,普莱姆先生。虽然我对现在的情况深感遗憾,但我很高兴看到您得救了。当我父亲参与到这场冒险中来时,他犯了他这辈子最大的错误。"

这个女孩古怪而尖刻的热情让普莱姆不知所措。他理解,她并不乐于看到欧洲人对他父亲的行动取得了胜利。她摆摆手,以此来热烈地回应他的握手。

"柯奈莉娅,"他叫道,"请允许我向您介绍龙楚的女儿,杨桃小姐。她也打算帮助我越狱呢。"

"哦——我们认识!"柯奈莉娅亲切地答道,"小姐,我们在这样奇特的情境下再次见面了,请您不要对我怀恨在心。中国的神灵就像摆弄棋子一样,在命运的棋局里摆弄着我们。"

杨桃带着一种强硬的坚决,无视了这个外国女人伸过来的手。柯奈莉娅转向吴先生,微微领首后向他提了一个问题,除此之外她不知道该做什么了——一大波说不清的敌意和恨意太过猛烈地向她涌来。

杨桃眼里现在折射出一种深深的悲伤。

"我们不要分开!"普莱姆想要转移话题,"您跟我们一起到租界去。在这里您可能会有生命危险。"

杨桃退了回去。

"我不去租界！"

她的话引发了布朗激烈的反驳。

"几个小时之后这里可能成为战场，您不觉得吗？"

面带着一种深深蔑视的表情，她打量着站在布朗身边的英国军警。

"中国人的房子是神圣的！"普莱姆听到她低声说，仿佛她只在对他一个人说话似的，"这些人用他们进军的步伐破坏了宗族祠堂的宁静，我绝不能接受他们的帮助。您不必以为我想为我的父亲辩护——这并不会阻止我谴责他，普莱姆先生。还有——"她突然大声说，为了让所有人都听见，"就是因为这个，我才敢尝试解救您！除了保护我父亲使他免于蒙羞，我没有任何别的想法。"

从中国区的主广场上传来了愤怒的叫喊声。

杨桃朝着那个方向仔细倾听着。

"您听——"普莱姆想劝她。

她指向黑暗中，指向那危急逃窜的喧嚣声。

"我应该去那里。或者那里！"她指着火车北站的方向，那里此刻听不到有枪声传出，"大学生们今天都穿上了蒋清部队士兵的制服，女生们救助伤员。我们必须战斗——为了中国！"

"幼稚！"普莱姆严词斥责道，"尊敬的龙楚先生恐怕不太可能喜欢这种偏激的想法。"

"我父亲！"杨桃冷静而明白地答道，"他是一个属于过去的男人——他出身于昨天那个病恹恹的中国。我则是将要解救

中国的青年人中的一分子！"

这个中国姑娘的骄傲让布朗都不得不肃然起敬。

普莱姆叫着杨桃的名字，声音渐渐在黑暗中消散。所有人看着杨桃的身影消失在街角。

"前进！"布朗命令道。

两位刑警帮助柯奈莉娅上了车，普莱姆的担架也被抬上这辆车，然后两位刑警上了后一辆车。发动机咆哮着——车灯的光柱深深地刺入黑暗中。汽车疾驰而去。

"该死！"英国警官咕哝着，在驶过的路灯的灯光下打量着吴模糊不清的脸，"我真佩服您的淡定，吴！您好像完全不在意龙楚到底去哪里了？"

吴慢慢地点燃了一根香烟。

"奇怪的人，你们欧洲人！如果有人不经意地扔掉一个烟头，你们就激动不已，因为由于这个烟头起了一点小火。而你们却注意不到，这个世界上每一个角落都在燃烧！"

"犯罪的人应该受到惩罚！"布朗咕哝道。

"那也要先抓到他们！"中国人恼怒地纠正他，"日本人现在占领了火车北站，还炮轰了吴淞。在这个关头上，我们的侦察已经结束了。我不认为，一个逃跑的银行家会关心政治相关范围内的问题。中国很大。而且，有人告诉我，龙楚跟中央政府有重要关系。一个像我这样的小警官如果贸然行动，可能会丢了自己的小命。眼下我还很需要这条命，为了将来有一天不再做一个小警官。"

汽车猛地刹住了。租界的铁丝网前。躺在外国机关枪下面休息的人们被惊了起来，司机缓慢地从他们中间找到一条路开过去。这些无家可归的人的威胁、咒骂和哀求声撞在汽车紧锁着的反光玻璃窗上又弹了回去。吴指着前面——在汽车大灯灯光里，布朗看到，一个快要饿死的中国人正要把一块巨大的石头往汽车上扔来。蓄势待发的英国机枪在十五米外！几个男人跳了起来，其中一个一警棍打在那个愤怒的人额头上——他昏了过去，倒在地上。

然后，汽车在前往租界的沥青路面上疾驰。

45

日本侦察机不断在城市上空隆隆作响，螺旋桨的轰鸣声不时地被远处的炮声盖过。上海，犹如一个用迷人的灯光过分打扮的、因为毒品的作用满脸绯红的交际花，活在贪婪的兴奋中。叫卖报纸的喊声响亮而刺耳。

在无处不在的紧张氛围中，巴尔根被捕的事成了大家用之不竭的谈资。没有目击者可以证明那是一场谋杀还是自杀。每个人必须对这位有名的商人有罪或无罪形成自己的见解。

"您有权保持沉默，但我有义务提醒您，您的每一句话都有可能成为呈堂证供。"凶杀案侦查委员会主席在一场重新审讯中说明道。

克劳斯·巴尔根惊讶地看着这位警官探询的眼神。

"您怀疑我有罪？"

警官指向那把枪。

"枪是在最近的地方开的。如果您声称是安娅·波拉萨罗娃自己开的枪，这的确很难反驳！但是我认为只有很小的可能

性,是您,巴尔根先生,开的枪。不过那样的话,那位女士肯定是心知肚明地静静等着您开枪!"

"安娅·波拉萨罗娃当时完全处于走神的状态,我利用了这一刻,开枪把她打死了。"巴尔根招供道。

警官毫不掩饰他的震惊。

"这是一份完整的供词!这会把您送进监狱,在里面待上很多年的!"

巴尔根一言不发,任人把他押走了——这样报纸就能写出成千上万种猜想了。另外一个事件是查封这位"谋杀犯"的财产。关于找到的股票,公共安全局不允许有关部门透露一个字,但是还是有很多商谈在幕后偷偷进行,让知情者明了了这场游戏的前因后果。

哈尔贝克刚一得知巴尔根被捕的消息,马上就来找警察局局长。

"放了这个男人!"他冷静而目的明确地要求道,"过去这段时间,他身上发生了许多不幸的事情——您必须区分出,那是一个绝望的男人的自责,而非招供!"

警长以无条件的坦诚面对着哈尔贝克。

"您可以料想到,在现在这种政治高度紧张的时刻,我们特别情愿马上释放巴尔根。这样的一个丑闻,太容易把上海的欧洲租界牵扯进两个亚洲民族之间的纠葛里了。您知道很多,哈尔贝克先生,但显然您也并不了解这个事情的全部。我坦诚地承认,在我看来,那份供词也不够自然。您单独跟巴尔根谈谈吧!当然了,房间外面会有人把守。请您在这里等着他。谈话一结束,您就摇我桌上的铃。"

这场奇特的重逢的第一秒，哈尔贝克就清楚了，站在他对面的是一个完全变了样儿的巴尔根——一个眼神黯淡、内敛的男人，一个苦思冥想的人，跟那位从商会里走出来的精明能干的先生已大相径庭。

"您不必费劲儿了，哈尔贝克！"那个被带进来的人说道。他带着放弃的微笑盯着那只向他伸过来的手。"我的手指沾上了血。您不会想要跟一个谋杀犯握手的！"

"如果那是一场谋杀，"哈尔贝克冷静地答道，"那么它成功地将过去一笔勾销，为您打开了新生活的大门。您请坐！我至少能给您发一支香烟吧？"

"真是令人惊讶，不是吗？"巴尔根一边道谢一边接过火，"我甚至不缺香烟。在拘留所里，人们对待我的方式更像是对待一个需要救助的病人，而非一个罪犯——"

"他们完全有理由这样做！"哈尔贝克插嘴说，"这一切不过是一场恶性的发烧——您绝不是在清醒的情况下做出的这件事。"

巴尔根抬起头，对着灯光眯起眼睛。

"如果我声称，我没有开过枪，但我要坚持，我口袋里装着枪就是为了了结安娅·波拉萨罗娃的生命。"

"在您看来，这两者的区别可能是微不足道的，巴尔根——但它就是能决定您是重获自由还是被判刑。您可得好好想想这个。"

"这些天里，除了这个我没想过别的。我确定了，您对我名誉的慷慨挽救，事实上无法改变任何表面上的东西，哈尔贝克。人不能用别人的谅解来为自己开脱。不管我按照您的建议

离开了上海,或是您在所有公众面前痛批我,我都一样永远会被看作是一个阴险狡诈的人。"

他沉默了下来,沉重地呼吸着。哈尔贝克不得不仔细考虑,如何回答他才能不给这个激动不安的人增添新的创伤。

"我理解,您想为您的所作所为赎罪。为了这个,您就必须进监狱吗?这个世界上有那么多机会,去牺牲自己为他人谋利,因此在我看来,淡然地忍受一场刑事犯罪的刑罚,反而几乎是一种舒服的出路。"

"您还是一如既往地高估我了!"巴尔根说,"我可能早就不记得我有这样的意图了。当我有一天面对着巨大的空虚时,我会想要去赎罪,而不是心血来潮,或是等待着无法逃避的命运的安排。世间的每个人都必须为他们的过错付出代价。我也已经开始了。"

哈尔贝克感觉到,这是他们之间最后一次见面了。

"这个世界不是绕着您个人的痛苦转的!请您不要忘了,这场诉讼事关所有在东方的德国人!"

巴尔根把手放在这位比他年长的人的肩膀上。

"一个中国人、一个日本人、一个荷兰人和一个丹麦人参加了我们的会议。这件事不只是德国租界的问题!出于对您的敬重,人们直到现在还在保持沉默。如果污点不被强硬地刮掉,它就一直在那里——必须得这样!我会要求独自承受我的重担,这担子不是任何其他人让我担负的,而正是我自己。"

"我明白。我还要跟您说,巴尔根,您的决定重新赢得了我对您的一部分敬重。"哈尔贝克沉思着走到书桌后面,"我觉得,您想结束谈话了?"巴尔根点点头。哈尔贝克摇响了铃:

"我很高兴,您在误入歧途之后又找回了那个正直的自己。"

巴尔根感激地向哈尔贝克伸出了手。

警长走了进来。

"现在,巴尔根先生——"

被叫了名字的人转向他。

"这场谈话没有得出任何减轻我罪责的结论。"

"很遗憾。"哈尔贝克证实道。他鞠了个躬,说道:"抱歉,我得赶紧去日本领事馆。"

巴尔根打了个寒战。他快步向哈尔贝克走去,用恳求的语气说:

"不要去,哈尔贝克!"

"为什么——?"哈尔贝克很惊讶,"有人叫我去。如果我的感觉没有欺骗我的话,他们应该在找一个中立的调停者。"

"不!这背后藏着一些别的东西。请您相信我——万一是龙楚呢!"

"如果那个银行家也掺和在其中,那我更有必要应邀前往了。祝您平安,巴尔根——抱歉——这句话对您的处境好像有点儿不合时宜。"

46

哈尔贝克的车不得不停在领事馆大楼几百米开外的地方。这幢建筑被数量巨大的人群包围了。日本警卫队机智地自己躲进楼里,只在门前布了哨岗。警戒线主要由英国人、美国人和德国人组成,后者穿着法国协警的制服,因为德国人在上

海没有自己的驻军。在一辆翻倒的货车上，一个年轻的中国男人在用扩音喇叭讲话，这喇叭是人们直接在一个舞场里从台上的乐队那里拿来的。

在拥挤的人群中，哈尔贝克没有发觉，一个苦力丢掉了自己的黄包车，紧紧跟在他后面。一位美国警察把封锁的铁链打开了，哈尔贝克退后了几步。一声清脆而短促的响声……人们的叫喊声变成一阵令人窒息的寂静。哈尔贝克转身回头，手臂指向空中，跌倒在一个匆匆赶来的英国协警的胸前。

"果然——"这是哈尔贝克的最后一句话。然后他的眼睛就凝滞不动了。

如果不是两个大学生把那个枪手——一个姓曾的苦力——匆匆交给美国人，让他们举着刺刀把他押走的话，他可能会被撕成碎片。一眨眼的工夫，人群四散，因为士兵们架起了一挺机枪。

国际警察自然是调查不到这种程度的。他们不会了解到，曾的大家庭共有七十三口人，他们的生活最近变得极为殷实，而他们在此之前过着快要饿死的日子。他们现在在银行家孟凌那里拥有一个数目可观的账户，孟凌则正是龙楚的朋友。

哈尔贝克死后一小时，龙楚出现在公司的事务所。以巴尔根的亲笔签名为依据，他接管了公司的领导权。他的车从外面开了进来。这辆车此前曾在中国警察总局旁停下来过，在那里，龙楚对警察之前暴力闯入他的房子提出了抗议。他解释道，他在一条昏暗的小路上发现了一个名叫普莱姆的受伤的欧洲人，然后让他的医生护理他康复——这还得归功于他的仆人在他们开过去的时候注意到了那位伤者，这样他才得以获救。

47

在获救的第二天,普莱姆在李的帮助下从楼梯上蹒跚着走了下来。他惬意地坐在餐厅伸出去的露台上。走进来的佟医生一脸诧异的样子让他更乐了。

"普莱姆先生,"这个中国医生说,"虽然我的礼貌要求我掩藏对您的不满——"

"但与之相反,您那众所周知的责任心却要求您表达对我的不满,"普莱姆打断了他,"以及诸如此类等等等等。够了,医生。李很内行地帮我换了绷带,用一块儿拳头大的软膏糊住了我的伤口,我觉得我的力气每个小时都在恢复得更强,证明这一点的欲望让我的每个关节都在发痒!"

佟仔细地检查了他,测试了一些神经反射,然后露出了满意的表情。

"好吧,普莱姆先生。再休养两天,您就算得上是康复了。但您还不能进行劳累的旅行和体育锻炼!"

李让人用小茶车推来了早饭。柯奈莉娅身穿着一件浅棕色的晨袍出现。面带着快乐的微笑,她停在普莱姆前面。

"阿尔夫——"她看上去年轻了许多,仿佛从一个重担之下解脱了出来,"看到您如此高兴、活泼,真是太好了。我们的朋友这么快就能复原还得感谢您,医生。一开始,我曾觉得您有点儿奇怪。您至少能理解我对您那位令人厌恶的银行家一点儿好感也没有吧?"

佟客客气气地向她鞠躬，亲吻了她的手。

"龙楚属于我们民族中的那一种人——他们认为，世界上的幸福都在于这世间的财富！——抱歉，我现在要告辞了。我还得写几封急信。"

"这些受过教育的中国人真是周到得体——"柯奈莉娅若有所思地目送着他离开，用温暖的手握住普莱姆的手。

"或许佟匆匆离开，只是为了逃避会让他尴尬的问题。"他开玩笑说，"不管怎么说——既然领事馆已经宣布您的婚姻无效，甚至官方名册上又重新有了一位谷德鲁斯小姐，我们大概可以回到从前，用'你'称呼彼此了吧，不是吗？"

她高兴地对他点点头。

"这样能让我们觉得，很多事都没有发生过——"但是，她好像马上就后悔自己说了这样无忧无虑的话。她的思绪变得阴暗，这给她的额头蒙上了一层阴影。

"不要惊慌，阿尔夫——"她继续说道，"你还不知道，巴尔根称，他开枪杀死了安娅·波拉萨罗娃，虽然所有情况至少都暗示，这是一场不幸的意外！"

"安娅·波拉萨罗娃被枪杀了！"他茫然地重复道。

她给他拿来了报纸，等着他浏览完了那些报道。

"我可以去作保——"他建议道。

"哈尔贝克也有过这个想法。巴尔根拒绝任何人插手。他似乎认为，如果他承担了这个罪责，就能磨灭其他的一切。再读读这则新闻！"她指向报纸上的另一则消息。

——经证实，日本领事馆近来从未致电哈尔贝克先生。警方推测，一个充分准备的计划通过一个假冒的电话得以实施，该计划背后的真相在得到更多证据之前尚不能查清。

哈尔贝克死了！这个城市用它有毒的利爪带走了一个又一个牺牲品。他自己，普莱姆，也差点儿就再也不能从病床上站起来了。在酒店的餐厅里，那个漂亮的俄罗斯女人安娅·波拉萨罗娃从椅子上跌下。克劳斯·巴尔根带着淡然的冷静走进了拘留所——

"在这些卑鄙的'偶然事件'之间有一个把它们联系起来的环节。我会把它找出来的。哈尔贝克被枪杀了！"他苦思冥想着补充道，"公司再次陷入了危机。你会一直跟我站在同一战线吗，柯奈莉娅？"

"你怎么能这样问呢，阿尔夫？"

"因为你要帮我骗过那个中国医生。我必须去办公室。"

柯奈莉娅果断地摇响了铃，李出现了。

"把普莱姆先生扶到车上去！"他想跟她告别，她却坐到了他旁边的座位上。

"别皱眉头，阿尔夫！必须要有一个人来留心你的健康——"

抵达了上海—汉口制铁公司，透过等候室的推拉窗，柯奈莉娅发觉，大厅里所有的文书和速记员都伸长了脖子，为了看到普莱姆。

"您就这样把门打开吧！"她对把他们登记下来的年轻办事员怒斥道。

"夫人请谅解，"他坚决地说，"我必须先向龙楚先生汇报访客。"

听到这个名字，普莱姆一跃而起跳到了窗口那里，都没有注意到新产生的疼痛感。他一把将活门推了上去，把胳膊伸进去，从里面按门把手打开了门。文书停下了口授记录，算盘的啪嗒声渐渐止息，打字机也停止了按键。四十双眼睛包围了出现在面前的这个男人和这个女人，这些令人不安的日子里，整个上海都在谈论这两个人。只用了一瞬间，普莱姆就让这些人喜悦的钦佩之情平静了下来。

"嗨——一切都好吗？"

"是——没问题！"响亮的回答向他迎面传来，"早上好，普莱姆先生！"

一个中国男人以他毫不含糊的拒绝式的礼貌从这背景里脱离出来。

"先生——我的主人非常热情好客。但您却擅自闯了进来。您最好不要让公司用武力来答复您，马上离开这个屋子！"

普莱姆丝毫不为所动，径直走向私人办公室。他随和地拍了拍那小男人的肩膀。

"我只是想打听打听你那可敬的主人在哪里！"

显而易见，这个中国人打算拦住这位不速之客，他抓住他的手腕。普莱姆站着没动。

"松开！"他断然说道，"还是——？"

这位尽职尽责的奴仆试图用柔道来攻击对方，普莱姆迅速的防守打破了那人的平衡，对方的头准确地朝着一个桌撞过去。整个办公室里响起了哄堂大笑。这时，龙楚那位普莱姆熟悉的、聪明圆滑的秘书出现在克劳斯·巴尔根原来的办公室门前。他完全愣了那么一会儿，然后便意欲返回去通报。

"站在这儿别动，小鬼！"普莱姆把他推到一边，"我能自己去通报，明白吗？亲眼看到他在我身上所做的仁慈的护理的成效，龙楚会很高兴的。注意——"他向着办公室喊道，"你们所有人现在休息两小时。之后，办公室主任把全部信件呈交给我，并跟我汇报龙楚在此期间采取的所有措施。"

被普莱姆扔到地上的那个人呻吟着爬了起来，那秘书则跟在这两位"闯入者"后面。龙楚刚刚生气地把电话听筒挂回去，他没有从在外面紧张地关注着整个事情经过的总机那里得到任何回应。

我恨这个家伙！普莱姆不由得想道。但他也值得佩服——他得有多么强大的心理素质才能在这种时候还保持微笑。

48

陆伍屯矿山医院里，病人一天天地减少，教授已经开始在电话里要求他的两位护士和一位医生回去了。在跟他年轻的同事最后一次谈话时，经过慎重考虑，教授没有说出，他最想召回的其实是他最信任的米勒医生。十匹马也不能把他提前从瘟疫地区拉回来。他发过誓。

"好吧，亲爱的朋友。"科劳森医生在一番长谈之后十分愉快地对他的上司说，"如果您觉得可以的话，我明天就走。我太渴望一些欧式的生活、一个正儿八经的夜店和姑娘们了——不管是什么样的，哪怕只有Pariafeen[①]。"

米勒医生的眉头由于过分劳累紧紧地皱了起来。

[①] Pariafee：舞女，被社会排除在外的女人。Pariafee为作者所造复合词，Pariafeen为复数形式。其中Paria意为贱民、被社会遗弃之人，Fee意为仙女或女妖。——译者注

"我为您感到高兴,科劳森。虽然那老头马上又要冷酷无情地让您继续工作了。有传言说,汉口出现了斑疹伤寒病例——不过再过几天他就必须给您放假了。彻底休养一下吧。与其沉沦放纵,您不如在白天开车去游览几次美丽的四月湖,或是做一些类似的事情。"

"我一次都不想去——"克劳斯并不赞同这好心的建议。

"那您明天能去哪儿旅行呢?"

"这就是为什么,您,米勒,不太讨我母亲的儿子喜欢的原因。如果我开车扬长而去,这里就没有任何人能给您做出一些看似正义而有良心的规定了。到目前为止,至少我有时候能把您赶到床上去。恐怕您再也不会让自己睡觉了。"

米勒医生给他倒了满满一杯威士忌,满到了杯沿儿处。

"为您的健康干杯,同事!您是一片好心。请不要为了我做多余的考虑,我会咬牙熬过去的。"

"是啊——您应该为此感到骄傲!"这个年轻人带着毫不妒忌的钦佩说道,"我们在这个年纪不能做出比这更好的成绩了。您的新疫苗接种法为抗击瘟疫带来了不可估量的裨益。您将在我们这个时代伟大医生的历史里得到一座纪念碑。"

"您这么认为?"米勒轻蔑地做了一个拒绝的手势,"对于这个您以青年人的热情洋溢给我预言的前景,我或许应该提前为之感到高兴?您的用意是好的,同事先生。眼下,十座纪念碑对我来说也毫无用处。"他把烟斗装满,忧郁地凝视着他们共用的狭小起居室里肮脏的黏土地板。

"嗒——"科劳森满怀信心地说,"等您自己离开了这个偏僻的地方,重新呼吸大城市的空气时,您就会用另外的眼光看待这件事了，米勒。到时候我请您在汉口体验一次真正的夜游。我们将度过一个美好的夜晚，您会感到惊艳的！"

"好吧！"米勒从容地吸了一口他的短烟斗，看上去似乎对这场汉口夜晚冒险的设想一点儿也不神往，"您确定，我能在汉口摆脱这所有的一切吗？坐在一个吧台旁，喝着酒，对女人垂涎欲滴，把这里的一切污秽与困顿都抛之脑后，您是这么想象的？"

"当然！伙计，我们已经见过这样或那样的东西被忘却了。当然，这会让人遗憾。但是人不能因此就永远想着这些，让自己的生活萎靡不振。还有很多帮助我们重新振作起来的东西——这才是人应该考虑的！"

米勒医生把烟斗叼在微微发黄的牙齿中间，走到窗边，向夜色中凝望。在一个半圆形的储物仓库上空，每隔一会儿就有一个耀眼的红色闪光射向繁星点点的夜空中。在从高炉里升起的烟雾下，那颗永恒的太阳系行星只有在极为罕见的情况下才清晰可见。

没错——科劳森医生也许是对的。为什么他就只看得到那些令人痛苦的想法，而看不到这个他成功的标志呢？当格拉夫每天早上都能让人去吹旺一个新的高炉时，——它不也是，米勒医生的工厂吗？——当成千上万人不再惧怕瘟疫的夺命之手时，人们首先想到的就是他付出的工作和他出众的学识。他疲惫地把背靠在玻璃上。

"您知道，"他转向房间，"我本来不怎么喜欢英国人。这些家伙在战争中让我们吃了太多苦头，而他们本应该属于我们的阵营。"

科劳森医生坚信,过度劳累导致他的同伴大脑里出现了交流上的偏差。

"咳?"他反问道,"这可真是一个突然的自白。"

"看上去可能是吧。"米勒医生点了点头,"所以我感到很奇怪,在这个柔弱的英国女子身边我从未想起过,我对她的民族这种个人的、理由充分的,客观上却也理所当然的反感。对我而言,她只是一个无助的、令人怜悯的人——一个美好的人,她用一千种证据向我们表明了她的自我牺牲精神。"

这一番严肃的话让科劳森医生无法忽视。他挑着眉毛,仔细打量着他这位整张脸因为激动而痉挛着的年长的同事。可怕!他想到。充满了灰色的几个礼拜是如何让一个男人精疲力竭的!这个人看上去就像是独自背负着全世界所有的烦忧。但是,提到茉德·威灵霍普,他就表达不出自己的思想了。

"情况不妙。"他承认道。

"不止如此。"米勒医生把手放在他肩膀上,直视着他,"您会把这件事告诉教授,对吗?这个女孩让很多人恢复了健康——单单用她的不知疲倦。我把治愈她视为我的首要义务。她挺不过来了的想法太让人受不了了!"

"您爱她,米勒?"

科劳森小心翼翼地问道。但米勒还是暴跳如雷。

"见鬼,老弟,这跟您有什么关系!"他似乎马上就为自己的暴躁感到抱歉,因为他做了让步,"连我自己都不敢回答这个棘手的问题,科劳森医生。这也没有什么意义。格拉夫——您懂的——垂头丧气地跑过来,自从威灵霍普小姐躺在病床上以后,他每天,哦不,每个小时都纠缠着恳求我。"

"那头熊?"

"您以动物喻人,年轻人!熊在爱情这件事上有着敏锐的感受。但是一场灾难也正是这样发生的。如果我没看错的话,威灵霍普小姐深深地迷恋着普莱姆。"

"唉——"科劳森医生发出一声叹息,"荒谬的故事!您,朋友,首先最需要的就是一场穿过汉口的夜间漫游。我只能建议您尝试一次,越快越好,越彻底越好。疗养总是有效的。然后,那么就晚安吧!"

"晚安,科劳森医生。我觉得,我喝的威士忌的量让我产生了足够的睡意。我也要去床上躺着了。"

49

龙楚示意他的秘书给客人推来了沙发椅,然后在柯奈莉娅面前站起身来。

"内线电话出毛病了,普莱姆先生。否则我就能考虑周详,用应有的礼仪来接待您了,女士。"

"您的热情周到就是把我们拒之门外吧。您开的这个玩笑太愚蠢了,龙楚!现在一切都该结束了——"普莱姆接着他的话说道。

龙楚忧郁地拍了拍手。

"我怎么能预料到这样一场不期而至的来访呢?没错,普莱姆先生,很遗憾,这已经不是我们之间的第一次误会了。我很高兴,您一恢复健康就来探望我了。您什么时候能重新接管我们工厂领导的职务呢?"

"阿尔夫——"柯奈莉娅害怕普莱姆会勃然大怒。

"别担心,柯奈莉娅!在这个最狡猾的投机商面前,我觉得我格外健康!您,银行家先生,或者您可能还是什么别的人,"他转向那个一如既往地像一张假面具般微笑着的人,"三分钟之内离开这个房间!否则就要有不幸发生了——"

"也许,"龙楚点点头,"您称其为一场不幸的东西,不过是一种合乎逻辑的发展。我的手里有全权代理权——"

"您在做一个诱人的美梦。与其把权力转让给您,我宁愿把工厂炸成废墟。"

"这是犯罪,"秘书插嘴说,"会得到最重的刑罚制裁,因为开采权九十九年后要回到中国政府手中。"

"那么开采权又是在谁的名下呢?"

"在您的名下,普莱姆先生!"龙楚稳操胜券,容光焕发,"但是,我们只想帮您解除所有琐事的重担,现在,在巴尔根先生——抱歉,女士——永远地隐退了的时候。"

一个仆人激动地冲进房间。

"翁图阁下马上就要进来了!"

翁图,上海职位最高的中国官员!龙楚迅速用双手收拾起摊在桌面上的文件。

"女士,"他气喘吁吁地说,"普莱姆先生——我不能再继续跟您聊下去了。阁下——"

"——来得正是时候!"普莱姆冷冷地说。

话虽如此,他也惊讶地望着——陪同翁图一起出现的——是柯奈莉娅的管家——李!

龙楚以一种对于一个他这样的大块头来说着实令人惊讶的

敏捷，匆匆向他高贵的客人迎去。普莱姆不得不用手把身体支撑在一个桌沿儿上，勉强愈合的伤口火辣辣地灼烧着。那位最高长官一言不发地接受了龙楚表现的热情，然后向柯奈莉娅走去。

"您不必起身，谷德鲁斯小姐！"谷德鲁斯小姐——不是巴尔根夫人！这位长官的消息真是灵通得让人羡慕。"在这里偶遇您真是令人高兴！这位是普莱姆先生吗？"他在秘书挪过来的沙发椅上坐下了。李站在椅子后面。"我跟你们所有人都有话说！"

龙楚看上去已经快要不像是一个蒙古人种的人了。震惊甚至改变了他天生的眯缝眼：它们现在几乎像珠子一样圆了！

"我们洗耳恭听——"他俯下身子低声说道。

"李，"长官开始了，"是我们最经得起考验的官员中的一个。由于误会和灾祸，他失去了重用。谷德鲁斯小姐肯定想不到，她拿一个曾经的外交官来当仆人用。他无畏而忠诚地接管了他在她家的新职位，并且不顾这个国家使他蒙受的不公，依然一如既往地忠于它。但是现在，李转达给我一个消息，这个消息意义重大，足以让他用来向中央政府提出申诉。中国需要他最好、最聪明的子民——"

李像个木头雕像似的呆立在那里倾听着。

"我说得简单点儿，"翁图对着柯奈莉娅继续说道，"当李跟您，谷德鲁斯小姐，外出去侦察普莱姆先生的去向时，他获悉了更多的消息！"龙楚彻底垂头丧气地坐在那里，他绝望的目光跟这位继续从容地讲着话的高官冷静的目光撞在一起。"现在的政局迫使我们不得不暂时静观其变。"

"普莱姆先生是作为重病人被接到我家去的,他得到了适当的护理。"龙楚鼓起勇气为自己辩护。

"没有人怀疑这个。但是,这里讨论的是一些别的事情。我们都心知肚明,龙楚跟日本代理人高仓合作过。我们希望,普莱姆先生,这件事建立在与您有关联的无可指摘的商业基础上。"

"有人想夺取工厂,把瘟疫传了进去——"

一个手势示意他别说了。

"没有什么比清算已经过去的过错更无用的了。若是讨论这个话题,中国能说上一千年。我们站在俄罗斯和日本之间,普莱姆先生。天平一会儿摆向莫斯科——一会儿摆向东京!即使中国不愿意,它也得跟日本达成一致。南京终于有人领会这一点了。从今天起,所有反日集会都会被阻拦。您很惊讶吗?上百万张布尔什维克主义的传单被没收了,人们认清了骚动的源头。沃罗迪在边境被没收了那份有巴尔根先生签字的全权授权书,文件被妥善保管了起来。他本人也被遣送回了俄罗斯。从两个小时前开始,枪炮声就沉寂下来了。"

"您想说——"普莱姆开诚布公地说,"我们的工厂成了日本和中国之间争端的祸根?"

长官过了好一会儿才下定决心回答他的问题。龙楚恐惧的呼吸声清晰可辨。

"不是。俄罗斯人——波拉萨罗娃和沃罗迪——想要在中日之间紧张的局势下把它变成一个政治话题,以进一步疏远这两个的国家之间的关系。所以他们为高仓先生做事。他们知道得太晚了,这个人早已被日本驱逐出境。而就在此时,我们及时阻止了那封被您的前任董事巴尔根草率地签了字的文件出境。如果落到莫斯科手里，它就会成为危险的武器！"

这番描述让普莱姆深以为然。

"我们必须寻找新的出路！"他断言道。

长官赞同地点点头。

"此外，我们需要您承诺，把您全部的钢铁产品出售给东京钢铁交易公司。中国的大型工业工厂应该与日本方面的帮助联系起来。亚洲急需钢铁，它是奢侈、是疯狂，这里能够开采出的铁，却被美国或者英国买走了——"

从内心的重担之下解脱出来的龙楚试图接上话茬。

"我已经开辟了这条道路——"

"用了太多的阴谋诡计——"那位上海第一人打断了他的话，"日本打算帮我们建造桥梁和水闸。"

"还有大炮！"普莱姆说，"中国需要大炮！"

"当然了，普莱姆先生，为了将要建成的桥梁和水闸——为了保护中国。否则我们的国家就要变成下一次世界大战的战场了。在日本的支援下，在像您这种人的帮助下，它会繁荣兴旺，成为一个和平的堡垒。现在还不是太晚！"

"不！"普莱姆点燃了一支香烟，"如果这能成功地让中国投入工作并由此取得发展，它可以成为所有民族的市场和援助者。我同意——阁下！我为中国工业化提供我们的铁。在这个条件下！"

翁图打量着他对面的这个人。

"您坐着吧，普莱姆先生。您的伤可能还没有痊愈——我接受您的条件。日本人把货送到满洲，更远的任务他们恐怕

也不能胜任了。剩余的市场将由以德国为优先的欧洲民族分享。南京也会出台相符的方针路线的。"

"请您原谅一个女人的插嘴。"柯奈莉娅的声音使所有人的目光都转向她,"不要忘了,龙楚还持有股份,仅仅从表面上看,这是他有权获得的?"

李在他位高权重的朋友耳边耳语了几句,这位长官用探究的目光打量着银行家。

"好朋友龙楚!中国的重建能提供足够多的机会,来证明您的雄心抱负和您的财富。陆伍屯没有什么您要找的东西!您和高仓目前保管在秘密警察那里的股份,将由中国国家银行接管。"

龙楚呆滞地接受了他的判决。当长官站起身时,他也站了起来,想要把这位重要人物送到门口去。令他惊讶的是,没有人理会他!

"在这里,普莱姆先生才是东道主!"李面带着高官显贵的微笑说道,"您可以陪我走,龙楚,到机关里去给股票签字。"

告别时,柯奈莉娅向她的仆人道谢。

"您把这件事安排得妙极了,李!"

这个中国人鞠了一躬,接受了她的赞扬。

"我这么做是为了中国,而且我知道,这样做无损于我对您的责任!"

"现在您要永远地离开我们吗?"

"我请求,"李把声音压得很低,只让柯奈莉娅一个人听得到,"能够继续留下来,直到谷德鲁斯小姐解散上海的家。这一天很快就会到来——"他意味深长地补充道。

这个人发自内心的礼貌得体深深触动了柯奈莉娅。她又一次觉得，李比她自己对她的未来看得更清楚。

50

星期六，在陆伍屯的卡尔顿酒店里，人们轻松愉快地欢庆周末。仅仅是音乐就已经让格拉夫受不了了。他用半握的拳头把一张唱片从办公室里的一个小伙子手中打了出去。

"疯了吗，嗬？我请你们这些家伙来，是为了让你们像未开化的野蛮人一样行事吗？"

"我只是想——因为——因为——您自己说过的，"那年轻人为自己辩解道，"现在瘟疫已经被战胜了。普莱姆先生也已经安全了。"

"是的，小伙子。我们做到了，在上帝和米勒医生的帮助下。奇怪——这位医生大叔今天怎么没有出现——"

"他可能是累了。睡觉呢！"有人说道。

"没错！"格拉夫用手指敲了敲这个胖乎乎的工头的夹片眼镜。眼镜从这个男人布满汗水的鼻子上跌落，幸好它是用黑色的带子固定着的。"他明天还得值班，因为科劳森要离开了。"格拉夫摇摇晃晃地走到吧台去，"再来一杯，卖掺水酒的老家伙！每个人一杯。包括我的那位重要的人——这一夜，米勒医生说，对于威灵霍普小姐是决定性的。来，小伙子们，你们理解的，我们只喝酒——但是不能跳舞，她的病情还处在危险期！"

"为了威灵霍普小姐的健康，干杯！"有人抢着喊道。

格拉夫欣然接受了这声叫喊。

"明天早上,孩子们,我第一次被允许去看望她。医生跟我承诺过,一定把她救活——"

51

米勒医生一刻也没有忘记过他的承诺。在这一夜里,他没有离开过这间病房。在清晨灰蒙蒙的光线里,炉子里的火焰跳动着。他向护士招手示意。

"请您把格拉夫叫来——快点儿!"

狂欢的酒宴之后,格拉夫只是和衣打了一会儿盹。

"我能见她了?"他站在门口问道,几根手指紧紧抠入门柱的木头里。医生外貌的巨大变化让他大吃一惊。医生不得不先用舌头把嘴唇舔湿,才能说出话来。

"看看就行,格拉夫,不要靠近。这个宝贵的年轻生命不能再带走第二个牺牲者了——"

一个低沉的威胁声从格拉夫的喉咙里冒出。他双手抓住医生的肩膀,想要把他拉回来。米勒医生用最后的力气成功地把格拉夫推了回去。这个工程师充满恐惧的眼睛只能看到一个一动不动躺在枕头上的轮廓,那曾经是茉德·威灵霍普——被收割、被掏空了,被瘟疫的画笔所描画。

医生拔出病房门上的钥匙。抽泣使得格拉夫的身体颤动着,这个魁梧的男人显得那么无助,以至于米勒医生必须咬紧牙关,才能控制住自己。神经崩溃的先兆!他那颗学者的大脑里敏感的仪器发出警报。

"格拉夫！"他摇晃着这个男人的肩膀，他在最近几周里成了他的朋友。"您必须承受这个结果，我们所有人都不好受。我不能给您打开病房的门。您会成为下一个牺牲者的——"

"我想成为下一个牺牲者！我该为谁活着？您是唯一一个知道我对这个女人感情的人——难道您不懂吗，伙计？"

"振作起来，格拉夫。我跟您的感情是一样的。今天我终于能承认这一点而不会伤害您了。一个像我这样被在中国的生活榨干了的男人，本不应该考虑爱情。如果不是发生了这样的事，永远也不会有人知道。您看看那边——"

"工厂——"米勒医生的姿势迫使格拉夫喊出了这个词。

"您的生命属于这个任务。想想普莱姆！"

"为什么死的不是随便哪个苦力，医生？为什么是这个美好的、无可替代的生命？命运的公正根本就不存在吗？"

米勒医生悲伤地垂下了头。

"我从来没有遇到过被您称作命运的公正的东西——我只看到，人生的进程中，到处都是不容抗拒的规律性。敢于太过于接近敌人的人，几乎总会失败。茉德·威灵霍普从来都不是那种聪明地珍惜自己力气的人。她从瘟疫密集的火力中救出了那么多人，而自己却被枪炮击溃了。我们只能无声地感谢她，然后完成我们自己的使命，就像她给我们做出的榜样那样——"

格拉夫抬头看了一眼，他发觉，米勒医生脸上最后一点儿颜色也褪去了。

"我的天呐！"他喊了出来，"您真是精疲力竭了，医生——"

"我马上就走。在此之前，我想请您向我承诺，不要做傻

事!"米勒医生的身体摇晃着,"请您想想,所有的一切都会倒塌,如果您宽阔的肩膀不再扛着它们!好了,格拉夫——不必担心我!请您告诉安娜护士,我必须睡上二十个小时,我要打一针镇静剂——"

这个男人的迅速颓废,连同格拉夫的责任心一起,使得他恢复了一部分决断力。现在,他重新接过把医生送回去的职责。

"我向您承诺,就按您想要的那样,医生!"

"谢谢!"医生露出一个痉挛般的微笑,"还有一点:请将您在当地实施过的卫生标准用在自己身上。漱口、洗手,等等!"

"为什么?"格拉夫问道。

"病房里污浊的空气,您懂吗?抱歉——我的眼睛不听使唤了——"

他们正好到了医生的房间。他是那么毫无生气地和衣倒在了自己的行军床上。格拉夫小心翼翼地关上了门。

52

汽车疾驰在从汉口通往陆伍屯新修的公路上。敞篷汽车里的两位乘客惊异于路边那些长长的木桩,这是几周前中国乐队和舞龙队为了驱赶瘟疫的魔鬼而安置的。

"看!"普莱姆向外面指去,"那些是被人摘下来的鬼脸和面具——这个地方真的已经摆脱瘟疫了。"

柯奈莉娅·谷德鲁斯向外看去。旅途真是累人啊,她疲惫地想着。这时她发觉普莱姆打了个寒战。

"阿尔夫——"她问道,"那是戴孝的黑纱吗?"

"是的,柯奈莉娅。我本来还希望你能愉快地接受欢迎!"

"肯定给死去的中国人在木桩上做的虔诚的装饰!"她想要转移话题。

他太清楚了,中国人绝不可能在丧事上使用黑色,但他宁愿不说——

车子拐过最后一个弯,从路上已经能远眺到工厂。工厂施工发出的隆隆声传到了他们耳里,普莱姆的眼睛又亮了起来。

"他们在干活,柯奈莉娅——我要心怀感谢,不让自己被这些幽灵打败。"

司机放慢了车速。路的两旁已经出现了中式茅舍,在这些屋子的门口,女人和小孩们好奇地目送着这辆坐着来自欧洲的神一般的人物的汽车驶过。

普莱姆把柯奈莉娅的双手紧紧地攥在自己的双手之间,感觉到她在打着寒战。

"原谅我,阿尔夫!"她请求道,"我还是时不时地表现出胆怯。有时候我害怕,过往就像冰霜一样覆盖在我重新燃起的希望上——但是你有任务要交给我,对吗,那样我就终于能克服这种觉得自己毫无用处的感觉了。"

汽车开到了主干道。正当司机打算朝着工厂开去时,突然,他不得不急转一个大弯,避让了一支正在走近的队伍。

一匹毛发蓬乱的中国黑马拉着一架盖着黑纱的车,缓缓地走过。工厂里所有正好不当值的欧洲人都走在它两旁,队伍的最后是两辆小汽车。人们严肃地向普莱姆和柯奈莉娅问好。最后,一辆汽车在敞篷车旁停下了,格拉夫从里面跳了下来。他

的脸显得浮肿而睡眠不足，唯独他那双诚实的眼睛似乎没有失去明亮。柯奈莉娅震惊地感到，她能一眼看透这个男人的内心。

在恐惧和紧张之下，普莱姆把他的便帽揉成了一团。

"发生了什么，格拉夫？"

工程师思索了一会儿，然后抬起了眼睛。

"你们不想先去酒店吗？"

普莱姆明白——他的朋友有所顾虑，这个女人在场，他说不出来。柯奈莉娅·谷德鲁斯勇敢地握住格拉夫的手。

"没关系！"她坚定地说，"回答我们，亲爱的格拉夫！"

他垂下了头。

"两个人——茉德·威灵霍普和米勒医生。"他压低了声音解释道。

柯奈莉娅的眼里含满了泪水。她感觉，仿佛今天这灰色的天空带着全宇宙的重量倒塌在她的身上。

"茉德！告诉我，这不是真的！"

"对——这不可能是真的！我们所有人都这么想。很遗憾，真相却丝毫不在意我们的感受。"他指着那个渐渐走远的队伍，"威灵霍普小姐太看重她的责任了，而那里面却藏着灾祸。她一直以她叔叔为榜样。当然了，还有普莱姆——"

"格拉夫，这个大英帝国的勇敢姑娘不需要榜样。这个杀人的不毛之地！我会恨它的！这样的一个生命都被毁灭了，世间还有公道可言吗？"

"米勒医生死前几个小时，我也问过他这个问题。他认为，这世间只有命运不可抗拒的规律——"

"米勒医生？连他都被传染了？"

格拉夫悲伤地否认了。

"米勒医生亲自看护威灵霍普小姐。他向我承认，他爱上了她。灾祸发生以后，他把她锁在病房里以阻止我进入，而他却倒在我的怀里——我以为这是因为他太累了。安娜护士后来告诉我，他即使在最筋疲力竭的状态下也绝不会陷入睡眠。可能是因为彻底死心或者自责于自己的疏忽吧——不管是因为什么，他服下了大剂量的吗啡。这头巨龙的利爪按照它自己不可捉摸的喜好把人击垮——这句话也是米勒说的。"

只听得见发动机轻轻的哒哒声。那个中国人漠不关心地等在驾驶座上。有人死了？这是值得高兴的事情，人离开这个世界，是为了跟他们的祖先去团聚！为什么这些白皮肤的恶魔能对此谈论这么久？

柯奈莉娅·谷德鲁斯的全部希望，在人生这个沉重的转折点发现一扇通往未来的新大门的全部希望，都丧失了。

"中国！"她痛苦地抽泣了起来，"希望、愿景和心灵永恒而残酷的灭绝，世界的熔炉。在这个国家，人们不仅会变脸，连心都会变。永恒的革新深埋在它可怖天空下的大地里。谁敢把它挖出来，就会为它心碎——"

她饱含痛苦的话语直触灵魂深处，把阿尔夫·普莱姆从这阴郁的时刻拉扯出来，又将他卷入一种出乎意料的感受的旋涡中。他不顾街上好奇的中国人，将柯奈莉娅的头捧在自己的双手中。

"这看似没有理由又难以捉摸的东西，迫使我们预感到其中隐藏着的巨大奇迹。在这里，我们的人生，直到生命的尽

头,都被它预设了——它还将继续存在:跟我们一起,在我们内心!当我们呼吸时,我们就是那些为我们而死的人的纪念碑!陆伍屯活着!工厂在运作——那些人为此付出了他们全部的财富,托付给了我们。他们的名字将被写在东方的欧洲人纪念碑的最前面。中国那生了铜锈的文化只能从西方获得这种心灵的力量——没有它,中国将永远无法睁开它作为未来之国的双眼。"

火焰从上空的高炉中喷出,在火光的映照下,柯奈莉娅脸上浮现出一抹会意的苦笑,显得格外意味深长。

"我们不得不顺从于这样一个时刻,阿尔夫!我不懂——我也无法反抗。我们内心掩埋了太多太多——只有一场灵魂的地震才能再次将它们释放出来。现在,我完全属于你——就像曾经一样——比那时还要更多地属于你。现在,这个陌生之地的一切仿佛都在对我说:你的人生在这里才真正开始!"

阿尔夫·普莱姆温柔地亲吻了她的眼睛。然后他发觉,格拉夫一直还低垂着目光站在车旁。

"老雇佣兵,"他既激动又迷惘,不知道还该说些什么,"叫那司机开动吧。我们想向这两位无可替代的人致以我们最后的敬意。"

葬礼后,他们久久地坐在"卡尔顿"的壁炉前,沉浸在哀思中。这时,格拉夫开口问道:

"一个人会经由这些事而变得聪明吗?像这样一个地方,数千人或者几十个白人的生命就像从地下冒出来似的凭空出现。有些人死了,恰恰是那些最好的人。一切都必须如此。日本人站在上海门口,在这个城市里,绅士们端坐着、算计着搞着政治。不论这里的人们是否工作，不论一切是否宁静，不论战争或是和平：决定都会在上海做出！甚至可能有一天，为全世界做出决定——就连这个半荒芜的中国小城也会远不止现在这样。有些东西在这里生长起来了——我们开启了它，却毫无准备也全然不知，它将怎样演变。"

"工作的成果！"普莱姆答道，"完完全全是我们工作的成果。出生入死的伙伴，这成果，你也马上就能好好享受上几个月了。等柯奈莉娅在我们欧洲蜜月旅行的途中驱散了心中最后一丝痛苦的阴影，我马上就来接替你——"

"您在这里会十分孤独的，格拉夫。"柯奈莉娅轻声说道。

他所听到的那声响是一阵笑声吗？为何它听上去如此令人痛苦？

"即使是最爱的人，人们也会不得不与之分离，柯奈莉娅。在这里——茉德·威灵霍普被埋葬的地方，我永远不会孤独。能一直缅怀着她，已经远比一个粗糙的家伙可以索求的多得多了！"

53

对于对欧洲的时间观念全然不知的中国的"永恒"概念而言，三年时间什么都算不上。而对于世界局势来说，三年时间，足以将新事件持续不断地注入这个国家巨大的、屹立于地面却梦想着天空的身躯里。

洗牌的危机继续燃烧在中国的血管里，上海再次在一个重大决定面前战栗着。最后一次决定？谁又能知道未来会带来

什么?

大约在那个时候,一个外国男人出现在香港——这个中国沿海所有奇异的欧洲人聚居地中最奇异之地。这是一个身材高大又略微驼背的男人,鬓发已经花白。

这个欧洲人在港口附近开了一家店铺。不久,这家商店的橱窗里就陈列出色彩缤纷而精致的珍奇玩意儿,玻璃上方挂着一块板,叫卖来自世界各地充满异国情调的艺术品,这一切都是那么的引人注目。

陈列橱窗中一副萨摩亚舞蹈面具引起了我的注意。当我走进店铺时,这些稀奇宝贝们的主人正坐在角落里检查古代中国的刺绣丝绸。

在店里参观时,我将自己带来的报纸放在柜台上。我有一个问题要问店主,我发觉,他脸色苍白,正在读那张报纸的第一版。他带着一种仿佛做了什么见不得人的事情被逮住了似的表情,结结巴巴地说出一串不连贯的话:

"是的——当然——"他迅速补充道,"请原谅我的走神。我在这儿看到上海最富有的银行家被执行死刑的消息。"

"龙楚?"这件事引起了我的兴趣,原因不止一个。"一个离奇的人——您知道他?您在东方一定游历甚广吧。"

"游历甚广?也可以这么说。我知道他吗?应该说,我对他了如指掌。但是出于某些原因,不想提他。"

后来,我常常来这家店。有一次,我谈起我即将启程离开。

"您原本是打算在中国安家的吗?"他直截了当地问道。

"是,也不是。"我回答道,"我计划先做一次小小的研究旅行。当然,我也考虑过,可能会在这里为一些德语报纸写定期的专题报道。在我做出最后决定之前,我想在家乡权衡利弊得失。我将花上一年时间来加工我的全部所见,然后总是会有足够的时间来考虑将来的。"

店主突然从绫罗绸缎下面抽出一件条纹帆布制成的臃肿的长衫。

"您想穿穿这个吗?"他语气不善地问道。

"一件囚服?不,实在不想。为什么——"

"我曾经穿了两年半。"他低声答道,"从某种意义上来说,它是一个象征,象征着东方可以把一个男人变成什么样。您到处游历,研究公众生活,听海盗抢掠、人口贩卖、高尚生活和在战争背景下做生意的故事。但是,那种奇特的'道德和灵魂的蒙古化',却是您在旅途中无法体验到的。只有极少数白人能免受其害,我警告您——但这又有什么用呢?或许我得跟您解释解释原因。我们能在关店之后见个面吗?"

"请跟我一起在酒店吃晚饭吧。"

他点头同意。

54

从大房间传来的音乐声轻轻地响着,和客人们的嘈杂声混合在一起。我叫人上了美食与好酒,期待与我神秘朋友约定时间的到来。他的出场让我吃了一惊。在我的桌前,一位穿着完美晚礼服的绅士在向我鞠躬。看到他的第一眼,我几乎没认出这位身材高大、外形出众的男人就是那个艺术品商人。

"我真实的名字,"他以一个无关紧要的开头开始了我们的

谈话,"是克劳斯·巴尔根,虽然在我的小商店的窗户上写着另外一个名字。使用那个名字是经过领事馆许可的,因为除了让我以前的人生完全不为人知之外,我别无所求。我已经跟您说过了,我穿过超过两年时间的囚服。人们给了我一切不穿囚服的机会,但我想穿!由于没有证据能驳回我自愿承担的罪责,法庭不得不判决我。我在被监禁期间思考了很多,并把一切都写了下来。"

他从口袋里抽出一个笔记本,放在桌子上。

"这是我的人生故事,大概直到您与我相识那天为止。您帮我使它派上了用场。通过这些枯燥的记录,我弄明白了我的人生和我的生意。您把这本笔记带走吧,用它去做您认为正确的事情。只不过这里面的名字您得改一改,这是不言而喻的。如果这一切能有助于保护其他人,使他们不再遭受同样的不幸,那我的过错也还算有些价值。倘若只有一两个人被这读物所触动,永远不离开故乡去一个陌生的地方追逐所谓的幸福,这本日记就算发挥了最好的作用。"

我沉思着翻动着这本笔记。龙楚(当然了,是真名)这个名字映入我的眼帘。

"您刚才提到了那个银行家。我猜得没错,克劳斯·巴尔根在社会上曾经有着优越的地位!"

"在那个由金钱和名望说了算的东方社会里,的确如此。拜龙楚所赐,这两者我都失去了。"

他大致跟我描述了那些最终导致了酒店里那次后果严重的枪击和安娅·波拉萨罗娃之死的冲突。"为了彻底摆脱所有的动摇不定,我来到了监狱里。被释放后,我寻找过龙楚,他的银行掌管着我的存款。很可惜,他还有一张旧的全权委托书,他以我的名义用我的钱做了一些肮脏的生意。这家伙十分镇定地告诉我,所有的钱,都在一场投机活动中买了上海—北平航空公司的股票,赔光了,连个小零头都不剩。我费了很大力气才克制住自己,这一次——没有犯下一场真的谋杀。我的脑海里冒出了一个想法,即使用所有这些钱在世间最美的地区生活,我也永远无法得到内心的安宁——但我可以用我仅剩的一小笔钱开始从事平静的工作。后来在香港闲逛的时候我看到,只有中国人开艺术品商店。这让我产生了在港口区为外国客人开一家那样的商店的想法。商店的盈利超过了我的所需。它给了我时间和机会,来学习东方文化的艺术、智慧和神秘,也为我迄今为止已经有些荒芜的灵魂赋予了一些精神食粮。我不再做克劳斯·巴尔根。我的账单还清了,并且不打算对抗命运,再次陷入债务之中。那个笔记本几乎包含了我过去的借方和贷方的清单——您明白吗?"

我坦率地说出了一个一再浮现在我脑海里的问题。

"您有没有想过,巴尔根先生,东方的一些聪明人,就像这个龙楚那样,可以使用不为我们欧洲人所知的神秘力量,让别人顺从他们的计划?尽管文明化的东方渐渐失去它的魔力,它依然是一个充满巫术与玄学的地方。"

"您猜得对!"巴尔根回答说,"但是谁能确凿无疑地解释清楚这种从潜意识里流露出的、能够奴役人的意志力的神秘力量?从那个男人眼睛里散发出一种令人麻痹的力量,人们在恢复意识以前不得不听命于它的控制。亚洲人在谈话时习惯性地不看对方的眼睛——您也将经常为此而感到烦扰,跟您聊天的

人盯着空气中的某一处,尽管他们正在全神贯注地倾听着您的想法。当人们在中国生活几年以后,就会习惯这种特点;因此,一开始我对龙楚敏锐的、深思着的目光感到十分惊讶,直到他的眼睛让我无力抵抗。催眠!心理暗示!这些概念也不能解释中国人灵魂里蕴藏着的神秘。还要再加上一些其他的东西,这些东西在我看来一样特别。谁要是在上海、汉口或者随便什么地方生活上一年或更久,就能惊讶地感觉到他血流的节奏都变了。精神变得懒散,内心的决心变得麻木不仁。有多少正直高尚的人来到中国——他们中又有几个能原模原样地返回!我说这些不是想编造谎言来开脱自己,您可不要这样想。把某个克劳斯·巴尔根消除掉,这是一件不可动摇的必须做的事。"

"您从来都不希望回到故乡吗?"

他向空气中吐出几团烟云。

"德国——"他充满渴望地说道,"需要坚毅沉稳的男人!"

我必须承认,他的看法是正确的。然而还有一个问题萦绕在我的脑海——我应该把它说出来吗?

"您打算一直独自一个人过吗?巴尔根先生?"

他发出近乎爽朗愉快的笑声,笑声中透露出一种自然真挚的感情。

"在我上海的办公室里曾有一位做打字员的年轻德国女人。我几乎没有注意过她。在我待审拘留期间,她想尽了办法去搜集能证明我无罪的证据。当我被释放后去领事馆登记时,她在那里等我,给我帮助。她也阻止了我在愤怒和绝望之下对龙楚施加暴力。现在她是我的合伙人——"

"可惜我还未曾有幸见到——"我好奇地说。

"她还要在一个大航运公司工作一年——然后我们的积蓄就足够用来建立一个欧洲式的小家庭。您看，我是一个追求朴素满足的人——我先前的人生就连其风格都是一个错误。我不假思索地便将它作为遗产接受了。就像有些人一样，我应付不来。那时候，一切都毁在我的手上。而现在，事情有条不紊，一件件步入正轨。"

当我们在深夜里分别时，我们都理解了彼此。巴尔根诚挚地与我道别。

"我很高兴，您拿走了我的笔记本，也看到了我过去的人生。对我来说，把这些记录交出去有着更深的意义——我把我过往生活的最后一块也放下了。请您在描述的时候不要做任何美化。克劳斯·巴尔根已经不复存在了——这个决定不仅仅是为几个迷惘地奋斗着的人而做出的。我曾经想要成为赢家，却成了它的牺牲品。做出这个决定时，其他人都会跟我一起高兴吧。"

蕾娜特和比尔在上海

［德］乌尔苏拉·梅尔彻斯 / 著

何心怡　张帆 / 译

译 序

中国的儿童文学翻译呈现出鲜明的时代特点。儿童文学翻译在中国始于清末的教育改革，诸多西方和日本的教育学著作通过译介进入国人的视野，冲击了压抑儿童天性的封建礼教。20世纪初，新文化运动的先驱们把儿童文学作为新文学的重要领域，鲁迅、郑振铎、茅盾等文学大师都曾积极开展儿童文学翻译。这一时期的儿童文学翻译家注重儿童文学的"儿童性"和"文学性"，强调童真、童趣，儿童文学翻译迎来了繁盛时期。20世纪三四十年代，"民族救亡"的时代命题迫使儿童文学的关注点从"儿童性""文学性"转向"阶级性"和"革命性"，译者选材时倾向于选择"革命""阶级""救亡"相关主题。新中国成立伊始，受国内政治环境影响，大量苏联儿童文学被译介，主题多以革命教育为主。此后，"文化大革命"使外国文学的译介工作陷入沉寂。改革开放以来，中国重新对世界文化打开大门，外国文学译介进入百花齐放的新时期，儿童文学作品的"文学性"和"儿童性"重新成为译者选材的重要标准。进入21世纪，全球化的文化传播拓宽了译者和读者的国际视野，跨文化交际背景下的儿童文学译介作品内容形式

日趋多样化。①

近年来,随着"立足中国、借鉴国外,挖掘历史、把握当代,关怀人类、面向未来"构建中国特色哲学社会科学思路的提出,译介优秀的外国文学作品,尤其是那些包含中国元素的作品的重要性和必要性日臻凸显。通过译介,读者得以品读外国作家笔下的中国叙事,体会其在特定历史背景下对中国文化的认知与体验,这既能加深中国读者对外国文化的了解,又能"以他者为鉴",重构本民族的文化自觉,从而促进中外文化间的相互理解。由于儿童文学"儿童性""文学性"的美学特征和教育启蒙儿童的社会性功能,这一特殊的文学体裁所内涵的对中国文化的认知和重构尤为值得关注。

德国女作家乌尔苏拉·梅尔彻斯(Ursula Melchers, 1916—)于20世纪五六十年代创作并出版了《比姆在中国》(*Bim in China*, 1954)、《乐桑》(*Raku-san*, 1955)、《蕾娜特和比尔在上海》(*Renate und Bill in Schanghai*, 1955)、《逃出"鬼山"》(*Dem "Geisterberg" entkommen*, 1956)、《"妹妹"》(*Mei-Mei, die "kleine Schwester"*, 1957)、《我看见一条路》(*Ich sehe einen Weg*, 1958)、《你心中的爱增加了这么多》(*Soviel in dir die Liebe wächst*, 1964)、《彩色鹦鹉里的秘密》(*Das Geheimnis im Bunten Papagei*, 1969)等多部儿童文学作品,其中大多数多次再版,并被译介到其他欧洲国家,足可见其畅销程度。梅尔彻斯的儿童作品之所以如此受欢迎,除了其文笔生动、充满童趣,故事情节惊险刺激、引人入胜,兼具"儿童性"与"文

---

① 参见:高璐夷:《百余年儿童文学翻译之索隐》,载《出版发行研究》2017年第3期,第102—104页。

学性"之外，与作品中常见的东方元素也是分不开的。梅尔彻斯创作的故事常常以东方为背景，其中《乐桑》《逃出"鬼山"》的故事发生在日本，《比姆在中国》《蕾娜特和比尔在上海》《"妹妹"》则讲述了小主人公在中国的生活与历险记。神秘的东方国度对于德国的少年儿童读者无疑具有巨大的吸引力，迎合了少年儿童探索未知世界的心理需求。

中篇小说《蕾娜特和比尔在上海》以第一人称讲述了德国小女孩蕾娜特在上海的成长和冒险经历。蕾娜特自幼与父母和姐姐一起生活在上海，爸爸是收入丰厚的知名律师，妈妈是热衷社交的美丽主妇。闲暇时间，爸爸常常给孩子们讲述他在中国内地考察时的离奇经历，还向蕾娜特许诺，战争结束后带她去西藏探险，这在蕾娜特心里种下了一颗冒险的种子。蕾娜特是一个充满叛逆精神的小女孩，妈妈总想把她培养成窈窕淑女，让她像其他女孩子一样打扮得漂漂亮亮地去参加舞会，可她却讨厌跳舞，想要改变命运变成一个男孩子。她的梦想竟然是当一名环游世界的水手！她的好朋友、英国少年比尔虽然淘气、喜欢恶作剧，但他和蕾娜特一样善良、仗义，他遇事冷静，也愿意为朋友赴汤蹈火。比尔对战争有自己独到的见解，他追求自由与上进，为了实现早日上大学的梦想，不在日本人的敌国侨民集中营里蹉跎岁月，他勇敢而果决地踏上了逃亡之路。两位小主人公的经历契合少年儿童对于英雄行为的幻想，他们的反叛、独立、拼搏和冒险精神亦堪当青少年读者心中的楷模。

小说中另一尤为引人注目的人物是自幼照顾蕾娜特和姐姐的保姆"阿妈"，她是留着乌黑长发的中国小脚女人，对孩子

们充满了慈爱与耐心,总有讲不完的中国民间传说和童话故事,听阿妈讲睡前故事是两个女孩(蕾娜特和她的姐姐)最期待的事情。在阿妈讲的那些充满异域风情和神秘色彩的故事里,通过鬼神传说、神话人物、迷信活动等编织出的古老中国文化重现了西洋镜像下的中国形象,深深吸引着德国少年儿童读者。作者在行文中使用了诸多汉语词汇,例如"阿妈"(Amah)、"衣裳"(I-Schang)、"太太"(Tai-Tai)、"干杯"(Gambeh)等,并通过文末的《注解与单词释义》章节向德国小读者们介绍这些词汇的含义,同时也客观地介绍了封建社会"裹小脚"陋习等中国历史、文化知识。此类描写与介绍对于德国小读者而言新奇而充满趣味,同时也丰富了他们的中国知识。

整部小说的高潮始于深受蕾娜特爱戴的马蒂亚斯叔叔的一次意外遭遇。为了帮叔叔找回一件遗失的重要物品,蕾娜特和比尔一起踏上了冒险之旅。读者跟随蕾娜特的脚步,走出她所居住的位于上海法租界的花园洋房,来到与她熟悉的那个繁华大都市截然不同的"另一个上海"。租界内的上海是蕾娜特自幼习以为常的"家乡",这里有西方社会和西方文明所应具有的一切——优美的环境、怡人的花园、高雅的舞会、会说德语的中国仆人,俨然一个在空间上发生位移的欧洲城市;而两位小主人公在探险历程中踏足的另一个属于中国人的上海却是拥挤、喧嚣、肮脏、杂乱的——农田、茅草屋、鸦片船、弄堂、旧货商店、寺院……蕾娜特和比尔游走于"另一个上海"的每一个阴暗角落,混迹于三教九流之中,在算命先生、鸦片贩子、土匪、乞丐等神秘的中国人身上寻找线索。作者生动的描写使读者身临其境般地体会着特殊时代背景下这座城市独特的风情。与此同时，两位小主人公也从最初的信心十足到屡次受挫；从一开始的亲密无间、同心协力，到中途产生分歧、甚至不欢而散，最终又和好如初。他们曾满心激动地追踪重大线索却扑了个空，也曾一次次在失望中峰回路转。至于蕾娜特和比尔具体经历了怎样的曲折冒险？他们如何应对困境、化解危机？那件遗失的物品究竟是什么？它为何如此重要？最终能否成功找回？两个小伙伴的友谊在探险历程中将会经受怎样的考验？比尔"和平时期再见"的诺言还能否实现？战争年代里两个家庭的命运又将走向何方？这些都留待读者翻开书页，走进蕾娜特和比尔身处的那个"上海"，寻找答案。

小说主要人物(按出场顺序):

蕾娜特·彼德逊(昵称:蕾娜蒂、娜蒂、奈特):在上海出生、长大的德国女孩

阿妈:照顾蕾娜特和芭芭拉的中国保姆

芭芭拉:蕾娜特的姐姐

罗斯玛丽·博格尔:蕾娜特的同学、好友

卡尔·京特:蕾娜特的同学

比尔·霍普金斯:蕾娜特的好友,一位英国银行家的儿子

马蒂亚斯·雷格尔:蕾娜特父母的朋友,与蕾娜特是忘年之交

毛佬:一个土匪帮派的头领

冯高山:主张抗日的中国将军,马蒂亚斯的好友

溥福:上海滩的顶级富豪

目　录

大西路上的房子..................................261
坟丘后的帐篷....................................266
我的新朋友比尔..................................274
厨房里的土匪....................................280
失窃的遗嘱......................................292
寻找鸦片船......................................295
"土匪"溥福......................................301
北京路上姓宋的旧货商人..........................306
寺院里的乞丐....................................312
新年舞会邀请....................................319
泪水中结束的庆典................................325
手帕里的消息....................................331
告别老家..337
环游半个世界的旅行..............................343

大西路上的房子

我们住在大西路——上海边缘的那条西方大街上。这座百万人口城市有着五颜六色的不同民族居民和各式各样的建筑风格，从小到大，它都是我亲爱的、熟悉的家乡。我们住的那座漂亮的老房子坐落在一个大花园里，屋檐向下伸出去，遮蔽住宽阔的门廊。屋旁四季繁花似锦，上面的蜜蜂和熊蜂在暖阳下嗡嗡哼唱。总是修剪得短短的草坪上到处散落着茂盛的大树和开花的灌木丛。整块地产被粉刷成白色的围墙围了起来，车库和仆人们的住所则在隔壁的一所房子里，因为在那时候，作为白人，和那些天生的奴仆住在同一屋檐下未免有失身份。

和煦的风常把周围中国茅屋里各种各样的气味吹到我们这里来。花园背后一直延伸到铁路线的油菜地里盛开着黄色的花，散发出甜中带涩的香气，充满了整座房子。每当中国人的村庄里有人死去的时候，花香里便时常混杂了焚香的烟雾。这种时候，为了驱赶恶鬼，道士们会敲打锣、木钟和铃铛直到深夜，被雇来哭丧的女人的哭声让年幼的我们在睡梦中无法安宁。每座城市都有它的特质，但没有哪座城市的特质与上海相同。世界上没有别的地方和这个城市一样，有这么多混杂在一起的不同民族、这么多彩的富有层次的气味和如此令人不安的

声响。

　　我们的父母恪守他们的社会责任，教养我们的任务便被转交给了一位中国保姆，她从我们刚生下来的时候就开始照顾我们。"阿妈"，我们是这么叫她的。她身材矮小而结实，黑色的头发被她整整齐齐地梳在脑后，用两枚绿色的玉发簪盘成一个低矮的发髻。她浅蓝色的"衣裳"——一件中式长袍——和她穿在自己做的布鞋里的那双棉布长袜一样，总是干干净净的，一点儿污渍也没有。尽管她双脚畸形，走起路来却还是很灵敏。她对我们满怀爱意，但也会很严格，用她的方式惩罚我们。不过，她的耐心和善良胜过了一切。我们深深地爱着她。

　　在公务和邀约之间，父亲能用来陪伴我们的时间并不多。他是一个瘦高个的男人，尽管他已经尽全力想把自己红色的头发梳得服服帖帖，它们却总是又顽固地鬈曲起来。他浓密的眉毛下面，蓝绿色的眼睛含着笑，杂乱的胡子让他的长脸给人一种和善的感觉。当父亲傍晚回到家，终于从我们狂风骤雨般的拥抱中挣脱出来后，他常大笑着提议跟他玩骑骆驼游戏。他真是我们能想象到的最倔强的骆驼！他会用上所有的巧招，试图摆脱牢牢抓住他头发和脖子的狂热小骑手。有时候我们会重重地跌在地上，流出眼泪，但是当父亲说道："谁要是哭，就再也不许跟我玩骑骆驼了。因为一个真正的骆驼骑手不能哭叫！这种事情只有娇气的小姑娘才会做！"我们的眼泪马上就干了。芭芭拉和我可一点儿也不想做"娇气的小姑娘"！

　　有一天，我们已经太大了，不能再玩骑骆驼了。取而代之的是父亲给我们讲故事，讲他数次在这个国家的内地旅行的探险经历。旅途中，他勘探未知地带，结识了千奇百怪的人，他给我们描述了这些人色彩斑斓的命运。我们听得入了神，渴望着长大成人、踏上探险旅途的那一天。父亲的身上迸发出生命力，这些人和他们的命运总是吸引着他，他对所有事情都充满了强烈的兴趣。我们傍晚的聊天所涉及的范围越来越广，我们谈论上帝和世界、哲学和艺术。父亲总能把最难的东西讲得生动形象，我们越来越把他视为我们挚爱的最好的朋友和知己。

我们的母亲则与父亲完全不同。她始终冷酷而淡漠，对炎热的气候有些厌倦，也没有兴致读厚厚的书本。她根本只是为了那些她和父亲一起去拜访的众多上流社交圈子而活。她成日花大把时间来维护她那引人注目的美貌，为此，我们的房子里挤满了按摩师、发型师和最贵的裁缝。作为知名律师，父亲赚得很多，所以钱不是问题。尽管如此，我还是发自内心地厌恶家里的这种喧闹。或许我也有点儿嫉妒我美丽如画的母亲吧。每当我溜进她的房间，把她的皮草大衣披在肩上，在她的大镜子里注视着自己时，我常常暗自与她比较。每次比较后，我都只是更加伤心了，因为镜子的形象清楚地告诉我，跟她相比，我是一只多么丑陋的小鸭子啊！我遗传了父亲的红头发和绿眼睛，透亮的皮肤或许是从母亲那儿来的。相反，数不清的雀斑则是上帝的馈赠，全家人唯独我的脸颊上长了这些，对此我郁郁不快了很多年。不，跟母亲比较是没有意义的。我宁愿继续这么丑下去，也不愿像她那样，将一天中最美好的时光独自度过，或是干脆睡过去，只为了晚上在陌生人面前漂漂亮亮的。这根本没多大意义。母亲总是让我想到一朵只为美丽迷人而存在的漂亮的花。傍晚，在母亲上车之前，当父亲让她看那被落日映红了的天空时，她只是心不在焉地回答道："嗯，

嗯！漂亮极了。"但她可能都没怎么看天空，而是已经看向了金制小粉盒里的镜子中自己的脸，以确认我们狂热的晚安吻有没有弄花她的口红。

我们两个小孩这时已经洗好了澡，穿着我们彩色的晨袍，高高兴兴地坐在走廊里向父母挥手，直到再也看不见他们了。然后我们立马就确定了，我们俩当中是否有一个的脸颊上有一枚"真正的吻"，也就是母亲嘴唇留下的一枚清晰的印记。如果有，一场疯狂的追逐马上就会开始。因为在我们冷淡的妈妈身上，一个"真正的吻"被我们当作特别的宝贝，我们要尽可能地把它留过夜。这个吻的拥有者会用尽办法来保卫它，进攻者则试图擦掉姐妹脸上的口红。在这场战斗中，我们的房间很快就变成一个凌乱的战场。这时，我们的阿妈走了进来，生气地喊道："No can，芭芭拉和娜蒂！No can！！！"在她汉语和英语混杂的语言里，这句话就是说："不许你们这样做！"所有那些我们本来"不许做"的事情，阿妈却都带着对我们两个小捣蛋鬼的爱，笑着偷偷放任我们做了。在她带着火一般的热情整理房间时，我们两个没用的家伙被关在了浴室里。阿妈认为，只有她才擅长整理，我们很乐意一次次地向她证明这一点！

"今晚没有故事！"当她终于把我们拽上重新铺得整整齐齐的床上时，她果断决定。但是芭芭拉知道如何左右矮小的阿妈！

"没有故事？"她用带着哭腔的声音问道，她那令人心碎的哭号声瞬间就充满了我们的房间。即使是一块石头，也能被她给哭软了！我们的阿妈心肠那么软，怎么抵抗得了这样伤心的哭泣?

"安静些,芭芭拉!别哭,孩子,我讲!"阿妈安慰道,然后马上就置身于一个故事中了。自中国存在以来,那些傍晚在村里的空地上给村民们讲他们的传说、童话和故事的人就扮演着重要的角色。只有极少中国人掌握那成千上万个汉字,能够读书写字。他们劳累的一天中唯一的消遣就是在傍晚听到新故事。如果我们的阿妈是个男人,她一定能靠讲故事营生,因为她拥有着难以想象的宝藏——童话,几乎让我们血管里的血液都凝固了的、令人毛骨悚然的鬼故事,中国文学里众多的美丽公主和年轻王子的深情款款的爱情故事。我们正好被交付给阿妈来照顾,我是多么高兴啊!

就这样,我们的童年像一个无与伦比的、阳光明媚的梦一样地过去了。大花园里的喷泉中,除了有着长长尾巴的金鱼,还有各种各样自己掉进去的小虫子在里面扑腾,总是给我们带来新的消遣。家养的兔子和狗,玩具店和许多玩具总是让我们有事可做,但我还是没有完全满足。我热切地渴望有一顶帐篷。这样一个小小的自己的住所,我可以在里面自己一个人玩耍、做梦,除我之外禁止任何人进入。我想把我的秘密宝贝藏在那儿。我的父母却认为,帐篷、铁路和汽车不是给小女孩玩的。但我不屈不挠地追求我的目标。"一顶帐篷!"在我列的愿望单上,它作为第一愿望被我用粗线标出,十分引人注目。"一顶帐篷!"当我取得好成绩,可以得到一个奖励时,我也这样祈求。一顶帐篷!一顶帐篷!……

我不撞南墙不回头。可我的父母终究没有满足我的这个愿望。

坟丘后的帐篷

从上学的第一天起,罗斯玛丽·博格尔就是我最好的朋友。几年来,我们每天一起在校园里玩"跳房子"。每天下午,我们在极司非而花园①和阿妈们碰面,同芭芭拉一起谋划出各种各样胡作非为的把戏。长大一点儿后,我们彼此交好的父母都试图把我们培养成得体的"年轻小姐"。直到今天,那些训诫声仿佛还在耳边:"挺直身子!""不要咧开嘴笑,把手放好!"我们像寄宿学校的模范生一样忍受着这些训诫,只在被要求对卡尔·京特友好一点儿的时候偷笑了一下。然后,我们喘着气大笑着跑进花园,在我做游戏的角落里扑倒在草地上。

"不!为什么我们偏偏要对这只猴子友好?"罗斯玛丽笑出了眼泪,"他那么自负、愚蠢!"

"你说得对!"我傲慢地说,"他吻我妈妈的手时询问了一下'亲爱的孩子们'的情况,可能就觉得十五岁的自己已经像是一位外交大使了吧。'亲爱的孩子们'指的是我和芭芭拉。"

我们又咯咯地笑了很久。可是,罗斯玛丽突然变得严肃而沮丧。最后,她终于羞愧地低声向我坦白,她不得不邀请了卡

---

① 极司非而花园(Yessfieldpark):上海中山公园旧称。——译者注

尔·京特来参加她的十三岁生日宴!

"妈妈说,我们已经很大了,不能再玩赛跑、敲锅子这样的幼稚游戏了,而是应该和我们的男同学,他们所谓的'年轻绅士们'一起跳舞!我知道你对这个没兴趣。我很难过,你是我最好的朋友,却只能在我的生日宴上无聊地坐在一个角落里看书。但我怎么违背得了我父母的意愿呢?你知道他们的。"她绝望得有点儿做作地哭喊道。我试图消除她的忧虑,但我自己确实对一场社交舞会这个想法感到非常不舒服。也许我可以爬上最高的树,熟练地钓起一条大鱼,但是跳舞?不!这方面我完全不擅长。而且我也不感兴趣。

罗斯玛丽在这方面却比我熟练。她六岁起就开始上芭蕾课了,动作优美,母亲总是把她作为我的光辉榜样来夸赞。我现在已经太大了,动作也很僵硬。而且很长时间以来,我都希望能改变命运,变成一个男孩,因为我想做一名水手,在一艘三桅船上航行于大洋之上,做出让全世界,尤其是让我身边的家人瞩目的英雄事迹。优雅对我有什么用呢?所以我故意走得摇摇晃晃的,没错,我在尝试一种岔开双腿的水手步伐,这让我的母亲惊恐不已!

后来有一天我知道了,一个小女孩无论多么热切地想要成为水手,都是不可能实现的。我哭了好几夜。自那以后,我就再也不想跟我勇敢的梦想里的那些同伴有什么关系了。我绝不会和他们跳舞的!我一头埋进游戏和梦的天堂里,不让自己被那些虚荣的、恨不得早早把自己年幼的女儿们变成年轻小姐的大人们打扰。为什么她们连仅有的一点儿短暂的童年都不能享受?人一生中不得不当一个受尊敬的成年人的时间已经够长

的了!

罗斯玛丽的生日到了,我们把这次庆典称作她的第一次"成年人生日"。"年轻绅士"们穿着剪裁合体的西装,拘谨而难为情地站在一边,另一边是偷笑着的少女们。直到咖啡和蛋糕端了上来,两边才开始活跃起来。没错,我们一边高声互相问好,一边开始进行蛋糕大胃王比赛和其他胡作非为。可以看出,我们所有人都还是多么孩子气。真是太棒了!如果我们能用自己的方式度过整个下午,那罗斯玛丽的生日肯定会作为"年度成就"深深刻在这个上海少年难以磨灭的记忆里!

可惜,大人们对青春期的孩子们的"乐趣"和"愉悦"有着完全不同的想法,而孩子们却很可能觉得大人们和他们的愿望妨碍到了自己。博格尔夫人要求我们把头发梳好、把衣服刷干净以便接下来去跳舞,得到的回应是罗斯玛丽的一声拖得长长的"噢——"。我们磨磨蹭蹭、闷闷不乐地离开了一片狼藉的咖啡桌。我们不情不愿地拖着步子走进搬空的花园大厅,小型乐队和母亲们已经等在了那里。但我们没有跳舞,而是迅速排成一条长队,在光亮如镜的木地板上沿着弧线疯跑起来。很快,队伍的尾巴就脚下打滑,从队伍里脱离出去,在所有人的大笑声中正面朝下滑倒在角落里。我们其他人继续欢闹着奔跑着,直到博格尔夫人厉声制止了我们。

"不!不,不!"她朝着喧闹的我们喊道,"我们要跳舞,而不是像野小子一样!——萨瓦洛夫先生,请演奏一支华尔兹舞曲!"她向乐队指挥邀请道。

"年轻绅士"们又变得腼腆起来,红着脸、有些难为情地向他们的"小姐"们发出邀请。就像大人们要求的那样,他们一起跳起舞来，动作得体又略显僵硬。在此期间，母亲们围着舞池坐成一圈，在轻轻摇动着的大扇子后面小声交谈，露出会心的微笑。

令人作呕！这种感觉涌上我的心头。他们如此局促地含笑对视着，如此做作地跳着舞！我觉得这太恶心了。我永远都不会跳舞的，我对自己发誓。接着，我悄悄溜进花园，在草地上和罗斯玛丽的小狗嬉闹起来。是它的狂吠还是我的裙子让我妈妈注意到了我们？不管怎么说，反正她突然就站在我旁边，正在用气得发抖的声音责骂我。

"你为什么不跳舞？你一定要总是把自己排除在小姑娘的圈子之外吗？你真的不该再把更多的兴趣放在跟小狗一起玩，而不是一场舞会上了！马上跟我到花园大厅里来！"她命令道，并且紧紧地抓着我的手，把我拖在她身后。

"我不会跳舞！"我哀求道，"我也不喜欢！求你了，放开我！"但我的反抗无济于事。

"我这就教你跳舞。马上做出高兴的表情，不要像个面袋子一样挂在我胳膊上，准确地跟着我的步子！好，开始：一——二——三，好——二——三，别——这么——僵！……"她开始数着拍子，带我转着圈，直到我的眼泪涌了出来。哦，我太厌恶女人跟女人一起跳舞了！我太生妈妈的气了，她在我朋友面前教我跳舞，高声的催促无异于雪上加霜，让我大为光火。

我的朋友们马上就被这出稀奇的舞台剧吸引了目光，带着不加掩饰的幸灾乐祸注视着这一幕。舞伴们一对接一对地停下了舞步，很快就绕着我们围成一个圈，或咧嘴讥笑，或吃吃偷

笑。他们跟着音乐的节奏打着拍子,最终爆发出一阵无休止的哄堂大笑,那时妈妈正在我嘴上印下一记响亮的吻,大声说道:"我的好孩子做得真棒!"

我总算挣脱了她紧紧抓着我的手,愤怒地号哭着,从看热闹的人中间夺路而逃,向庭院里跑去。我们的黄包车就在那边,停在枝叶茂密的月桂树丛的树荫里。拉车的苦力车夫蹲坐在车杠之间的踏板上,正在打盹。

"王!王!"我向吃惊地跳起来的车夫喊道,"送我回家,有多快跑多快!"

他猛地一拉,这两个轮子的人力车就跑了起来。他大步跑过炙热的街道,终于把我带到了我家房门前。

阿妈担忧又奇怪地匆匆向我们跑来。

"这么早回来了?发生什么了,娜蒂?"她歪着头,用询问的目光看着我。

"生病了吗?还是我的宝贝遇到了什么事儿?你看上去好苍白,好孩子。"她一边把我带回房间,一边问道。

谁能骗得过阿妈而不被她马上戳穿呢?所以我没有故意在她面前掩饰我的苦恼,而是放声痛哭,连珠炮似的将我的痛苦和盘托出。

"我再也不跟妈妈一起出去了,再也不想跳舞了。啊,阿妈,我不想长大!"

阿妈拍着我的背,安慰我。

"冷静点儿!别哭了,娜蒂!我会跟先生太太说的。只要我的小宝贝不愿意,你当然就不用跳舞了。只有长大这件事没人阻止得了,"她逗乐地眨了眨眼,"但是它根本没那么可怕。

恰恰相反！只要知足，就总能看到生活可爱的一面！不过现在赶紧把眼泪擦干，我有一个大惊喜给你！洗把脸，等着我！"她意味深长地说完，便急忙迈着她的小脚离开了。

等她终于回来带我去的时候，我已经迫不及待地想要对她的秘密一探究竟了。我问了她几百个问题，而她却装作没听见，反而跟我谈起了天气！

"唉，这干旱！这酷热！"她开口说道，仿佛天气是世界上最重要的事似的。"六个礼拜没下一滴雨了，"当我们从凉爽的室内走进下午炙热的阳光里时，她继续说道，"你看看这些花儿，浇得那么勤，还个个垂着头！地里的庄稼更糟，地都裂口子了！这将是一次前所未有的歉收！这不是我早就预言过的吗？"她郑重其事地说道。因为她热衷于中国农历，所以当她的预言实现时，就像今年这样，她还有点儿窃喜。"通常是三条龙来控制降雨的分配，今年却有十二条。但是它们只顾着玩，忘记了自己的责任！"她摇着头，脚步笨重地走过滚烫的草地，接着又继续说道：

"以前，我们的皇帝会亲自去龙栖身的泉水处祭拜。也就是说，它们是归皇帝统治的，皇帝是'天子'，是'龙位的继承人'，所以它们得听从皇帝的祷告。但是有一天，这些雨龙违抗了乾隆这位伟大君王的意愿，皇帝恼怒于它们的忤逆，就把龙王的塑像从凉爽的洞窟里搬出来，移到了炎热的京城，把它扔在那儿不管，直到它想起自己的责任！听说，它在那让人喘不过气的闷热里没能坚持多久，就以最快的速度打开了所有雨门。当第一滴雨终于落下来时，每个人都松了一口气。但是马上就大雨如注，街道都变成了泥泞的小河，人们又开始抱

怨。这雨下了四天还不见停,农民纷纷乞求皇帝制止这场暴风雨。仁慈的君王于是又责备了这反叛的龙王,但是这一次他没有威胁它,因为它渴望回到凉爽的洞窟,满足了皇帝的所有愿望。它停止下雨,从这一天起,龙王把晴雨交替安排得十分令人满意。于是,人们把塑像隆重地搬回了它凉爽的洞窟,还给位于那里的龙王庙捐钱添上了黄色的琉璃瓦。自那以后,龙王就再也不敢违抗这位伟大君王的意愿了。在他当政的时间里,再也没有过一次严重破坏性的干旱。唉,"阿妈叹息着说道,"要是我们还能有个皇帝!……"

"哦,阿妈!"我笑道,"不管有没有皇帝,我们都得忍受这干旱。你不过是想用童话把我的注意力从你准备的惊喜上转移开罢了。你到底还要吊我胃口多久啊?"

"你说我的故事是童话?!"她生气地说,"这个故事是我爷爷从他爷爷那里听来的,他亲身参与了把塑像搬到北京这件事!哼!童话!"她又重复了一遍这个词,并用力摇着头,"你们这些急躁的孩子,我真的一个故事都不该再给你们讲了!"

"可是惊喜呢?阿妈!你搞得这么神秘,我们现在都走到坟丘边上了,你还没向我透露你的秘密。"

"等等吧!"阿妈语气坚决地大声说道。她走得笔直,像一个愤怒的贵妇人,下巴绷得紧紧的。

那个坟丘位于大片草地最外缘的尽头。从前,当我们的花园还是一片空地时,它的主人就按照自己国家的风俗,把自己的家人安葬在那里。要知道,这里的风俗里可是没有什么公墓的。每个农民都想被埋葬在自己的地盘上,他们的儿子会来到墓地,摆上祭品,为死者的灵魂得到救赎而祈祷。当城市向西扩展，田地被卖掉，郊区的别墅区就建在上面。后来就再也没有人知道，我们花园里这座高高的坟丘下躺着的是谁了。一位园丁巧妙地把它融入进了花园的景色中，在上面种了些草和树。只有阿妈还觉得有义务把这个土丘看作一个"坟丘"，每年祖先的祭日，她都在它前面摆上供品，烧一些冥钞，说一些祷告的话，让死者的灵魂得到安息，也为我们全家祈福。

我们刚一绕过土丘，我就看见了阿妈说的惊喜。我高兴得热泪盈眶，亲热地搂住阿妈的脖子。没错，它就立在那里，光芒四射，是一顶很大的帐篷！

"它是我和男仆完全照着余氏体育用品店橱窗里的帐篷做的，"她得意地说，"好好看看！我觉得，全上海都找不到一顶比它更好的了！"

是的，没有比这更好的帐篷了！

我的新朋友比尔

对于我的帐篷,父母有着截然不同的看法。妈妈很生气,阿妈和男仆无视她的明确意愿,给我做了这么一个"幼稚"的玩具,让她把我变成一个小淑女的努力都白费了。她不无道理地担心,这个帐篷会给我关于旅行和英雄事迹的梦想注入新的动力。

爸爸却对它华丽的彩色纹饰和专业的制造方式赞不绝口。

"战争一结束,下一次去西藏探险我就带上你。"他许诺。他全然不知,这个愿望永远也无法实现了。但是自那以后,我便常常梦见青藏高原上怒吼的风暴、帐篷前营火旁的寒冷夜晚和穿过荒无人烟山区的徒步旅行。真是幸福的美梦啊。

我把自己小小的家当藏在帐篷里,其中最重要的当属我的"宝箱"。这个锁得密不透风的铁皮盒子里除了日记,还有来自北戴河——一个北方海滨浴场——的大贝壳。当我把这些贝壳贴在耳朵上时,它们能发出像大海一样的呼啸声。还有一朵风干的红玫瑰,是马蒂亚斯在我十三岁生日时送给我的。

马蒂亚斯·雷格尔是我们父母众多的朋友之一,以前我们管他叫"叔叔"。他从来都乐呵呵的,即便应"官方"邀请而来,他也会走到我们这些小孩身边,跟我们闲聊,用糖果和玩具把我们宠坏。芭芭拉和我向来崇拜英俊的马蒂亚斯，经常谈论他直到深夜。我羡慕芭芭拉比我更早成为"大人"，也因此比我更早被允许参加马蒂亚斯也受到邀请的小型晚宴。但当我在生日时收到他送的那支长把红玫瑰时，芭芭拉嫉妒到一整天都没跟我说话。

帐篷里的装置自然还有爸爸偶然送我的哨子、精美的火柴、一个锅和一些厨具，因为我所有的业余时间都在帐篷里度过，所以总会感到饥饿。

有一天，我正坐在帐篷前烤土豆。一场猛烈的暴风雨过后，夏日的炎热被驱散，取而代之的是宜人的凉爽秋日。冰镇饮料得给让人暖和的菜肴让位子了。我全身心地忙于在不断变换方向的风中保护火焰，添树枝和干草进去让它维持燃烧，因此直到我把烤熟的土豆从火里拿出来，高兴地从被烤热的脸上拂开一绺头发时，我才发现花园围墙上的不速之客。

"哈罗，印第安奈特！"比尔放肆地咧嘴笑着对我喊道，"如果你的土豆烤焦的程度只有闻上去的一半，我就要不请自来了！"不等我回答，他便跳了下来，落在干枯的草地上，弹着马裤上的灰，脚步笨拙地向我走来。

比尔·霍普金斯是一个英国银行家的儿子。他父母有一个很大的房子，在上海交际圈里，人人渴求成为他们的座上宾。妈妈就总是遗憾自己不在霍普金斯的朋友之列，她想攀上关系的努力到现在为止也还是徒劳无功。我是在今年年初的青少年网球冠军赛中认识比尔的，我们曾在决赛中对阵。他十六岁，身材高瘦，一头蓬乱的金发，眼睛亮晶晶的，总是兴致勃勃、胡作非为——在比赛中，他就是这样让我失去冷静，骗我

丢了重要的几分。他是个运动的好搭档,但是除此之外我们就没有什么交集了。我对这个不请自来的闯入者很生气,他脸皮很厚地自己邀请自己来吃我这少得可怜的一餐,还评价说我的食物烤焦了!我可真是"喜欢"男人们还没到饭桌旁就开始挑刺的样子呢!

"我的食物从来没有烤焦过。"我生气地嘀咕道,"倒是你如果还一直站在浓烟里,你自己马上就会闻上去像是烤焦了!——坐吧。"看到比尔尴尬地用马鞭敲着自己的靴子,不知道我是真生气了还是假装生气,我的语气变得有点儿怜悯。

"虽然你的邀请不是很友好,"他一边盘起长腿,一边说道,"但是我饿了。我从外边经过时,浓郁的土豆香味钻进我鼻子里,那诱惑我根本抵抗不了,就不请自来了。现在让我来尝尝这土豆到底能不能吃!嗯!"他吃得津津有味,夸赞道,"带皮的土豆,上面撒了很多盐,由一个真正的印第安女人烤制而成,比我家那个备受赞誉的姓方的厨子做的所有节日烤肉都要好吃得多了。恐怕我以后得更经常地不请自来咯!"说这话时,他年轻的脸上带着调皮的笑容,嘴里塞满了土豆,我终于被他逗得也不由自主地大笑起来。

"你怎么笑成这样?就因为我饿吗?你家今天肯定没有菠菜,对吧?我看见菠菜就要逃。我宁愿用你的脏土豆填饱肚子!"

"这就是我刚才大笑的原因!你太贪吃了,把脸都弄脏了,看上去像个扫烟囱的!"

比尔急忙在口袋里翻找起来,最后把口袋翻了个底儿朝天,露出绝望的滑稽表情。

"没带手帕，"他难过地说，"现在我该怎么办？哎呀，我得脏着脸骑马回家了！"

"我可以借你一条。"我提议。我从备用口袋里拿出爸爸不久前给我的那个红色格纹牛仔手帕。

"只要你给我的不是一条喷了香水的花边小手帕就行。哦，"他笑着说，"你可以把这个手帕送给我，比起你，它更适合我。我会像你现在这样一直把它带在身上备用，这样就再也不会陷入这种尴尬的境地，在一个小印第安人面前找不到手帕了。"

我们发自内心地大笑着，我把手帕送给了比尔。那时的我们还全然不知，这条手帕有一天会离开比尔，以一种奇特的方式回到我手里。正如我们全然不知，这顿土豆宴将会成为一场激动人心的共同冒险的开端。

我们无忧无虑地躺在帐篷前，各自咬着一根干草，观察着形状迅速变幻的云彩。这是一项懒洋洋的却又令人兴奋的活动。

"现在，一枚炸弹落在云宫殿里，把它炸得灰飞烟灭。"比尔打着哈欠，困倦地眯着眼睛，一边向旁边翻了个身，声音沙哑地说道，"天空中的战争和地面上的战争，这是一个怎样的世界啊！"

"只要战争不到这儿来，它就不会让我不安。"我感到很无趣，因为这两年来每个人都在谈论战争，人们储备物资，地窖里都装满了，以防万一这场大战的号角也吹到了上海。但是人们依旧过着纸醉金迷的生活，"为了再稍微享受一会儿和平"，当人们感到歉疚时，他们是这样为自己开脱的。"战争肯定不

会到这儿来的。"我加重了语气补充道,却没想到捅了比尔的马蜂窝。

"战争不会到这儿来,是吗?"他突然坐了起来,用嘲讽的语气说道。他的眼睛闪闪发光,接着说道:"你说的这些蠢话和这里的大多数白人说的一模一样。'白人先生们的租界坚不可摧!'不是吗?那些跟中国人签订的旧条约里也是这么写的。旧条约是强制性的,所以白人以为,即使战争来到上海门前,他们在国际租界里也会安然无恙的!呵!别搞笑了!中国人在利用每一次动乱、每一场战争把白人赶出这个国家。我跟你打赌,在这里,我们迟早会坐在战场中的。"

"但是中国人为什么会想要把白人赶走呢?毕竟这座城市的繁荣还要归功于欧洲人的能力和进取心。从前它不过是一片泥滩,现在却是远东最重要的港口之一,成了一座百万人口的大城市,每天都在发展,变得越来越重要。"

"你说的固然没错,奈特,但是恰恰因为我们是'白人',是'洋鬼子',从我们来到这里的第一天起,中国人就开始明里暗里与我们作对。百年来,他们在技术上落后于我们,不管愿不愿意,他们都不得不顺从于外国人。但是中国人只是在表面上适应了我们的生活方式,他们忍受着我们的存在,对我们古怪的习俗报以善意的笑容,直到某个契机从根基上撼动了他们,他们就会再次对外国人宣战。他们从我们身上学到了很多,总有一天白人将不再是他们见面就行鞠躬礼的'白人先生们',而最多不过是地位平等的贸易伙伴。"

"正因为如此,我们还会有很长一段时间不需要引来战火。"我依然固执己见,"我们可以把法租界和国际租界交给中国市政当局管理，这样就能消除所有的意见不合了！"

"我们可以这样做！但是没有人会不经过任何斗争就交出自己的属地。每个人都紧紧攥着自己的那一点儿财产，不论那是一个小孩缀满补丁的洋娃娃，还是一个庞大民族的一块土地。别这样惊讶地看着我，小印第安人！我说出这些愚蠢的担忧不是为了让你烦心！或许到了最后你才是对的，谁知道呢？明天我还来吃土豆，好吗？"

他慢慢站起身来，伸了个懒腰，接着便消失在墙头。他的小马那嗒嗒的蹄声消失在傍晚的风声里。

厨房里的土匪

我在帐篷前坐了许久,陷入沉思。我忧虑地想着,我想象中那个只有好人的美好世界根本与现实相去甚远!一切事物都有其两面性:好与坏,和平与战争,爱与恨。适应大人的世界可真是不容易,我得出这样的结论,然后准备回家了。我把帐篷扎起来,再次检查桩子是否固定好了,然后便信步穿过草坪,朝着暮色中黑灯瞎火的屋子走去。

"阿妈!阿妈!喂!"我走进屋子,大声喊道。我摇铃呼唤男仆,却没有一点儿动静。好奇怪啊!难道所有人都出去了?我自言自语地问道。屋子里的寂静让人感到压抑。

我决定去厨房找找看。父母出门的时候,我们的下人老是懒洋洋地去打盹儿、听不见摇铃的声音。但是这一次却是我搞错了:他们根本没在睡觉,在厨房外的走廊上我就已经听到了他们激动的谈论声。我小心翼翼地推开门,看到所有下人在一个可疑的陌生男人周围站成一圈,正七嘴八舌地对他说着什么。厨子、苦力车夫、阿妈和园丁说得手舞足蹈,那个身材高大、剃了光头、目光灼灼的陌生人几乎插不上话。这个健壮的家伙脸上长着颗瘊子,长长的毛发从瘊子上垂下,看上去活像中国寺庙里凶神恶煞的战神!

"我们得试试！"他用低沉的声音向我们的人喊道，立马激起了新一波的愤怒。

"你敢！"我们的胖厨子怒骂道，他的肚子在被撑得滚圆的围裙下气得发抖。他用围裙擦了一下额头上的汗："想想别的救瞿的法子吧。你要是开枪，我就向警察告发你和你的同伙！"

谁敢相信我们这位好心肠的胖子能讲出这么有力的话？他平常总是谦逊、顺从地向我父母哈着腰，却突然站在这个仅仅身量就让人感到害怕的陌生人面前发号施令！我惊讶地看着这惊人的一幕，看着他们如何把那陌生人推到后门口，听到他最后喊了一声"黄包车！"，接着便坐上黄包车驶进了夜色中。

"到底怎么回事？"我终于好奇地开口问道，"这个人是谁？他跟我们的男仆瞿有什么干系？瞿在哪里？"

下人们惊慌地你看看我，我看看你，一言不发，还是我们的保姆阿妈终于第一个开口了。按照一贯的模式，她认为果断的抨击是对他们一帮人最好的维护，于是她愤怒地对我吼道：

"娜蒂，你偷听！你不害臊吗？"

"偷听！"我放声大笑，"你们这么吵，说的每一个字在走廊里都能听得清清楚楚！"

"你们看看！"厨子发火了，"我是不是一直说让你们小声点儿来着？——可是你，"他对矮小的阿妈吼道，"你骂人骂得比我那老丈母娘还难听！"

"你才是声音最大的那个，"阿妈一边大笑着答道，一边把我推出厨房，"厨房里的闲话可不是给小姑娘听的！要是先生太太知道了，他们会怎么说？"

"知道什么?"我好奇地问,"告诉我吧!我好奇死了!"

"哦,这跟你没关系!"她的拒绝听上去已经有些无力了。我知道,只要我再追问一会儿,就能让这个善谈的女人开口。她从来没法保守秘密超过五分钟!

"那个陌生人看上去好危险啊,"我断言道,并全神贯注地观察着阿妈的反应。嗯,她的小眼睛已经开始闪着呼之欲出的光芒,她小声说道:"不只是看上去!他就是个危险人物!"

"可他是做什么的呢?"我急不可耐地问道。

"哦,他是个开鸦片船的。"阿妈沉思道,因为她显然还不确定是否要告诉我。

"哼,只是个鸦片船,然后就没有了?三个苦力车夫里面就有一个吸鸦片的!这有什么好危险的?"我的蔑视终于刺激到了阿妈,她把我带到床上,坐在我身边,压低声音讲了起来。

"那个高个子土匪叫毛佬,他自己不开鸦片船,一般都是他老婆在开,他负责把这种麻醉人的毒品从南边偷运进城里。要通过日本人的路线,他处处都要帮手,还有帮手的帮手,这些人都参与偷运。毛佬是这个帮派的头子,不过他自己也是一个金主的手下,那个金主是谁我就不知道了。"

"你怎么认识毛佬的?"我问。阿妈告诉我,他和我们的男仆是同村,男仆有时候也一起去偷运。

"我们的男仆也偷运鸦片?"我震惊道。我的世界仿佛突然之间全部颠覆了!我们正派的、总是干干净净的男仆竟然偷偷做这种低劣、卑鄙的勾当?

"男仆偷运的不是鸦片,是大米!"她郑重地大声说,"我跟你说过,我们今年收成不好。这城里大米紧缺,一天比一天贵。人们在乡下买了便宜的大米,在巡警的眼皮子底下偷偷把它运到城里来卖个好价钱,这不是最好不过了吗?赚来的钱可以买便宜的面条、小米,就能填饱男仆一大家子饿着的肚子啦!"

"他应该跟爸爸要求涨工资的,而不是偷运大米。"我沉思道,"如果爸爸知道了,他会非常生气的。"

"不能让先生知道这件事,听见了吗,娜蒂?"阿妈大声说道,语气坚决。

我却很怀疑:"为什么你会觉得爸爸不该知道?他一回到家,第一个喊的就是男仆。'男仆,一杯威士忌苏打!男仆,我的烟斗!报纸呢?男仆,男仆,男仆……'"

男仆是每个欧洲家庭里的灵魂。一个家庭离了"太太"照样井井有条,缺了男仆可就要陷入绝望的不安了。男仆管理他手下的苦力车夫、阿妈、园丁和司机,分配所有下人的差事,确保一切家务就像在一个滚珠轴承上那样无声地、令人满意地进行。为了能在每月一日领到准确份额的小费,他知道爸爸衬衫领子上的纽扣藏在哪个角落里,知道哪家洗衣房能给衬衫上浆,知道杂货店的账单可以增加多少。但是今年我们的男仆回乡下探过一次亲,并庆祝一个新生儿的出生。这期间可是苦了我们!那段时间,上桌的饭菜是冷的,鲜花好几天都插在臭水里,家里的气氛降到了冰点,直到男仆终于心情愉悦地笑着回来,重新接过管理家务的大权。所以我很担忧,男仆不在家这件事怎么可能瞒得过爸爸妈妈呢?

我们坐在一起陷入了沉思,阿妈突然激动地开口说道:

"这件事糟就糟在男仆被抓住了,现在正关在虹桥路的巡捕房里呢。他用我们的钱买的一袋大米被没收了!我们也想参与这桩生意赚点儿钱嘛,每个人都给了他一大把美钞,可是这个蠢家伙却被抓了!"她看上去又生气又失望,打了水漂的钱比被关起来的男仆更令她痛苦。

"你们得把男仆赎出来。"我冷静地说。因为我经常听人说,只要钱到位了,中国警察什么都能做,所以这些下人们应该再凑些钱去把他们这个大家庭里的当家的救出来。还有什么更好的法子呢?毕竟他们能在我家谋到这么好的差事都要归功于他。可是阿妈却不这么想。

"赎他出来?哼!"她轻蔑地叫道,"幸亏还有别的法子把瞿弄出来!等着毛佬回来吧——嗯,他可是个有本事的家伙!"她得意扬扬地补充道。

我越来越觉得可怕了。我们的人突然之间都怎么了?这些忠诚的下人、恭顺的家宅守护神突然现出原形,成了走私犯、抽大烟的、土匪的朋友!他们在厨房里跟那个可怕的家伙一起密谋了什么!现在爸爸妈妈和芭芭拉不在家,我孤身一人和这些让人捉摸不透的家伙待在一起,他们有杀人灭口的想法也说不定。

我的样子看上去一定很不高兴,因为阿妈突然搂住我的肩膀,在我耳边轻声安慰道:

"别怕,小娜蒂!不会有事的!真的不会。别为那些跟你没关系的事情发愁!一切都会好起来的!"

我真的太想相信她了,而且她说的也许是对的。整件事情跟我一点儿关系都没有!如果不是我偶然间进了厨房,如果不是我偶然间看到了毛佬，如果我不知道厨房里发生的这件惊人的事。我安慰自己，让自己的内心平静下来。

但是很快我就不得不面对现实，根本就没有什么"偶然"，被我们称作"偶然"的一切都有其特定的意义。所谓的"偶然"常常会引发我们当下根本想象不出的巨大后果，直到很久以后回首时，我们才会发现事情之间的因果联系。

爸爸妈妈和芭芭拉留在城里吃饭了，我又独自一人坐在大餐厅里，第二男仆给我端来了乏味的晚餐。

"你也可以跟我们一起在厨房吃饭。"阿妈狡黠地笑着说，因为她知道我超爱吃中国菜！"本来以为今天能成功偷运大米，所以厨子做了一顿特别可口的大餐，有蟹、胡椒烤鸡肝、糖醋鳜鱼、调味蔬菜、北京烤鸭配面饼和酱，最后还有一道甜杏仁茶！"

这么诱人的菜单我怎么抗拒得了？虽然妈妈不喜欢我们跟下人一起吃饭，不过这几年来她渐渐学会睁一只眼闭一只眼，控制住自己对细菌和不干净的恐惧。以前我们更小的时候，妈妈对那些不断让老百姓丧生的可怕瘟疫害怕极了，时刻警惕让我们远离中国人，无数次地给我们洗澡、换衣服，关怀、保护着我们，以免我们在哪里染上细菌或是虱子。但是我们这些孩子呢？只要一个不注意，我们就溜到街上去。小吃摊摊主在街上有个固定的位置，他在那里大声唱着曲儿，叫卖他那棒极的美味食物。他用竹扁担把所有家当扛在肩膀上运来，然后靠在花园的围墙上，用扇子扇着小炉子里的炭火，上面挂着的平底锅的油就开始吱吱作响。佐料很快就煎好了，香味四溢，我们立时就再也忍不住了：湿乎乎的手掌心里紧紧攥着的硬币换了

主人,因为我们被诱惑过去了!我们像两个小罪人一样靠在围墙上,紧紧依偎在一起,愉快地吧嗒着嘴吃着那一小块美味的食物。干完坏事之后,我们小心翼翼地把油乎乎的嘴擦干净,然后一脸无辜地偷偷打着口哨溜达着回了家。

这个露天的小吃摊和卖中式甜点(比如酸橙、姜糖、莲子糖和花生糖)的扁担跟干净这个词一点儿都不沾边。成群的苍蝇绕着这些食物飞,餐具、筷子和碗浸在肮脏的洗碗水里,根本不可能洗得干净。但这一切并不能阻止我们,直到有一天妈妈把我们抓了个现行,训斥了我们很久,才让我们注意到所有这些我们面临的危险。为了让我们远离那些不断诱惑着我们的小吃摊,妈妈开始允许我和芭芭拉偶尔在厨房里吃饭,相较而言,这样让人放心很多。她让厨子给我们做我们最喜欢吃的中国菜,自那以后,之前常犯的肠胃炎就离我们而去了。

当我和阿妈终于走进厨房时,大家大声用哈啰欢迎我们。出于对被捕的男仆的担忧,下人们饭前已经喝了不少热米酒,所以都晕晕的、脸红红的。厨子正在把菜肴端上来,他每走一步大家就大声欢呼,举起酒盅,把它倒过来展示自己喝干了。"干杯!干杯!"他们喊得越来越起劲儿,"把酒喝干!干杯!"然后便开始尽情地夹菜。他们从放在桌子中间的碗里捞出一块块美味的东西,把这些切成可以直接入口的大小的食物放到自己碗里,或是出于礼貌,先把特别好吃的东西夹给旁边的人,然后才自己吃。这一顿愉快的晚餐中间还伴随着像"石头——剪刀——布"这样的猜拳游戏和其他的玩闹。没多久,所有的碗都已经底儿朝天,吃了辛辣的菜肴、喝了酒,我们身上都热了起来。厨房里又充满了所有人热情的笑闹声。

忽然，厨房的后门嘎吱一声开了，每个人都安静了下来。男仆脸色灰白，在背后的米袋重压之下佝偻着腰，缓缓向我们走过来。他把袋子扔到地上，袋子一下子摔裂了，里面的大米流了一地。

"哼！"他轻蔑地哼了一声，"也许你们在为虹桥路上的死人庆祝？"

这句话和那个沉重的袋子一起扔到我们脚下的嘲讽让我们如遭雷劈。发生了什么？虹桥路上的死人是谁？男仆那张布满麻子的脸上眼睛瞪得大大的，眼神还很慌张。

"你倒是说啊！"厨子猛烈地摇着男仆的肩膀，怒斥道。男仆这才犹犹豫豫地吐出几个字："他们开枪把雷格尔先生打死了。"

"马蒂亚斯·雷格尔？"我震惊地问道，泪水涌出了眼眶。

"雷格尔先生？雷格尔先生？"其他人恐惧地念叨着，厨子则愤怒地咆哮了起来："这帮混账！哦！我就知道他们会开枪！这帮流氓！真是岂有此理！"他在厨房里快步走来走去，像一只受惊的公鸡。

"冷静点儿，听我说！"男仆拉住狂怒的厨子的衣裳，对他喊道，"这只是一场意外！没人想伤雷格尔先生一根毫毛。相信我！"

"你不从头到尾把这些讲清楚，谁能听懂你在说什么？"阿妈插了一嘴。于是男仆开始讲述。

"当我被警察抓走，手脚被缚住，被拳打脚踢了一顿，在角落里听天由命的时候，我看到了一出怪诞滑稽的好戏！四个警察坐在电灯泡下面，围着一张小桌子抽烟、嗑瓜子，桌子上

放着很多案卷和文具，堆满了灰尘和嗑出来的瓜子皮。四个人把脑袋凑在一起窃窃私语，似乎是在商量什么重要的事情。突然，他们身后的门悄无声息地开了，八个戴面具的人神不知鬼不觉地进了屋，扑向惊愕的警官。他们没反抗几下就被放倒在地板上，被捆起来堵住了嘴，连一句'天啊'都没来得及说出口，这可怕的事情就已经结束了！被捆住的警察做出各种滑稽的姿态想要挣脱，逗得这帮土匪哄堂大笑。他们中的一个仔细翻看了案卷，找出和他相关的内容，然后把这张卷宗在警察的眼前慢悠悠地烧掉了。之后，他们给我松了绑。我刚一恢复自由，他们就疯了！

"'看那些闪闪发光的枪！'其中一个家伙大叫道，'把它们留在这里简直岂有此理？来，快点儿！'所有人都给自己配上步枪和大量弹药，然后跑进了连颗星星都没有的暗夜里。我吃力地扛起重重的米袋，因为那些野蛮家伙的拳打脚踢让我浑身所有关节都还在隐隐作痛。当我走到外面时，土匪们在那里跳起了印第安舞。他们有枪！一个可怕的、在这些人手里十分危险的玩具。

"'有个人骑着自行车从城里出来了！很快地往这边骑过来了！'一个人喊道。周围瞬间安静下来，我一个人也看不见，只听到附近有窃窃私语的声音。

"'这自行车我也许用得上，'一个声音轻声说道，'要不我们把这家伙拦下来？'

"'可以啊，'我听见另一个声音说，'但是自行车归我，我是你们的头儿！'

"'但是这是我想出来的主意，所以自行车归我。'第一个声音喘着气说。

"'你那猪脑子没有主意，只有愚蠢。'头儿轻蔑地嘲讽道，'自行车是我的，就这么定了！'

"这期间，骑车的人已经很近了。一个家伙突然举着枪冲到了街上。

"'要车还是要命！'他喊道。但是马上就有另一个声音和他的声音重叠在一起。

"'别开枪，蠢货！'头儿怒吼道，'把枪放下！'

"他想夺走另一个人手里的枪。就在这一瞬间，枪响了。剧烈的声响打破了夜晚的宁静。是有意开枪还是意外？我不知道。我怕得躲在排水沟里，怕有人再开枪。但我只听到激动的低语声。当我壮起胆子从沟里往外看时，那些家伙已经一个都不在了。我就背起米袋子往回走。还没走两步，我就看见一个人一动不动地躺在另一边的水沟里。'骑自行车的人'，我的脑海中闪过这个念头。我划了一根火柴，把它举到那个人的面前，吃惊地盯着他看了一眼，然后就飞快地跑了，生怕那死人的鬼魂抓住我，向我索命。他们开枪打死的是雷格尔先生。"

"你确定死者是雷格尔先生而不是别人？或者你有没有感觉到他还活着？"我激动得浑身发抖。

"我认得雷格尔先生！"他吹嘘道，"如果只是个死人我倒不怕，正因为我认得他，同他有瓜葛，他的魂魄才有可能找上我。不，小姐，我没法给你想要的回答，我知道死人长什么样，雷格尔先生死了！"

男仆的这番话并不能让我信服。

下人们惶然无措地沉默着站在周围，厨子咬着指甲盖，阿

妈绝望地绞着围裙的一角。

我果断地说道：

"我们必须马上通知警察，这样他们就能派一辆救护车过去了。死人是不准叫救护车的。"但是他们似乎并不喜欢我的建议。

"警察？"他们激动地问道，"警察？你冷静点儿！怎么能在这个时候把他们的注意力吸引到我们身上来？他们马上就会认出男仆，把他牵扯进谋杀案里，虽然他跟那些人一点儿关系都没有！不行，不行！绝对不行！这会让我们所有人陷入困境的。"

"很好，"我坚决地答道，"那我就得试试，看看能不能在没有警察批准的情况下派一辆救护车去。"

"从这里打电话去？"苦力车夫问道，"绝对不行！你知道的，那些好奇的电话接线员刚好会在傍晚偷听所有的通话。不行，小姐，你不能对我们做这种事。不可以把任何线索引到我们这里来！最好我把你拉到最近的电话亭，你可以从那里匿名打给医院！"

我马上把自己包裹得严严实实的、暖暖和和地坐进装着柔软弹簧的黄包车。苦力车夫拉着车，敏捷地穿过黑夜。现在已经这么冷了！在座位两边来回摇晃着的灯笼的灯光里，我能看见苦力车夫呼出来的雾气。

黄包车的车夫们围着小吃摊摊主的木炭小火炉烤着手。形单影只的乞丐在空无一人的大街上朝家的方向晃悠着。为了抵御寒冷，他用一张破破烂烂的竹席裹住自己的肩膀。没错，穷人最艰难的时期开始了！

在久得仿佛没有尽头的等待之后，我终于接通了医院的电话。我听到电话接线员小声的闲谈和笑声，但她们就是不给我接线。我绝望地想要咆哮！宝贵的时间就这么毫无意义地流逝了！终于，当值的护士用冷静、不掺杂任何情绪的声音答话了。

"一辆去虹桥路的救护车？不可能！您是谁？为什么不通知警察？"她问道。但我不会放弃的。

"您必须马上处理。"我用故意压低的声音说道，"被枪击的人可能还活着。您希望因为您的犹豫而导致一位欧洲人的死亡吗？"

说完我便把听筒轻轻放回到叉簧上。车夫慢慢把我拉回了家。当我们到了花园里时，我终于听到我一直紧张地期待着的、越来越响的救护车的鸣笛声。呼咦，呼——咦，呼咦，它尖锐地咆哮着，慢慢消失在远方。

我躲在屋子前茂密的樟树后，直到我看见救护车缓慢而小心地、没有鸣笛地开了回去。我终于看到马蒂亚斯获救了。我为我的朋友做了一切我力所能及的，现在只能祈祷他活下去，并且能很快康复。

我筋疲力尽地栽倒在床上，但是成百上千种可怕的想法让我难以平静，无法入睡。马蒂亚斯伤得多重？他后半辈子是不是要变成瘸子了？他可是一个厌恶一切丑陋事物的人啊！这场罪行为什么会发生？是因为他的自行车吗？我越来越不能理解大人了。我在哭泣中渐渐睡着了。

失窃的遗嘱

我是怎么熬过第二天早上的课的,我已经不记得了。我只知道自己面色苍白、心不在焉。最后,法语老师看不下去,让我回家了。我松了一口气,把自己的东西收拾好,走过挂着干净整齐的大衣和帽子的空荡荡的走廊,老师的声音在关着的门后面听上去很低沉。我很高兴今天可以不用上学了。嗯,一切似乎都变得简单起来。整个早上让我烦心的事情突然就迎刃而解了:我可以去医院看望马蒂亚斯,我们的女友们和芭芭拉也不会来问我、烦我。

"马蒂亚斯·雷格尔?"医院里负责问讯的护士重复道。她的手指快速划过病人名单:"哦,在这里。马蒂亚斯·雷格尔,昨晚送来的,住在二〇六号病房。不允许探视。"她的目光透过无框眼镜审视着我,"您是他的亲戚?"

我只能摇摇头。马蒂亚斯的情况糟糕到不允许任何人探视的地步了?我的眼泪涌了出来,仿佛被什么扼住了喉咙,发不出一点儿声音。

"别急着哭,孩子!或许护士站的护士会允许您进行三分钟的短暂探视。去试试吧。"她和蔼地说道。我马上三步并作两步,朝护士站跑去。

马蒂亚斯面色苍白地躺在床上，脑袋被绷带裹得严严实实。

"你，蕾娜特？"他虚弱地问道，"你怎么知道？……"

我简短地作答，因为我首先想知道的是马蒂亚斯感觉怎么样，是不是需要什么，我能不能帮助他。三分钟实在是太短了。

"听着，小家伙，"他一边小声说，一边恳切地把手放在我的胳膊上，"从衣柜里把我的外套拿来，我要把装在里面的两张纸给你。"

"你的外套不在衣柜里，只有一条脏裤子，一件被血浸透了的衬衫和内衣，鞋子和长袜。"我蛮有把握地说道。

"没有外套？不可能，蕾娜特！"他气喘吁吁地想要坐起来，"我一定要这件外套！我的上帝，外套……"他呻吟着倒在枕头上，"冯高山的夫人把她丈夫的遗嘱缝进了我的垫肩里——现在却不见了！"

我盯着他，问道：

"你说的是那个大名鼎鼎的重庆将军冯高山，日本人重金悬赏他项上人头的那个？"

"对，对，我说的就是这个人。"马蒂亚斯吃力地解释道，"我们认识很多年了，在这个民族分成重庆和南京两个阵营之前、在南京一方和日本人合作之前就认识了。我们是朋友，你懂吗？我们不在乎对方的政治立场。很少有人能超过冯高山，我钦佩他的勇气和他敏锐的判断力。只有一个话题是我不能触及的：日本人。他把他们视作中国统一的破坏者，因此他用尽办法鼓动人们与这个入侵的敌人做斗争。他在上海，敌人前线

的后方,在国际租界的保护之下创立了一个行动基地。

"昨天,我最后一次拜访了他。他已经是一位老人了,感觉到自己行将就木。因此他恳切地请求我把他的遗嘱带走,通过安全的路径带到重庆去。两份遗嘱一份是政治上的,一份是给他儿子的。我没办法拒绝。最后,他夫人把它们缝进了我的垫肩里,因为那里比我的皮夹子更安全。傍晚我还没离开办公室时,一个男人就给我带来了这位老将军的死讯。我带着悲伤而又不安、害怕的心情骑车回家,心中充满了不祥的预感,我想到了遗嘱和送遗嘱的托付——然后可真够快的,你也知道,厄运就降临到了我身上。我现在想的是,那些强盗是不是知道遗嘱的事?还是说他们只想抢我的车,然后把外套作为额外的战利品拿走了?不管怎么样,我必须拿回这件外套!我必须把遗嘱带到重庆,不能违背我的诺言!"

我很害怕,因为马蒂亚斯的脸因激动而变得惨白,他的额头上沁出了汗珠。还好护士进来查房了。

"您还一直待在这儿?"她尖声问道,"您怎么能如此不负责任地超过探视时间?您看不见吗?病人需要安静!"

没错,我非常内疚。但是在她的痛斥之下我依然保持着冷静,从马蒂亚斯的裤子上剪下了一块布——我的脑子里突然闪现出一个令人激动的计划!

寻找鸦片船

幸运的是，比尔这一天很早就来到了帐篷里。我必须把自己的计划向他和盘托出，因为我需要他帮助我实施这个计划。

"你向我发誓，一个字也不泄露出去？"在我们商议好所有细节之后，我又问了一遍。比尔发誓，如有必要，他能把一个秘密带到坟墓里去，这才让我放下心来。我们立马骑上自行车，奔向我们伟大的冒险之旅。

在油菜地和玉米地之间蜿蜒着一条又窄又长的小路，联通了市郊那些低矮的农家茅舍。上海自东向西不断伸展，到了这里绕开了村庄，以免与这些以土地为生的农民产生冲突。如此一来就产生了一种不统一的城市面貌：摩登的街道上矗立着十层高的大楼，大楼后面紧挨着的就是低矮的中国人的房子，这些房子屋顶上雕着龙，带有雕花回廊，旁边往往还有一间小庙，庙里焚香产生的袅袅烟雾和低沉的钟声与现代大都市的熙熙攘攘奇异地混合在一起。在市郊，这种显著的差异越来越清晰地浮现出来。欧洲人富丽堂皇的大别墅坐落在精心打理过的花园里，在它们背后，辛勤的中国农民从早到晚在田地里弯着腰劳作，争取一年中最多可以达到三次的丰收。众多家庭成员栖身于一贫如洗的茅屋里，从曾祖母到最小的孩子，所有人都

要养家糊口。只要天气允许，就能看到他们在户外劳作，补缀、浣洗、编席子、弹棉花，孩子们则在垃圾堆里翻找。一小片纸、布料或是一小块木头；一根钉子，不管是直的还是弯的；一个被压扁的罐头——没有一样可以被浪费，因为所有东西都可以以某种形式得到利用！白发苍苍的老人不知疲倦地把钉子敲直，小孩把破布片按大小整理好，这些他们以无穷无尽的勤劳收集来的东西会在集市上被卖掉。如果能以一半的价格在集市上买到用过的钉子，谁还会花钱去买新的呢？用旧汽油桶就能造一个相当不错的木炭炉子，这不是比去炉具商店里买一个便宜多了吗？没有哪个地方的人比这里的人更勤劳，没有哪个地方比这座百万人口城市里的浪费更少，这里的每个人都在以自己的方式维持生计。

"我们得下来了。"当我们拐进夹在农田和古老的徐家汇耶稣会修道院之间的一条人来人往的乡村道路时，比尔建议道。这座修道院是早在明朝年间一五八零年左右由一位受过洗礼的官员创办的，他以极大的热忱向周边的民众传教，这里也从最初的雏形渐渐变成了世界上最富丽堂皇的基督教传教会之一。现在，修道院下设数家大型孤儿院、收容所和养老院。在这里，年轻姑娘在手脚麻利的修女们熟练的指导下学习手艺，从最精致的刺绣到绘画，无所不有。给男人开设的课程有木工和印刷，任何人都可以完全学会一门手艺。不计其数的中国人在这个造福社会的机构里练就了出色的手艺，也得到了精神上的满足，他们又把这谷种传播到自己的土地上。除了这些社会机构之外，徐家汇还拥有世界上最重要的天文台之一。只要想到中国海岸沿线的所有航船和天气预报都依赖于这个天文台，我们就知道它有多重要了。

我们终于到了徐家汇渠①，这条混浊的河流是法租界南边的边界线。河上密密麻麻地挤着简陋的木船，它们有着圆形的竹制船篷，下面住着人口众多的中国家庭。阿妈告诉我，毛佬应该就生活在他停在那里的鸦片船上。毛佬一定能帮我们，因为正是他或者他的一个手下偷走了马蒂亚斯的自行车。他或者他手下的那个家伙把马蒂亚斯的外衣据为己有，只有毛佬能把它搞回来。我们必须不惜一切代价找到毛佬。但是，我们向任何一个人打听这个贩鸦片的，对方都面无表情，表现得好像既不认识毛佬，也不知道河上有一艘鸦片船。他们是不是以为我们是警察的探子，所以在我们面前要保护自己的人？

"这样下去不会有进展的，娜蒂！我们最好先去算命先生那里打听一下，他什么都知道，也不用害怕任何人。"比尔终于提议道，我也表示赞同。因为每个中国人都很迷信，他们会时不时地去找算命先生，询问家庭成员办婚礼或下葬的吉日，或者确认自家选的宅地是不是能"辟邪"、招福。如果算命先生对一个人怀有善意，这个人就不需要花很多时间来等待"吉日"；若是有人不知为何惹怒了他，或是他猜测这个人很有钱，他就可能让一个顾客经受数周之久的压力和恐惧，为此额外付钱，直到他终于把那句顾客希望听到的预言赏赐给他。是的，这样一个算命先生在他的村庄里有着巨大的权力，受到所有人的尊敬。所以，向他打听并找到那艘船不是什么难事。

我们必须等着，因为他面前蹲坐着一个穿得破破烂烂的女

---

① 德语原文 Zickawei-Graben，直译为"徐家汇渠"，根据上下文推测该河流应为陆家浜。——译者注

人,正在让他用散落在地板上的纸牌给她预测未来。他做出一副神秘的样子,女人痛苦地流下了眼泪。最后,算命先生满意地收起了他的银币。他在这个可怜的女人耳边说了什么可怕的话?我还没来得及思考这个问题,就听见他身后传来一个女人的声音:

"你为什么——"她破口大骂,"用不好的预言赚了小谢那么多钱?!你那些不吉利的话会把她逼死的!不过是因为她嫁给了一个富商,而不是你这粗鲁的混账,她就活该这样?"

"安静点儿,恶婆娘。"他朝着把船隔成两部分的竹帘不耐烦地挥了挥手,"要是没有像这样的又蠢又有钱的客人,我们怎么过好日子?对恶鬼的一点点恐惧不会害了她的。我们的钱袋子可是被她装满了呢。"

他小心翼翼地朝角落里瞄了一眼,看看有没有人在偷听,结果他看到了我们。

"哈,外国女士和先生,"他谦卑地说道,并鞠了一个礼貌得有些过分的躬,同时把我们从头到脚打量了一番。"我能为你们做些什么?一个小小的预言?看看未来?五美元全包!"他精明地脱口而出,"我会看纸牌、看手相,还会摇竹签算卦。小姐,给我看看你的手!啊,很有抱负!我看到了许多冒险和一个有很多孩子的家庭——还有眼泪。"他若有所思地摇着头发花白的脑袋,补充道。我的心跳到了嗓子眼儿!我根本不想听这些,但是这个狡猾的家伙施了一种神秘的魔法,若不是比尔果断地插话进来,我肯定就陷进去了。

"我们不想听你的预言或者让你预测我们的未来,只想礼貌地向你打听鸦片贩子毛佬的船在哪里。我们有个消息要告诉他。"

这个老头灰白的头上戴着一顶丝绸小帽，脸上长了三颗瘊子，上面长出的长毛代替了不存在的胡子。他毫不犹豫地在众多造型相同的木船中给我们指了一个茅草船篷，我们应该能在那下面找到毛佬。

鸦片烟馆里那种标志性的甜腻香味老远就向我们袭来。一个胖乎乎的中国女人蹲坐在通向船的木板桥上，用乌木烟斗抽着劣质烟草，对着我们怒骂道：

"去——去！走开，洋无赖！这里没有白鬼子要找的东西！"她想把我们赶走，但我们不达目的不罢休，就算是一个粗鲁的中国女人也不能阻止我们。

"毛佬在家吗？"我们对她的责骂毫不在意。她因此突然换了一种语气。

"毛佬？哈，要是我知道在哪儿能找到这个混蛋倒好了！他已经一个礼拜没回过家了！大家都没烟抽了，我的钱也花光了。要是他不赶紧回来，我可怎么办呀？——也许溥福又派他去外地了。"她若有所思地补了一句，垂下了头。我们的耳朵马上竖了起来。

"溥福是谁？"比尔和善地问道。那个胖女人惊讶了片刻，然后哈哈大笑起来。

"你们不认识大名鼎鼎的溥福？哈，真蠢！他是全城最有钱的人！他跟每个人都认识，都是好朋友。他有很多工厂和烟馆，钱多得吓人！霞飞路1097号那座最漂亮的房子就是他的。而且他也是我们的朋友。"她吹嘘道。我们已经得到了足够的信息，溥福一定就是阿妈昨天晚上说的那个神秘的"金

主"。既然他是毛佬的老板,他就和毛佬一样,也能帮助我们。这个人值得我们去探访,我们俩都这么认为。于是,我们马上上路了。

"土匪"溥福

我们离开简陋的木船,离开了狭窄的乡间小道和开在上面的脏乱集市,很快就把商贩们的叫喊声抛在身后。我们穿过把法租界和外面隔开的铁蒺藜上狭长的开口,一个身穿制服的哨兵百无聊赖地在前面走来走去,期盼着换岗。

宽阔的霞飞路出现在我们面前,它是这种城市最繁华的街道之一。路上行驶着干净的电车、闪闪发光的小汽车和精心养护过的出租车。摩登的高楼里,鲜艳夺目的天竺葵从宽敞的白色阳台上垂落下来,一直垂到数不清的环境优雅的商铺和食肆门前。目光所及之处都是那么的优雅,让人们几乎忘记了自己生活在中国,忘记了下一个街角就是贫穷的栖身之处。

"1097号在这儿!"比尔突然指着一座远远地矗立在高墙背后的房子喊道。我们按了门铃,一位穿着白色衣裳和浅黄色丝绸马甲的下人打开大门上的观察窗,让我们耐心等候片刻,他得去问问,"主子"是否要接待我们。"主子"考虑了很长时间,我们耐心地等到那个下人终于回来把我们放了进去。穿过一座我所见过的最漂亮的花园,我们被带进了屋里。灌木和乔木、喷泉和假山以超凡的技巧被布置成一幅完美的、自然的风景,让人忘记了自己身处大都市中最繁华的一条街道近旁。

　　这些富有的中国人的花园和房子真是雅致得惊人。它们在外面看起来总是很简朴的，但是一跨过门槛，就有一个巨大的惊喜等着你。就比如说，谁能想到溥福这简简单单的白色外立面房子的里面竟然如此奢华？一个又一个大房间一直延伸到房子的两侧，地上铺着色彩柔和、样式美观的漂亮地毯，舒服的沙发摆放在矮几周围，巨幅现代画作装点着墙壁，繁茂花束散发出的甜甜香气，充满了整个房间。

　　溥福先生悄然来到我们身旁，十分和蔼可亲地向我们问好。他身材矮小纤瘦，长着一张聪明的脸，敏锐的眼睛充满活力。他请我们喝茶、吃甜点，举止潇洒而优雅，让我无论如何也无法把他跟毛佬和他那个咒骂不停的老婆联系在一起！不过，比尔既没有被溥福价值不菲的银灰色丝绸衣裳，也没有被他这富丽堂皇的屋子迷了眼，相反，他很快就直奔主题。在我们已经花了足够长的时间谈论天气和各种日常小事之后，比尔提起了昨天发生的袭击、被抢的自行车和外套以及马蒂亚斯受的伤。

　　溥福做出一副震惊的样子。这是他第一次听说这件事，他声称，虽然各家早报的头条新闻已经争先恐后地报道了这起令人难以置信的袭击案。不，他今天还没有看过报纸，但是我们为什么会认为毛佬和他这个上海最正派的市民有关系呢！我几乎要忍不住笑出来了！他真是个了不起的演员！

　　比尔从容不迫地说道："我们从可靠的渠道得知，毛佬参与了这次袭击。"

　　我听到过他在我家厨房里和下人们商量。当时，毛佬决心去救我家男仆，厨子坚持说不能开枪。除了毛佬，还有谁会想出赤手空拳制服警察的主意呢？我不相信这帮土匪袭击马蒂亚斯是为了抢走那两份日本人肯定非常感兴趣的遗嘱，我宁愿相信我们的男仆，相信这次袭击只是一场为了不花钱搞到一辆自行车而产生的闹剧。土匪们肯定不知道那件外套的重要性！

溥福可没那么容易慌了阵脚。他的表情淡定而无辜，反问我们毛佬是谁，这个袭击了一位白人的混蛋！比尔再也忍不住了，放声大笑起来。

"您不认识自己那艘停在徐家汇渠上的鸦片船的船主？"他终于忍住不笑了，然后大声说道。

"可是毛佬的妻子却告诉我们，您和他们的关系多么的亲密！她自豪地跟我们逐一列举了您的烟馆，最后还把您的地址告诉我们！您却说您不认识毛佬！"

溥福的脸一下子白了，但他一刻也没有失去镇定。他默不作声地掐灭烟头，呷了一口茶，然后装作突然想起来了的样子：

"啊，没错！那个女人！我只见过她几次，还真把她的名字给忘了。现在我想起来了，几年前，我曾经因为同情他们那好几个饿着肚子的孩子，在河上给她丈夫弄了一条船。那艘船是一个在我厂里工作过的苦力车夫家里的，后来他死了。嗯，这就对了！她丈夫是叫毛佬！他在船上开了个烟馆，这我倒是第一次听说！啧，啧，啧！"他摇着头，咂着嘴，微笑着继续说道，"真是个混蛋！用这种恶魔般的毒品赚钱的人，自然不能指望他做出什么好事来！在我看来，这家伙完全有可能参与了一场袭击。请您稍等片刻！我马上就去打听，了解这件事的详细情况。您说丢了一辆自行车和一件外套？"

他轻手轻脚地走开了。比尔小声对我说：

"这家伙是个滑头，是吧？"

"我不知道原来一个土匪的举止看上去能像溥福这么优雅。"我一边回答，一边胆怯地四处张望着，"他表现得好像自己是位诚实的市民，而不是一个走私鸦片的强盗团伙的头子！"

"他也许还觉得自己是个绅士呢。他的交际圈子肯定是最上等的，除了那些知道内情的人之外没人能想到，在他精于世故的举止背后藏着的是一个土匪团伙的头子和金主。"

"也许是我家阿妈夸大其词了，又或者她提到的那个'金主'另有其人？他看上去这么和气，我根本没法相信他会开烟馆、走私鸦片。"我小声说道，却被比尔嘲笑了。

"毛佬老婆那样的人也许会夸大其词，但是他们也不是凭空捏造的。溥福是个应该被交给警察的混蛋，你会看到的。"他的声音有点儿太大了，刚好走进来的溥福听到了他的最后一句话，露出嘲讽的微笑。

"您刚才说，警察？"他居高临下地说道，"谁会像这样，刚刚轻轻松松地解决了一个难题，就被人用警察威胁？不，不，朋友之间的事不用麻烦警察！您怎么不像我这样，自己去打几个电话呢？自行车已经给您扣留下来了，您大概一小时后就能在这儿把它取走。"

我们震惊地盯着胸有成竹地微笑着坐在躺椅上的溥福。他在哪儿找到它的？我在心中自问道。比尔却没那么快被转移注意力："或许您也找回了那件外套？"

"一件旧外套可不像一辆几乎全新的自行车那么快就能找到线索。"溥福耸耸肩，"在这种情况下，谁又会这样惦记一件外套呢？这东西很容易就能找到替代品，而寻找它则可能遇到无穷无尽的困难！一件外套！哼，谁会为它绞尽脑汁！"他轻蔑地说道，"我真的不知道，它会在成千上万家旧货铺子中的哪一家里！"

他站起身来，这是送客的信号。这是在表示，他不愿意再帮我们做什么了，也没有时间陪我们玩了。我们带着深深的失望离开了这座房子，拿着大门钥匙的男仆又穿过花园把我们送了出去。开锁的时候，他用小得几乎听不见的声音对我们耳语道：

"北京路上有个姓宋的旧货商人，他店里的旧外套最多，也许您应该到那儿去找找看？"

他意味深长地向我们咧嘴一笑，然后鞠了个躬，把比尔赠给他的一枚银圆装进衣服口袋里。这个人能做我们的盟友，当然再好不过了！

北京路上姓宋的旧货商人

北京路上姓宋的旧货商人去乡下吃酒席了，邻居也不知道他什么时候回来。在接下来的一段时间里，除了每天去那儿打听、期盼他有一天能出现，我们什么也做不了。找到马蒂亚斯外套的信心一天比一天弱，最后，我们把每天的自行车之旅只当成一种消磨时间的无用之举。我当然想帮马蒂亚斯，但我也有点儿想通过这种英雄行为来出风头。他一直不相信我有这样的本事。我爱马蒂亚斯，只不过就像一个十三岁的小女孩爱慕一个三十岁的男人那样，是完全没有希望的单相思。马蒂亚斯因为遗嘱的事情深深地自责，还一直发着高烧躺在病床上，这让我很伤心。渐渐地，我也放弃了为他追回那几张重要文件的希望。

在北京路上骑车总是如同一场小小的冒险，总是有事情发生，一直有热闹可看。常常只是一起小冲突：一辆黄包车闯了红灯，包着头巾、留着鬓须的印度警察吹响了口哨，苦力车夫却从他们面前逃走了。这些印度人都是些坚韧不屈的家伙，他们身强体壮、步伐敏捷，通常都能把苦力车夫抓住。然后，这可怜的家伙车上的坐垫就会被扣押一天，必须在傍晚时去巡捕房里赎回。还有一次，一条长长的娶亲队伍阻碍了交通，队伍里有披着红盖头的新娘、聘礼、旗帜、奏乐的人,所有人都想上前看一眼穿着红色嫁衣、戴着珍珠项链的新娘子。在时髦的中国女人按照欧洲的风俗穿上带头纱的白色婚纱之前,婚礼的颜色是红色。但是现在仍然有许多人追随旧风俗。

穿过开着众多欧洲商店的涌泉路或是那些通往北京路的逼仄弄堂时,可得时刻保持小心。这些逼仄的弄堂里不仅车多,而且人们都在街道上生活起居。商贩们把货物陈列在人行道上,有些放在架子上,有些整整齐齐地仔细摆放在一块布上。印着广告招贴画的旗帜飘扬在街道上空,用金色、红色、黑色的字母为各种商品做宣传。一家店铺门前,各种尺寸的鸟笼在风中晃荡,在墙上投下奇形怪状的影子。在这些简陋的灰色房屋之间,一个买水果蔬菜的小摊显得鲜艳夺目——红色的番茄,绿色的青椒、甜瓜和葡萄柚。在所有小店之间,穿着蓝色衣服的中国人像潮水般推搡着、拥挤着,摩肩接踵。我爱这些小路!

"嘿!宋在家!"我身旁的比尔突然抓住我的胳膊叫了起来,"你看!那间铺子开门了!穿着红衣服的宝宝坐在门口的童车里,门槛上的狗正在找皮毛里的虱子!宋回来了!"

宋先生热情地朝我们走来,向我们作揖问好。

"鄙人姓宋。不知如何为先生小姐效劳?"他客气地问道。我们告诉他,我们想找一件旧外套。

"旧外套我这里多的是。"宋先生对自己的存货颇为自得。他把我们请进一个小房间,里面飘着一股旧衣服的霉味和樟脑丸的气味。这里确实有人们渴望的一切东西:皮革内衬的绸缎衣裳,欧式剪裁的裤子和连衣裙,制成标本的鸟,灯具,雕刻

的象牙制品,还有无数件各式各样的外套。我把马蒂亚斯裤子上的布样拿给宋先生看,我们要找的外套就是跟它配套的。他迎着灯光拿起布样,用推到额头上的眼镜仔细端详着它,然后又打量了我们一眼。是我的幻觉,还是他的目光里真的掺着一丝恐惧?

"您最好自己去找找看有没有配套的外套。"他终于用非常客气的语气开口说道。我们对比了每一件外套,许多看上去跟它很像,但并不能匹配。当我结束了毫无成果的比对后,忍不住流下了眼泪。

"如果在这里都找不到,我们还能上哪儿去找那件外套啊?"我抽噎着说,"我们从十天前就开始每天来这里,因为有人告诉我们,在那个有名的姓宋的旧货商人那里最有可能找到它。现在一切都白费了,宝贵的十天时间毫无意义地流逝了。我们永远也找不回那件外套了!"

我的绝望让比尔非常难为情,他受不了女孩子号哭。所以他溜达到了店铺后面,在那里饶有兴致地观赏着一个秃鹫标本。宋先生站在我身边,尴尬地微笑着,不安地搓着手。

"有什么我能帮您的吗?"与其说他在问我,不如说他在问自己。他沉思着把许多件外套推到一起。"也许您找的是我出门那天一个陌生男人拿到店里来的那件外套。"他默默地把我的布样再次拿到灯光下,然后继续说道:

"对,对。一定是那件外套。用非常好的布料做成的一件漂亮外套。只不过它有一些小缺陷。没什么大毛病。"他摆了摆手,"那男人开价不高,但是他同时拿出的两把好枪可不便宜。不过它们值这个价,我也在这笔生意上赚了不少。只有那件外套……"他犹豫了起来。

"那件外套怎么了？"我急不可耐地问道，"它破了吗？它只是脏了还是有一些血迹在上面？"

宋惊愕地看着我的眼睛，轻轻地点了点头。

"我不能让它在店里久留，这样一件可疑的外套怎么经得起警察的搜查？我可不想让自己的店铺惹上麻烦。所有东西都有它的规矩，您明白的！所以一个乞丐花了几个铜板拿走了那件外套。他高兴地离开了。但是这成千上万的乞丐里，到底是哪一个买走了它，可能只有'乞丐王'才能告诉你。"

"'乞丐王'是谁？"我惊讶地问道。宋先生狡黠地笑了。

"要我给您讲讲乞丐王吗？那就请您到房间里来。我们喝杯茶慢慢聊。"

"自很久很久以前开始，"宋点燃了带有银制小烟嘴的乌木烟斗，从一个盘着龙形图案的红色带盖茶杯里喝了几口茶，然后开始讲道，"一群残疾的、失明的以及有着各种各样的病痛的乞丐就在一位乞丐王的强有力的领导之下集结在一起。所有穷人都可以加入丐帮，但是他们更倾向于那些一眼就能看出病痛的人。有缺胳膊少腿、皮肤上生疥疮、瞎眼这些缺陷的人会被分配到收入最为可观的乞讨位置。乞丐王在整座城市里给他的属下均匀地划分了地盘，他们不可越雷池一步。哪怕是一条特别小的弄堂里也有固定的乞丐。这里的人施舍不是出于同情，而是出于害怕。因为我们要是拒绝施舍，他们就可能活不下去。怨恨的鬼魂会找上那些铁石心肠的人，用死去的乞丐生前的病痛来惩罚他们。所以一种病痛越令人厌恶，健康的人就越慷慨，乞丐的收入也就越可观。

"为了避免一些乞丐发财,另一些穷地方的乞丐却一整天才能讨到几枚铜板,每天傍晚,乞丐王会把白天的所得全部收起来,然后平分给所有乞丐。"

"这主意妙极了!"我兴奋地喊道。比尔却一直很厌恶那些烦人、肮脏、常常还生着危险的疾病的乞丐,他轻蔑地说道:

"乞丐王更该好好管管他的人。就像上周,一群乌泱泱的乞丐吵吵嚷嚷地围在刘泰新开的百货商场门口。不跟那些乞丐亲密接触,就没法进出商场。像这样的事情,乞丐王就不该任由它发生——您就把这个叫作'强有力的领导'?"他嘲讽道。

"您说的这个不是乞丐王的过错,他是深思熟虑之后才安排人去那里的。您想想看,新开了一家商场的商人、举办婚礼的新郎、安葬亲人的人家都是十分慷慨的,多花或是少花几美元对他们来说根本不重要。乞丐王可以大概算出他和他的人能借此机会讨到百分之几的钱,然后提前派一个中间人去告知自己讨要的微薄数额。如果协商成功,节庆的当天人们不会看到任何乞丐。要是遇上像刘泰这样吝啬的商人,或是新郎把价格压得太低,又或者办丧事的人家想一个子儿都不出就打发了丐帮,就会发生像您描述的那样的意外:乞丐们哀求着、呻吟着聚在门前,吵吵闹闹,让参加庆典的人都听不清对方的话。一部分宾客出于对肮脏的乞丐的害怕,根本都不敢走进屋子里去。即使最不通人情世故的人也明白了,这做东的人对穷苦的乞丐一毛不拔。他在熟人和朋友面前丢了脸面,这在我们这里是最令人屈辱的事情了。所以,跟乞丐尤其是跟他们帮派的首领——乞丐王搞好关系是很有必要的。"

"那么您觉得,乞丐王也能给我们提供那件外套的下落吗?"我怯怯地问道,心中充满了希望。没等宋先生回答,比尔却怒气冲冲地插嘴道:"你可以去找乞丐王,让自己在布满病菌的收容所染上腺鼠疫,我不介意。但是我不干了!你彻底疯了吗?你真的觉得能在乞丐手里找到外套吗?外套来外套去的!不值得再继续找下去了。你那可怜的马蒂亚斯没有外套也能康复,我敢担保他会的。你无论如何都要跟我一起回家,该放弃这场毫无意义的追猎了!"

我还从来没有见过比尔这么生气。我们向宋告别,他一脸惊愕地目送着我们。我一言不发地跟着比尔走出店铺,迎着凛冽的西风,骑车回家。

寺院里的乞丐

我又恼火又失望，又冷又生比尔的气。比尔在我前头快速地从下班高峰期的车流中骑过，把我甩出老远——我感觉有一里地远。他时不时地回头看我是不是还跟着他。但是当我们朝着"涌泉"方向骑过去时，我们之间的距离已经拉开太多了，以至于他对我产生了怜悯，下车等着我。

在我们祖母的时代，人们会在星期天下午乘马车去"涌泉"郊游。那是一眼位于几棵大柳树下的汨汨流淌的泉水，是个野餐的好去处。那时候，那座小庙还在未经开发的田野中间，远离城市。如今，城市已经包围了泉眼和寺庙。中国居民区里廉价的木质阳台外面钉满了花哨的广告牌，破旧的商铺和吵闹的街道围绕着还被留在原地的枯萎的柳树，树下的泉眼里漂着垃圾和废纸，俨然已经成了一摊臭水。还是经过比尔的提醒我才发现，这座小庙藏在一个狭长小巷的尽头，我曾无数次经过这里，却都没有注意到它。

"我们进去吧！"比尔建议道，"寺庙散发出一种让人平静、和解的光辉——我想，我们今天可以言归于好。"他补了一句，露出调皮的笑容。我们推着自行车从行色匆匆的中国人身旁走过，来到了铺着石砖的小庙里。

谁能想到,在城市中心会有一个如此漂亮的小庙?我又在心里问自己,为什么欧洲人要到汉口和北京去参观寺庙,眼前明明就有一个如此绝美的艺术品。

在铺着石砖的院子里,一个巨大的铜筒里燃着一大束香。院子两侧的小木屋里可以买到红烛、线香(那种散发出香味的细棍子就叫这个名字)和大把用锡箔纸做的纸钱。在傍晚时分渐渐变得暗淡的天空的衬托下,这座庙像一个黑色的剪影,显得越发醒目。雕着龙和其他动物形象的屋檐远远地伸展出去,气势磅礴,一眼看去仿佛要飞上天似的。借着蜡烛的微光,可以勉强辨认出从小庙内部延展出来的纹饰。我们拾级而上,绕过红色的柱子,跨过高高的门槛——这些都是必不可缺的,因为恶鬼只能走平地和直线,所以人们只要在路上设置一些他们无法越过的障碍,比如说一个高高的门槛,就能轻松地把它们挡在外面。

庙里的光线半明半暗,充斥着神秘的气氛。佛像前高高的供桌上铜制碟子里都点着蜡烛,它们冒出的烟雾和焚香产生的气味甜腻的烟云混在一起,仿佛给一切罩上了一层幽灵般的面纱。供桌前的石砖上趴着一个衣衫褴褛的女人,她用额头撞着地板,哭泣着,祈祷着,朝着木制的功德箱里扔了满满一把叮当作响的硬币,祈求得到被神化了的神像的帮助。她悲惨的哭声充满了整间屋子,不远处还有个吮着拇指的小女孩在等着她。不一会儿,小女孩也怕得大哭起来,和妈妈构成了一道和声,尽管两个人流泪有着不同的缘由。

我们轻声走到了外面,深吸了一口傍晚新鲜的空气,小庙前的广场欢乐热闹,人们正在那里愉快地闲谈着。比尔突然紧

紧抓住我的手臂,指向破败的房屋之间的一条小弄堂。

"你看见那个死人了吗?"他激动地问我。是的,我看得很清楚,那是一个冻僵了的人,这就是冬天的上海城市风貌的一部分。那无家可归的可怜人,被人用几张报纸草草地盖着。他没有家人,没人会按照旧俗将他安葬,也不会有儿子给他在坟前摆上祭品,没有牌位,没有人为他的灵魂安息而祷告。对于那些土生土长的中国农村人来说,这和客死他乡、无法埋进祖坟同样悲惨。他们信奉家族的永恒传承,只要家族还存在,并保持着对死者的纪念,这就是一根可以追溯到远古时代、并延续到永恒的未来的连续不断的链条。这些死在大城市里的、没有儿子可以在坟前上供、祈祷的孤魂野鬼又会怎么样呢?没错,链条就断在这里。所有曝尸街头的人都会在破晓前被残酷无情地装进政府的收尸车,然后被埋进简陋的公墓里。在这不眠不休的大都市里,人们没有时间为这些可怜人祈祷、上供。

他们真的没有时间吗?哦,不!这只是我们的错觉。在那个简陋的小弄堂里,突然亮起了一道闪烁着的光。我们马上就看清了,那是一个乞丐在死者的脚边烧一小捆纸钱。他跪在地上磕头作揖,为死去的同伴说着一些祷告的话。这个民族的人相信,人们在死者脚边烧掉的所有东西都能供他在另一个世界里使用,满足他在那边的需求。所以有钱人会给他们死去的亲人烧纸糊的仆人、马匹和房屋。像这样的穷人在地底下需要的东西就很少了,除了一些锡箔纸钞票,他们在那个陌生的遥远世界里还能用得到什么呢?这个乞丐大概觉得他的朋友去了一个阳光明媚的温暖国度,在那里用不着穿坏了的鞋,也用不着暖和的外套。所以他环顾了一圈之后，便迅速地把这些东西从他身上扒了下来，裹在自己冷得发抖的身上。接着，他又溜回到小庙广场上来，一边呜咽着、哀求着，一边挤进人群。

"赏这个饥饿的人一块铜板吧！先生，可怜可怜我吧！太冷了，我快冻死了！给我挨饿的小孩一点儿小钱吧！"

比尔把我拉到这个乞丐的背后，激动地指着他瘦弱的身板上那件大得晃荡的外套。

"你看到那三个洞了吗？这是枪打的！虽然上面打了补丁，这里甚至还可以清楚地看出血迹！把那个布样拿出来，看看它跟这件外套配不配！"他对我耳语道。

那片破布可能早就从我攥得紧紧的手指间掉出去了，我沮丧地盯着自己空空如也的双手。但是比尔的话马上就安慰了我。

"没关系，娜蒂。"他轻声说，"我很确定，这就是马蒂亚斯的外套。"

"先生！给一块铜板吧！"那乞丐又哀求着，把他的杯子伸到比尔面前，比尔厌恶地后退了一步。"我就要冻死了，先生，如果你不帮我的话！"

"混蛋！"比尔喝道，"你偷了你那可怜的朋友的东西，以为我们没看见吗？偷一个死人的衣服！呸！你这魔鬼！你穿着这件暖和的外套恐怕不太可能冻死，至少不会在死者的鬼魂因为你这无耻的行径来找你报仇、把你拉到那个世界去之前冻死！"

像被鞭子抽打了一顿似的，乞丐垂头丧气地转过身去。他可能正在生气，心想，为什么这些"白鬼子"丑陋的蓝眼睛什

么都看得到?

"把外套给我,"比尔又温和地劝慰道,"你朋友的鬼魂伤害不了我这个外国人。用这些去买一件新外套吧!"他递给乞丐一笔钱,乞丐的眼里燃起了贪婪的火焰。他迅速脱下外套,把钱塞进衬衫里,我怀疑他要把这笔钱交给"乞丐王"。不管怎么说,他现在兴奋不已,嘴里不断重复着感谢的话:

"愿千千万万幸运之神降临在你头上,伟大的先生!还有你,太太,祝你多子多福!"

我们忘记了寒冷和疲倦,所有不快都让位于一阵抑制不住的胜利的喜悦。虽然已经很晚了,我们还是大声聊着天、大笑着骑车来到了医院。

"马蒂亚斯!我们拿到你的外套了!"我兴高采烈地喊着,得意扬扬地在他面前挥舞着那件被弄得有点儿脏的衣服。他惊讶得瞪大了眼睛。

"是真的,"他终于开口了,"你真是个了不起的家伙!你是在哪里找到它的?我早就对再次看到它不抱任何希望了!我已经接受了它丢失的现实,在脑海中构思了上千封写给冯高山儿子的道歉信,因为受我委托寻找外套的警察几天前就告诉我,外套和自行车都找不到了。你却突然产生了寻找外套的想法,而且找到了!我从没想到一个像你这样的小姑娘竟然有这么强的好胜心,也不相信可以把这项似乎根本不可能由孩子完成的任务委托给你。真的了不起。"他反复说我了不起。现在我们得好好按顺序汇报一番了。我一边讲,一边拆下垫肩。棉絮,里衬,又是棉絮,但没有摸到遗嘱。

"但愿在我们之前没人把它们拆出来。"比尔有些害怕了,马蒂亚斯也默不作声地盯着我的动作。冯高山的夫人一定是个很有耐心的女人,她把遗嘱缝进去的针脚非常细密。我确信能找到它,因为如果有人在我们之前把它们拆出来过,那他一定花了很大力气来缝合垫肩!但是比尔和马蒂亚斯还是表示怀疑,他们全神贯注地盯着我吃力地拆开垫肩的动作。

"一切努力都白费了!我们不停地在城市里骑行,白白浪费时间,追寻的不过是一个幻影罢了!"比尔自言自语地嘟囔着,马蒂亚斯也点头附和。

但是我已经摸到了什么东西,感觉似乎是卷起来的纸。我任由这两个发牢骚的人在那里抱怨,小心翼翼地把这些小卷儿取了出来。

"喏,这是什么?"我得意扬扬地问道,一边大笑着,高高举起那些薄如蝉翼、上面写着极小字的纸。

"是遗嘱!蕾娜特!"马蒂亚斯喊道。他把我拉到身边,感激地和我拥抱。这一刻,我觉得所有的辛苦都是值得的!

现在只剩一个问题了,在马蒂亚斯恢复健康、能把它们送到接收人手里之前,这些文件保管在哪里最好。

"您可以把文件放在我家的保险箱里,或者我父亲的银行里,一定非常安全。"比尔建议。但马蒂亚斯表示感谢后拒绝了。

"虽然你们俩是朋友,"马蒂亚斯说,"但是我们的民族属于敌对阵营,尽管在这里还察觉不到。我不相信这种和平的景象。我觉得你父亲不会愿意保管我的文件的,即使他知道这里面是冯高山的遗嘱。"

马蒂亚斯说得没错。在上海,我们太轻易地忘记了战争,

忘记了我和比尔按理说并不应该和对方打交道。虽然我俩是最好的朋友，在所有事情上都完全合得来，一场战争却在我们这两个半大孩子的人生中划定了无法逾越的界限。所以必须给马蒂亚斯的文件找个别的藏身之处。我脑子里突然冒出了一个绝妙的、虽然有点儿幼稚的想法，我犹豫不决地告诉了他们俩。

"这段时间以来，我们把我的帐篷作为'大本营'。我们在那里制订计划，每天都在那儿见面，以便从帐篷里神不知鬼不觉地通过花园围墙上的小门溜出来。除非有人像比尔之前那样爬上围墙，否则从外面不可能看得到帐篷。从花园这边也只有知情的人才能找到它。帐篷里有我的'藏宝箱'，它不是敞开放在外面的，而是好好地埋在地里，上面还铺着我缝制的坐垫。我想，没人会猜到冯高山的遗嘱藏在一个儿童游乐帐篷里。即使有人搜查了帐篷，把里面翻个底儿朝天，也找不到它。我想把文件保管在那里！"

再三考虑之后，我们决定就把文件放到我的藏宝箱里，直到马蒂亚斯能自己保管它、把它送走。当然，眼前的这件事我们无论如何都无法预测。马蒂亚斯大概也没想到，这是他最后一次把这几份珍贵的遗嘱拿在手里了。

新年舞会邀请

一天早上，一阵轻微的隆隆声让我睡得很不安稳。半梦半醒之间，我听到我们的下人一遍遍地相互耳语道："大场开战了！大场开战了！战争爆发了！""不，不，"我下意识地反驳，"是远处在打雷。他们现在怎么总是只想着战争？"这时，我突然惊醒了！我在昏暗的晨光中侧耳倾听，又透过大开着的窗向远方眺望。河上又传来了隆隆声，乌云密布的天空中清晰地折射出一道亮光。就在这一瞬间，阿妈推开了门，啜泣着搂住我。"大场开战了。"她哭着说道。自从日本人偷袭了太平洋上的美国舰队基地珍珠港，战争一夜之间在日本和同盟国之间爆发。日本要求敌对国交出它们停泊在上海港口的船舶，只有一艘小型英国炮舰进行了抵抗。它开炮反击，在这英勇的战斗之后熊熊燃烧着沉入黄浦江的波涛里。

上海的十二月八日就是这样开始的。这是一个发生了许多事件的日子——日本人在这一天占领了公共租界，接管了城市管理权。白人们在这一天失去了他们在中国的优势地位。被雨淋湿的街道上又传来了路过的日本军队沉重的脚步声。

"还会发生什么？"中国人和白人都自问道。

但上海是一座令人感到不可思议的城市，这里的居民在经

历了这么多年的动荡不安之后,学会了如何重新适应新的生活状态。最初的担忧过后,生活又滑回正轨。人们习惯了日本的巡逻岗哨,尽力避免与这座城市新的主人发生任何摩擦。但是,以红色的臂章为标记的"敌人"现在在城里也还能自由地走动。① 据说所有同盟国的人都将被关押起来,没人知道这个流言到底有几分可信。不确定性越大,人们就越发紧张不安,尤其是圣诞节马上就要到了。

跟往年一样,这个时候家里总是飘着圣诞果脯蛋糕和蜂蜜蛋糕的香味,我和芭芭拉则会在阿妈好心的指导下给爸爸妈妈做手工礼物。有一天,正当我们勤奋劳作之时,阿妈冲进房间,手里晃着一封厚厚的信。我打开信,她就站在我面前,把胳膊撑在桌面上。终于,她再也忍不住自己的好奇心了,开口问道:

"那个送来这封信、在楼下等你答复的小伙子是谁?我还从没见过他来家里呢!"

我还没来得及回答,芭芭拉就叫道:"比尔·霍普金斯!"她越过我的肩膀看到了这封信,既好奇,又嫉妒得要命。"他为什么邀请你参加新年舞会?虽然你连跳舞都不会,而且对于舞会来说年纪也太小了!好吧——"她自我安慰道,"反正妈妈不会让你去的,她会派我去。这显然是个误会,把名字搞混了。我今年上了舞蹈课,现在已经是'圈子'里的人了,你至

---

① 1941年12月8日,日军占领上海租界后,宣布英美等同盟国侨民为敌国侨民。1942年10月1日起,敌国侨民凡满13岁者均须佩戴红色臂章,不得进入戏院、电影院等公共娱乐场所。1943年1月,日军在上海正式设立盟国侨民集中营,关押英美等十余国侨民六千多人,直到1945年8月日本宣布投降。——译者注

少还要三年才能这样呢。"

"你已经接受了勃兰特先生和勃兰特太太的邀请,"阿妈语气坚决地插嘴道,"所以你无论如何都去不了霍普金斯家。"

"哼!勒内·勃兰特那小子,我会给他寄一封理由充分的道歉信。我怎么能拒绝比尔·霍普金斯的邀请呢?绝不可能!他可是我们全年级女生爱慕的对象。"她拿着那封写给我的信,高兴得在房间里欢呼雀跃。"哦,她们该多么羡慕我啊!妈妈该多么为我骄傲啊!一封霍普金斯家的邀请函!!"她欢呼道。

"可是我……"我犹豫道,"我……"

"我什么我!!"芭芭拉打断了我,"你难道不明白吗?人家根本不是冲着你来的,而且你年纪也太小了。"

面对着芭芭拉和妈妈,我从来都无计可施。她们的劲头实在太足了,在这样的争论中,我无论如何都是错的。因此,我必须接受芭芭拉替我去参加舞会并获得一条新裙子这种安排,这正是因为我年纪太小——我和比尔是朋友所以他才邀请我,这根本无所谓。芭芭拉和她那些女伴们多么爱慕比尔,在这件事上似乎也无关紧要。真可惜,我曾那么期待这场舞会!

"这件事不该由芭芭拉决定,"之前一直默默倾听着的阿妈突然插话进来,"我先去问问先生太太,然后我们再看蕾娜蒂到底是不是不能去舞会!"她真是个忠厚的人,总是站在弱势者一边。

幸好比尔对我们姐妹之间的争吵一无所知。他平静地接受了我暂不确定的答复,并邀请我和他一起去为圣诞节购物。为此,他今天还开了车来。

"今年我想给父母送一些特别漂亮的东西。"他平静地说道,"谁知道在接下来的很长一段时间里,这是不是最后一次让他们高兴的机会了。我打算用课后辅导赚的零花钱买个中国艺术品。"

"你疯了,"我大笑道,"如果你们被关起来,你父母又不能把艺术品带进去。还是送他们一把躺椅或者一些罐头更为明智!"

"哈,你的脑子里永远都是一些实用主义的想法!"比尔反驳道,"谁知道我们会不会真的被关起来呢!我们还有足够长的时间可以互相赠送一些实用的日常物品。不,我就要大手大脚一回,用我的存款买一个真正漂亮的礼物送给父母。你得帮我挑选!"

在古董店里翻找时,一个我此前知之甚少的世界浮现在我面前。中国人从不吹嘘他们的宝贝,不论那是一笔新得的财产还是一件举世惊羡的、有着几千个年头的艺术珍宝。就像在冬天昂贵的水貂皮和紫貂皮仅仅被他们用作皮衣里料那样,他们的艺术珍品也被谦虚地藏在店铺深处,只有当他们认为买主看上去是个识货之人、并带来了足够的现钱时,才会把它拿出来。走马观花的游客只能看到那些寻常的"中国风工艺美术品"——五彩斑斓的瓷器、闪闪发光的漆器、花里胡哨的丝绸衣裳、雕花浮夸的木匣子——因为这些人只想要那种典型的旅游纪念品。要买到真正的古董,得在成交之前跟老板聊上几个钟头呢,他们没有时间、也静不下那个心。比尔和我一样,在中国出生、长大。他深谙此道,知道要跟老板聊家庭、聊天气、聊世界形势,直到老板非常不经意地报出价格。比尔也同样在不经意间还价,并继续谈论日常琐事。如果他不讨价还价就接受老板第一次的报价,那他在老板眼里就会成为一个蠢货。我们在一个象牙雕成的帝王印玺和一个小型青铜三足鼎中犹豫不决。铜鼎上光彩夺目的绿色铜锈和凹凸起伏的浮雕把我们迷住了,我还从来没有见过这种东西呢。我的内心因为紧张而颤抖着:比尔会选择哪一个?他却还在让老板给自己展示别的东西:陶土马,陪葬俑,然后是一个半宝石制成的蜻蜓胸针——他为他妈妈买下了。最后,他终于以一个砍得很低的价格买到了那个绿色的小铜鼎。它被装进一个饰有丝绸的锦缎盒子里,这个盒子本身也就是一件小艺术品了。我们心满意足地回家了,这真是一个愉快的下午。

家里却笼罩着一种暴风雨来临之前的气氛。不等任何人开口说话,我便已经感觉到了那种紧张氛围。妈妈、爸爸和芭芭拉坐在客厅的壁炉前,壁炉里的木柴烧得噼啪作响、火花四溅,鲜红的一品红——光彩夺目的"圣诞之星"[①]——在地上的一个青花瓷花盆里盛开着。虽然布景如此漂亮,房间里的气氛却让人浑身不舒服。

"你去哪儿了?"妈妈严厉地问道。我详细地向她汇报了我的行踪。妈妈看上去很生气,因为她此前竟然对我和比尔的友谊浑然不知。她为我这种幼稚的、故弄玄虚的行为狠狠责骂了我,接着,爸爸也好生教训了我一番,指责我凭一己之力寻找马蒂亚斯的外套是不负责任的行为。

"我今天才头一回从马蒂亚斯那儿听说这件事。事后,每当我想到你们当时可能遇到的危险,我就怕得头发都竖起来

---

① 一品红,大戟科大戟属植物,又名圣诞星,是在圣诞节用来摆设的红色花卉。——译者注

了。在这之前我一直以为，我们不仅是你们的父母，还是你们可以倾吐秘密的朋友。但我却遗憾地看到，我看错你了！"他激动地说道。我该怎么向爸爸解释，我只是想证明自己有多勇敢；当时我突然之间就被卷入了这场冒险，在找到外套、把遗嘱交到马蒂亚斯手里之前根本没法再回头了。危险？我们有没有考虑过危险，哪怕只有一刹那？没有。我们兴奋地投身于诱人的冒险之中，觉得自己一定能事事顺利、达成目标。为什么爸爸偏偏不懂我了？我伤心地哭了起来。

"你不过是想给马蒂亚斯留个好印象，"芭芭拉幸灾乐祸地说，"但他不过把你看作一个傻丫头，而你确实也就是！一个人怎么能把自己搞得这么好笑！"

"我最想知道的是，比尔·霍普金斯怎么会想要和你一起去找那件外套。你是怎么认识他的？"妈妈急切地盯着我。

这些没完没了的问题让我十分不快，我的倔劲儿一下子就上来了，对爸爸妈妈的忍耐到了极限。

"我老早就认识比尔了，"我小声答道，"从一起在帐篷里野餐开始、从青少年网球冠军赛开始就认识了。"我咬着自己的嘴唇，以免自己再次哭出声来。

"那么舞会的邀请是给你的，而不是芭芭拉？"爸爸问我。我点了点头。

"既然如此，"他继续说道，"我觉得蕾娜特应该接受邀请。我们得赶快给她买一条长裙，这小丫头还得去上几节舞蹈课，免得到时候出洋相。她人生的第一场舞会应该留下一个愉快的回忆。不许再搞什么危险的冒险活动了，听见了吗？"他朝着我的背影喊道，而我已经高兴得又哭又笑地跑出了房间。

泪水中结束的庆典

对于这风云变幻的一年来说，霍普金斯家的大型新年舞会在各个层面上都是一个隆重的结尾。朋友们抛开各自的国籍，再次欢聚一堂，容光焕发地庆祝这个即将属于过去时代里的最后一次辉煌庆典。在这个傍晚，每个人都随心所欲、恣意纵情。"快活""遗忘"和"嘲笑命运"是晚会的口号，藏在朦胧面纱背后的早晨和新年以及对未来的忧虑在这里没有容身之地！

妈妈为我人生中的第一次舞会选了一条浅紫色的晚礼服。它剪裁简洁，无袖，领口紧贴在脖子上，侧面的一条天鹅绒带子是这条蓬蓬裙上唯一的装饰。当我走进灯火辉煌的大厅时，我的心情激动不已。

"你看上去迷人极了！"比尔把我介绍给他父母时对我耳语道，"你能来我真高兴！"

比尔的父母像跟自己的小女儿打招呼那样向我问好，这让我立马产生了一种宾至如归的感觉。谁能想到，这位白发苍苍、和蔼可亲的父亲，就是那个令人闻风丧胆的尖刻银行家？他挽起我的手臂，对我说："我尤其偏爱衣着品味像您这样高雅的漂亮年轻女士。让我们一起给舞会开场吧，哪怕一些

年长些的女士会因为我偏偏挑选了一位最年轻的女士而感到不满。来吧,亲爱的!"

我高昂着头,心脏怦怦地跳着,穿过站在两旁、用审视的目光打量着我们的人群走向舞池,仿佛我生来就是专门在一位白发苍苍、保养得当的银行家身边给舞会开场似的。

"您的第一场舞会?"在我好几次笨拙地踩到他的脚以后,霍普金斯先生问我。"不要紧,"他愉快地笑道,"凡事皆有第一次。不过您应该多跟比尔跳一跳,他很快就会教会您的!——这个古怪的调皮鬼。"当他看到比尔在隔壁房间时,又摇着头补充道,"他老是像匹小马驹一样顽皮、胡闹,然后又整天苦思冥想那些大人都无法解答的问题。真想知道他今天又要搞什么新花样!您去跟他跳舞吧,让他高兴点儿!"

我却根本没有去。一支舞刚一结束,我马上就被人邀请跳下一支。我跳着,听着耳边那些恭维的话,直到我的脚都疼了。我真的说过跳舞很可怕、我永远都不会喜欢跳舞这种话吗?这个晚上,我的想法完全变了。随着时间的推移,人们都越来越开心、越来越喧闹。我从来没有这么开心过,不知疲倦地跳着、笑着。是的,这是我参加过的最棒的庆典。

突然,我看到了比尔。他显得多么苍白可怜啊!一位漂亮的年轻姑娘站在他身旁,但是他看上去根本没在听她讲话。他的思绪似乎已经飘到了天边。

"哦,蕾娜特,你来了,真是太好了!"我走了过去,把他吓了一跳。他把那个姑娘晾在那里,挽起我的胳膊,把我带到他的房间里。

"在下面说话会被人听见的。"他向我解释带我离开的原因,"我得跟你说一些特别重要的事情。你知道吗,明天我们就要被关押起来了!你别那样看着我,好像觉得一切又不过都是流言而已!我的消息来源绝对可靠。几小时后的明天下午,第一批人就要进集中营了。我们也在名单上。"

"这不可能,比尔!"我难以置信地反驳道,"他们得给你们时间,让你们把自己的事情安排好,规划好将来,还要为行李打包!"

"在战争中,一切皆有可能。为我们考虑是不存在的。但是我要告诉你:我不会让自己被关押的!我像马一样辛辛苦苦地在学校里学习,跳了一级,准备参加中学结业考试,这些是为了什么?只是为了比别人更早上大学,比他们更早自力更生。我会任由自己的全部规划被打乱、在集中营里蹉跎数年之久吗?哦,不!没有哪个日本人能把我关到铁丝网后面!别的白人不得不在日本人面前卑躬屈膝,在这些亚洲人面前'失去颜面',真是够了。我要逃走了!"

他的话让我震惊不已。我暗自钦佩他的勇气,但更多的是对他的计划感到惊讶,也为他担忧。

"你知道,城市边界上都有守卫,没人能神不知鬼不觉地经过那些岗哨。就算你克服千难万险成功逃出'绿色边界',作为白人,你在中国人中间总会显得很可疑的。你连无锡都到不了,更不要说重庆了!"

"哦,不会的!"他很自信,"我的计划很灵活,也很完善,它已经被反复考量和讨论了很多天,除非特别倒霉才有可能失败。我和溥福连着好几夜把正反两方面的所有因素全部权衡过了。"

"溥福那个老滑头也知道这个危险的计划?你为什么不在你家的朋友里面找一个更可靠的人?"我对他这种鲁莽的行为十分愤怒,但是比尔却不为所动。他非常确信自己的计划能够成功,任何异议都不能使他动摇。

"溥福是只见风使舵的狡猾狐狸,但是谁若是想让他俯首听命,那可就要失算了。正如我所料,他在这个城市的新主人那里有点儿门路,也正是从那里得知了我们明天要被关押起来。虽然他也许非常乐于看见白人消失在铁丝网后面,但是如果能避开新主人把一位'敌人'偷送到重庆,他也会同样很得意的。毕竟他是个中国人,每个外国人对他来说都是入侵者,无论什么肤色。我们转瞬之间就变成了受压迫的人,这就是他为什么更愿意帮我们而不帮助日本人的原因。也许明天就又要反过来了,谁知道呢?"

"这样的一个人,你竟然把自己托付给他?你疯了吧!"我愤怒地叫道,"你在路上会遇到什么?!如果带你去那里的人对你给他的报酬不满意,他有可能向日本人出卖你的,这个国家里现在到处都是日本人的阵地。他还有可能骗你,在你遭遇不测的时候卑鄙地抛弃你!你怎么能这么孩子气,这么鲁莽呢?"

"这些我都想到了。我把带路的钱交给了溥福,他现在只给那个带路人付一半的钱,等他得到我从重庆传回的消息后,再付另一半。很简单,不是吗?"

"即使这样,也是瞎胡闹。"我固守自己的看法。但是,突然有一个绝妙的主意从我脑子里冒了出来,我说:

"你得带上冯高山的遗嘱作为护身符!如果路上遭遇了什

么不测,你还能指望那些忠于重庆政府的中国人,他们会看在这些文件的份儿上帮助你的。冯高山在他们当中声望很高。我现在马上回家取遗嘱。"

比尔推辞了一下就同意了。我把遗嘱从它们的秘密藏匿之处拿出来,最后用细密的针脚把它们缝进了一件比尔买来出逃时穿的中式夹棉菱格衣裳里。冯老夫人若是见了我的针脚,也一定会夸上几句的。

同时,我还给比尔剪了头发,把他的金发染成灰黑色,用绿色的核桃皮把他的脸和手涂成了浅棕色。这样一来,即使从近处看,他也像个真正的中国人。黑色的裤子刚好紧紧包住他的脚踝,他脚上穿着一双粗糙的布鞋,上面紧紧系着草编的鞋带。没错,比尔在短短的时间里变成了一个"去乡下探亲"的"穷苦中国人"。

楼下传来了迎接新年的欢呼声、祝贺声和碰杯声。我们打开窗户,向夜色里仔细倾听着。凛冽的风挟着午夜的钟声,从荒凉的田野上空轻轻掠过。

"下雪了。"我小声说。

"这意味着新年的幸运,奈特。你和我可能都需要这种幸运。"

"我们还会再见面吗,比尔?"我踌躇地问道。泪水模糊了我的眼睛。

"当和平到来之时,我们总有一天会在什么地方再次碰面的。但是这恐怕需要很久。你要勇敢,在我到那边之前,不要把我出逃的事告诉任何人,包括父母。你会得到我的消息的,如果我成功的话。小印第安人不准哭!"他把手臂放在我的肩

膀上,轻声说道。

"现在我必须走了,毛佬已经在下面等我了。好好去跳舞,不要让别人看见你的眼泪。在我远离这里之前,不能被他们察觉到,甚至不能让他们从你身上想到我。再见了,奈特,不要忘了我!"

他大步跑出了房间。我大声抽泣着,把脸埋进手掌里。

手帕里的消息

即使是最绝望的冬天,也总有一天会结束。我家院子里高大的樟树茂密的枝叶间,鸟儿又开始了动人的叽叽喳喳声。空气中充满了花香,城外水渠旁的柳树长出了绿色的新芽。绵羊似的洁白云朵在蔚蓝色的天空中俯瞰着田间辛勤劳作的农民,他们每天早上都把晃来晃去的马桶提到地里,把里面恶臭的粪尿均匀地撒在萌出的禾苗上。我爱春天,但是在这个春天,我孑然一身,无比孤独。

比尔的出逃引起了巨大的轰动。报纸上用长达数行的文字报道了这一事件。整个城市都被搜了一遍,所有可能的藏身之处都查过了,却一无所获。日本人猜测比尔的父母知道内情,在集中营里十分恶劣地对待他们,逼他们坦白。但比尔还是消失得无影无踪。没有人能容忍自己出丑,更不要说是一个被委派了关押敌人大任的军官。他被调任、降级,最后上了战场,才挽回了一点儿作为日本人的颜面。我多想用比尔的好消息来慰藉霍普金斯老夫妇啊,但是我自己也还没等到这个消息呢。所以我只能偶尔邮寄一些包裹给他们,来缓解他们艰苦的集中营生活。

夏天几乎没有经过任何过渡就来临了。闷热的空气又笼罩

在城市上空，无情的烈日灼烧着布满灰尘的街道。在穷苦百姓造型单调的蓝色亚麻长衫中间，混杂着穿着讲究的中国女人鲜艳夺目的丝绸衣裳。这些过于苗条的、保养得当的女人烫着卷发，化着像欧洲女人一样的妆容。她们穿着精致的高跟鞋，容貌美丽，引得路人不断回头。她们的男同胞可就没那么吸引人了。他们的白衬衫在裤子上面荡来荡去，有时还把衬衫撩起来，用扇子给自己扇凉。这些男人当中更穷的那些甚至只穿着裤子，他们大声吆喝着穿过街道，扛着重物，或拉着黄包车。卖冷饮和汽水的商贩忙得不可开交。

没过多久，今年的第一次台风就来了。

傍晚时分，落日就把天空染得如此炫目，哪怕没听过天气预报的人也知道，暴风雨要来了。在它到来之前，简朴的人们为了尽可能地多逃离一会儿屋子里令人窒息的闷热而躺在放在街道上的竹榻上。他们摇着扇子闲聊，和巡夜的更夫一起融进城市的夜景。更夫穿过大街小巷，用两根长长的竹棍子相互敲打，老远就提醒小偷们自己即将到来，给他们机会，让他们在更夫抓住自己之前停止那可耻的勾当。突然，起风了。尘土、纸片、垃圾在狂野的旋风中飞到街道上空，在空中乱晃，最后又掉回到地面上。这是对睡在大街上的人们的一个小预警，他们马上匆匆把床和小孩搬回屋里，关上门窗，然后仔细倾听着黑夜里的动静。第一滴雨点也已经落了下来，很快，最狂烈的暴风雨就赶到了城市上空。现在，被风掀起的瓦片和篱笆到处乱飞，高大的老树被连根拔起，砰的一声倒在草地上。狂风卷起下水道里的流水，整条街道都被淹没了。

我们坐黄包车去上学的路上，心里就开始期待穿过这泥泞的洪流放学回家的路途了。但是放学时,我却没有等来我家的王车夫。我不得不找一辆公用黄包车回家。

"小姐!坐我的车吧!靠垫漂亮又干净!"所有苦力车夫都异口同声地殷勤招揽着生意。"半价了,小姐!"我听见一个声音,我心中不由得暗自嘲笑起来!没错,半价,谁会相信他的话?这些狡猾的家伙常常把车拉到水最深的地方,然后涨价两到三倍。客人要么付钱,要么就只能在苦力车夫的嘲笑声中蹚过积水走到干的地方去。

"小姐!坐我的车吧!我免费拉你!"一个家伙喊道。为了让我在一群人中注意到他,他挥舞着一条红色的手帕。在这么多根本没法当真的诱人报价中做出正确的选择可真不容易。我突然愣住了。那条红色的手帕,它看上去跟那条我很久之前送给比尔的手帕出奇的像!

"给我看看你的手帕!"我对那个苦力车夫说。他毫不犹豫地把手帕递给了我。这是我的手帕!尽管已经变得很脏了,我还是辨认出了我名字的首字母!这家伙怎么得到我的手帕的?我自问道。比尔把它弄丢了吗?他是不是遭遇了什么不幸?我恐惧地看着那个苦力车夫的脸,然后认出了——毛佬!

"来吧,小姐!上来!"他用低沉冷静的声音请求道。出于对他带来的消息的好奇,我强忍着厌恶上了这辆肮脏的车。毛佬拉起车子的顶篷来挡雨,又小心翼翼地把一块油腻的帘子挂在车厢前。然后,他一边用平稳的步子拉着车子穿过泥泞积水,一边不停地跟我讲话,就像很多苦力车夫对他们的乘客所做的那样。我听他讲了新年夜里那次冒险的出逃,多亏了那场雪,他们神不知鬼不觉地从岗哨旁边溜走。他们继续逃

亡,乘坐老式帆船走了很多水路,那是一种很高的船,上面有红色或棕色的、用草席做成的帆。有时候也徒步或者坐驴车。但是有一天,他们意外地来到了一个被日本人占领的村庄,逃跑已经来不及了。因为他们没有带证件,比尔的"圆"眼睛看上去又非常可疑,所以他们俩被关进了牢房。每天唯一的食物就是冷米饭和绿茶,把两个犯人饿得只剩一口气。直到一天夜里,村子里发生了火灾。

"我认为那是最好的时机,"毛佬讲道,"可以趁乱逃走。但是那位年轻的先生太虚弱了,怎么好言相劝,甚至骂他都没有用,他打算就死在那个破烂牢房里。这时牢房已经摇摇欲坠了,我不用花什么力气就能把那铁栅栏打开逃出去!我当然不想死!相反,我想活下去,并且尽快回家。当然——"他歉疚地说道,"溥福还没把全部的钱付给我呢!难道我没有尽我所能帮助那位年轻的先生吗?难道我没有为了他把生死置之度外,像父亲一样地照顾他,一直来到离目的地不远的地方?难道我还要为了他白白丢掉性命,尽管现在有一个这么好的机会可以逃走?他到底为什么没有跟我一起走,我一遍遍地问自己。不,小姐,这根本不是我的过错,我很生溥福的气!过后我会毫不客气地去把他数落一顿的!卑鄙地侵吞我应得的钱!如此无耻地利用一个像我这样的穷人!要让他看看我的厉害!"为了强调自己这番大言不惭的话,毛佬向积水中啐了一口痰,然后一言不发地继续小跑向前。

毛佬为自己开脱罪责的这番话,我一个字也不信。他弃比尔于不顾,说不定还很高兴能够摆脱这个负担了。我相信这个毛佬能做出任何坏事,我当初对他和溥福的怀疑现在全都清清楚楚地被证实了。这两个不可靠的无赖，比尔真不该相信他们。为什么我当时没有更有力地劝说比尔放弃呢？我绝望地问自己。但是现在一切指责都已经太晚了。谁知道他经受了多么可怕的厄运！我独自小声哭泣着，差点儿用比尔的脏手帕擦眼泪。啊呀，可是毛佬是从哪儿得到这块手帕的？我得问问他。

"哦——"他拖长了声音回答道，"这是一个帆船船长给我的，他昨天从南方给我带了一些货。他说，他要把这块手帕带给上海的一个白人小姐，但是却忘记了她的名字和地址。这个蠢货。他觉得我肯定认识很多白人，能找到那位小姐，所以就把手帕给了我！哼！这些乡巴佬，'水老鼠'，他们根本就不知道大城市是什么样的！他们生在船上，最后又死在水上，只有迫不得已时才会上岸。他们对乡村生活和城市生活都不了解。现在，这个蠢家伙竟然觉得，我能在成千上万的白人里找到这块红色破布的接收人！"他自顾自地轻声笑了起来，全然不知，他早就找到了它的主人！

回到家，我急匆匆地跑进我的房间，用颤抖的手拆开手帕的缝线。我知道，比尔的问候来了，而且是从一个活着的比尔那儿传来的！拆了几下之后，我找到了一个薄如蝉翼的纸条，费了好些力气才辨认出那几行模糊不清的字迹：

小印第安人：

我到目的地了，你的护身符发挥了神奇的效果！我被人从一个军队交到下一个军队，作为那几份重要遗嘱的运送人，在所有地方都得到了非常友好的招待，直到遗嘱的接收人向我表达了欢迎的问候。自然而然地，他们继续帮助了我，所以我明

天就能飞回国了。向我的父母问好，如果你还能给他们传上话的话。保重好自己，直到和平再次到来，我们再次相见。

你永远的朋友B.

　　和平什么时候才会再次到来呢？这里的人们在街上挖了一些防空洞和可供一人藏身的洞穴，很快就被居民当作垃圾沟使用，成了颇受硕鼠们欢迎的游乐场。对空防御、街道封锁和防空演练日夜进行，人们做好了持久战的准备，为了胜利顽强地战斗着，然而赢得胜利的却是对方。

告别老家

三年后，美国人进了城。尽管经历了空袭，欢迎他们的依然是一个繁华的、生机勃勃的城市。藏起来的储备重见天日，店铺里摆满了全世界的好东西，价格高得令人眩晕。"黑市"生意兴隆，美元滚滚流动。人们饮酒、大笑，一遍又一遍地庆祝胜利。

但是，灯光越耀眼，影子也就越清晰。我们输了。我们现在成了不受法律保护的人，不受保护地受到所有专横的对待，被迫品尝着战争失败的恶果。流言又一次像剧毒的野草般蔓延开来，人们又开始谈论驱逐出境和集中关押，只不过这一次对象成了我们自己。

当其他人庆祝胜利之时，我们的家却成了士兵的宿营地。六个中国士兵和一个陆军上尉将在我们家住一段时期。他们表现得好像自己才是这个家的主人，检查我们出入，搜查我们的包袋，以防我们把什么贵重物品带出房子。他们不在意妈妈的眼泪，懒洋洋地倚在她的锦缎沙发上，在任何他们有兴趣的时候随时使用浴室，还洋洋得意地穿着爸爸的内衣。

"我再也受不了了！"妈妈啜泣道。她得了偏头痛，躺在床上，我们想知道，我们该怎么办！

关于我们即将面对的变化的更多消息渐渐传开。有一天，芭芭拉建议说，我们至少应该把妈妈的首饰偷运到外面去，托付给中立的朋友。

"只允许我们携带必要的衣物，所有其他东西都必须留下来。只要还有可能，为什么我们不试着挽救一部分呢？"她问道。我们考虑了很久，应该在众多熟人当中选择谁。在我们不幸的时候，谁还能站在我们这边，还能记得爸爸做过的那些善举呢？我们正在经历人生中第一次苦涩的失望。

"你明白的，蕾娜特。"拒绝的话往往这样开始，我已经知道接下去会是什么了。人们害怕跟我们这些被驱逐的人发生任何联系。我们常常被拒之门外，或者受到冷冰冰的对待，以至于我们甚至不敢说出自己的请求。于是我建议芭芭拉，到溥福那里去碰碰运气。他那时曾帮助了比尔，也许……当我从帐篷里溜出小门时，我心中怀着一点小小的希望。

在他家门前的大街上聚集着一大帮人。花园的大门敞开着，警察举着刺刀，从容不迫地在门前踱来踱去。当溥福双手铐在背后、被粗暴地推进警车里时，人群中发出一阵窃窃私语的声音。为了不错过这令人激动的一幕，凑热闹的人们伸长了脖子。我无比震惊地目睹了这一切。溥福本身跟我一点儿关系都没有，但是看见他的脸被打得青一块紫一块的，双手铐在背后，被人推来推去，还是让我十分愤怒。我试图用他是个无赖的想法为警察辩白，也许他招摇撞骗得太过分了，只有把这样的土匪关进监狱里才是合情合理的。但是，这种想法并不能完全说服我。溥福真的应该像人们议论的那样，因为他与日本人的合作被处死吗？就像这些天发生在所有日本人的朋友身上的那样？

"嘘！小姐！喂！"一个声音在我身后低声说，把正在沉思的我吓了一跳。我转身一看，是那个男仆，我和比尔第一次拜访溥福时曾给过他一个银圆。

"小姐！跟我到房子里来！我有重要的事情要告诉你。那里已经没人了。请过来吧！"他央求道。我跟着他穿过漂亮的花园，来到这座大房子里，再次惊叹于里面的艺术珍宝。如果想一想，这些精美的东西是通过什么肮脏的手段攫取来的，这些财富只会令人厌恶。但是，我马上就要完全改变自己的想法，为自己的鄙视羞愧得无地自容！

"小姐！一切都搞错了！"男仆带着哭腔，用一种英文和中文混杂的难懂的语言说道："他们抓错了人！溥福先生是个好人，小溥先生做的那些招摇撞骗的事和他一点儿关系都没有。他这个弟弟走私鸦片，造了很多孽，是个没用的废物！这家伙太坏了，小姐。总是走上邪路，总是在警察那里惹麻烦。我的好主子在父亲临终前许诺过要照顾小主子，不得不一次次地帮助这个不停捅娄子的家伙！他弥补弟弟做下的蠢事，给警察很多钱赎回他的弟弟，他辛勤工作，小先生却挥霍无度。小先生当然也和日本人一起喝过酒，现在应该是他被抓起来才对。但是警察只问'溥先生'，因为小先生已经消失得无影无踪了，所以他们就把我的好先生抓走了。啊，小姐！先生可不能无辜地被判处死刑啊！帮帮我吧！我该为他做些什么啊？"他哀叹着，泪水一股股地在脸上流过。

我自己也惭愧得快哭了。初次拜访时我不就有一种感觉吗？觉得溥福不可能是个无赖、土匪。他似乎扮演了一个有教养的土匪的角色，让我产生了怀疑，并最终相信他跟那些强盗

是一伙的。

"待在家里，好好保护这里。"我对这个绝望的仆人说，"我会找朋友帮溥福。也许会有用的。"

我骑着自行车，穿过密集的车流来到外滩，一条宽阔的江岸街道。因为我脑海中的许多计划似乎都只有一个执行者。"我必须去找老霍普金斯先生！"我对自己说，"他是唯一一个可能帮助我的人。溥福帮助过比尔出逃，还有什么比把这个善举告诉霍普金斯先生更好的主意呢？"

"霍普金斯先生今天不会客了。"银行经理接待室里，戴着眼镜、身材瘦削的女秘书冷着脸想把我打发走。霍普金斯已经被放出来好几个月了，他现在又回到了原来的银行里工作。

"但是我必须跟他谈谈，"我坚持道，"是生死攸关的事！"

"哼，小孩！别胡说八道了！每个上门兜售的小贩都挤进这里来，声称自己的事生死攸关！别以为我是个傻子，您最好在我让人把您赶出去之前自己离开！"

我吃惊地看着这个人，然后低头看了看自己——我手里还紧紧抱着妈妈的首饰箱。我不由得大笑起来。她是因为这个首饰箱把我当成一个兜售的小贩了吗？

"您误会了，小姐。"我边笑边说，"我见霍普金斯先生是为了私事，我叫蕾娜特·彼德逊，请您通报一下。"

她总算犹豫着满足了我的愿望，很快，我就坐在了那位白发苍苍的先生对面。在说出我的请求之前，我简短地跟他讲述了家里的事和我们在战争期间的境况。他第一次听到比尔逃亡时的细节，以及溥福在其中扮演的角色。最后，他说道：

"跟敌人合作现在是死罪，也没有足够的时间去验证那位家仆说的话是否真实。我会看看，能为这个帮过我儿子的男人做些什么。但是您不要抱太大希望。战争期间和战争结束后一段时间里的规矩跟平时不一样。但是，您得快点儿告诉我，您自己的情况怎么样？！您家里有士兵宿营？您母亲生病了？这真是太不幸了！"

我的目光突然重新投向我的小箱子。我鼓起全部的勇气，请求霍普金斯先生保管和保护这个箱子，直到我们能够再次安全地、不被打扰地生活在自己家里。除了"不"以外，他可能无话可说。过去的这些天里，我已经遭到了多少拒绝！再多一次也没什么要紧的！

但是霍普金斯先生和我们以前那些朋友不一样。他接过箱子，把它锁进自己的保险柜，就好像这是理所应当的一样。他说：

"我很高兴能作为朋友帮您一个小忙！您不知道，您的包裹在集中营里给我们带来了多少快乐，不仅因为它们令人愉快的外在内容，更因为它们让我们感受到，战争和敌对关系并不会阻止人民之间的友谊。如果您知道的话，就不会在请求我时如此胆怯了！任何时候，只要您需要我的帮助，请随时来找我。"

我许诺很快就会去家里拜访他，然后与他告别，以便他进一步地去了解溥福的情况，然后尽快处理。我很高兴，还有霍普金斯先生这样的人存在。

自那以后，我就再也没有见过霍普金斯。当我从城里回到家，想要告诉芭芭拉这个下午发生的诸多事情时，她打断了我的话，告诉我得赶快为行李打包了。明天一早，我们要进一个集中营，不久后会被引渡回家。回家——听上去多奇怪啊。我

们根本不认识这个家,不认识这个德国,因为到现在为止,上海和中国才是我们的家乡。我们一边打包,一边权衡,既要不超过规定的重量,又要尽可能地多带一些东西。到了晚上,我们实在是太累了,栽倒在床上,根本无法去思考离别、痛苦或类似的东西。

清晨到来了。我们又一次穿过这些熟悉的房间,盛开的鲜花还在高高的花盆里引人注目。我们看着放在爸爸的许多藏书之间的画作和那些带着极大的热情收集来的铜器和象牙雕刻品,与这个看似不可分离的家里我们自小所熟悉和热爱的一切说再见。我们还要和下人们、和我们的阿妈告别。阿妈抽泣着拉着妈妈,一遍遍地喊道:

"您一定要把我带走,太太!离开您,离开先生,离开孩子们,我活不下去!带上我吧,太太!不要把我留下!"

她拉着芭芭拉,在我的肩膀上哭泣。我除了跟着一起哭,什么也做不了。阿妈就像是我们的第二个妈妈!没有她,我的生活该如何继续?

"先生,你们的行李已经装好了。你们得上车了,我们还得去接另外两个家庭呢!"一个肌肉发达的苦力冷冰冰地说道。他把我们的东西装进了一辆敞篷货车,要把我们拉进城里。

"珍重!再见!"告别的声音从四面八方传来。下人们排成一排站在门前,深深地向我们鞠躬。泪水流下他们的脸庞,他们一遍遍地喊着:

"愿神灵与你们同在,并永远保佑你们!再见,先生太太!再见,芭芭拉!再见,蕾娜蒂!"

环游半个世界的旅行

部队运输船不是豪华邮轮，我们第一次参观这艘装载着少量货物晃荡在黄浦江上的灰色轮船时，就已经发现了这一点。

当我们坐着摇摇晃晃的汽艇向它驶去时，我用尽全力控制自己把一次次涌上来的泪水强忍回去。我们通过一个安装在船舷旁的铁梯子登上了甲板，一个铁制的阶梯通向下面的住宿大厅。只有七十岁以上的老人和带着三岁以下小孩的妇女才能住单间，其他人全部睡在一个大厅里，五层的高低床重叠在一起。每个地方都挤满了人，所有生活起居都在开放的公共空间里进行，从清晨的淋浴到站在高桌旁吃饭，每个人都不过是一大群人中的一部分。

我们的生活严格按照时钟划分。每个人都有特定的工作要做，没有时间垂头丧气。但是，我们感觉到，在所有安排背后，有一个极富人情味的军官在负责将我们遣返的事宜，他很想让我们这些"战后俘虏"在旅途中尽可能地好受一点儿。成效很显著：尽管条件艰苦，但是每个人回忆起这趟旅途时都充满了感激。这是我人生中第一次环游半个世界的旅行。

随着上涨的潮水，大轮船起锚，慢慢在河中顺流而下。外滩上的高楼越变越小，最后终于只剩下明亮的正午天空前一道

浓重的剪影。接着从眼前掠过的是那些屋顶上装饰着龙的黏土茅屋，和煦的微风最后一次把田园的芬芳吹到船上。轮船拐入了扬子江，滚滚江水裹挟着泥土，用了一整天的时间向大海奔去。当它开始变成深蓝色，人们就知道，自己已经离开了家乡的水域。

海豚和鲨鱼时不时地出现在轮船旁，陪伴我们一段短暂的时间。炫目的阳光里，我们面前是无边无际的大海。几天之后，我们又看到了陆地——新加坡，这座英国城市和它引以为傲的要塞，在战争期间尽管深孚众望，却还是被日本占领了。海滨大饭店的灯光越过海面照向我们，一片祥和，仿佛这里从来没有发生过战争似的。傍晚的天空中闪烁着"南十字座"的星星，在听过那么多传说之后，它的真容实在令人十分失望。很快，星星又落下去了，因为我们急转弯驶入了马六甲海峡，在遍布棕榈树的岛屿间驶向印度洋。

陆地再次从我们的视线里消失，只剩大海。机器的轰隆声和船头海浪的呼啸声是除了甲板上的闲聊之外唯一能听到的声音。终于，有人喊道：

"锡兰[①]！你们看！它在那儿！所有岛屿中最美的一个！"

我们热切地朝着海岸激起的浪花跑去，遥望这座岛屿。岸边被风吹弯了腰的棕榈树后是一片茂密的绿色热带雨林，上空陡峭的岩石山峰刺向暴风雨中深蓝色的天空。岛屿的西边被深深的黑暗包围了，而东边却阳光明媚，像一块发着绿光的宝石。

在我们拐入红海之前，一场怒号着的风暴让我们的巨轮像

---

① 锡兰，斯里兰卡的旧称。——译者注

一叶扁舟似的在波涛里起舞。巨浪淹没了底层甲板。孩子们在那里把装橙子的木箱当成小船划,那些晕船的人则面色苍白地躺在上层甲板上。有人感到宽慰,有人感到遗憾。我们很快就驶入了平静的水域。我们又看见了陆地:岩石小岛的斜坡上几座零星的房屋,或是一座孤零零的灯塔。在平坦的红色海岸后,一个大块头——西奈山出现了,我们终于到了苏伊士运河。它一路穿过两侧的荒漠地带,骑着骆驼的贝都因人①时不时地出现在我们眼前,天气炎热得难以想象。傍晚,当我们抵达散发着草地和清水芬芳的塞得港时,我们终于深吸了一口气。在轮船加油时,流动摊贩们划着小船匆匆赶来,把长长的绳子扔上甲板,人们可以用它把他们的货物吊上去仔细察看。人们讨价还价,商量着、咒骂着,最后终于付了钱。每个人都被这场有趣的、多姿多彩的舞台剧逗乐了。有人买到了绣花的皮革靠垫、彩色的手袋和凉鞋,自豪地向同行的旅客们展示着。

接着,我们沿着北非的海岸线向直布罗陀驶去,这里巨大的岩石山像一个看门人似的把守住地中海的出口。天气现在凉了起来,我们这些习惯了热带天气的人感受到了八月清晨的美好。终于,我们在不来梅港下了船。多么清新的冬日啊!

接下来是一段艰难的时光。谁知道惨淡的战后时期和物资匮乏是什么样的?谁没有为一个住处和日常生活奋斗过?每个人都很值得同情,每个人都只想谈论自己的痛苦。

"啊,你们来自上海!"总有人轻蔑地说道,"跟我们比起

---

① 德语原文Beduine。贝都因人是以氏族部落为单位在沙漠和荒原地带过游牧生活的阿拉伯人。——译者注

来,你们又经历了什么呢?"是时候证明一个被惯坏了的"上海女孩"也能坚持下去了。上海这座城市不断适应着变来变去的生活方式,并总能找到它们充满阳光的一面。我为什么要在这座城市里长大?新的家乡很美:草地比中国的茂密得多,也绿得多,只有这里才有古老的宫殿和城堡、中世纪的建筑和服饰。我知道,我会坚持下去,我爱我新的家乡,我不想把它和以前的生活做比较。我不想让自己产生对东方的渴望,因为我知道,我可能永远也不能再回到那里了。

许多年过去了,生活重新回到了正轨,和世界各地的朋友们重新取得联系成为可能。许多我们从前的熟人都已不再生活在中国,而是去了位于它东南边缘的英国殖民地香港。最近,我刚刚收到一封来自那里的厚厚的信,上面优美的手写字却不是我熟悉的笔迹。我试图辨认信封上的寄信人姓名,Rn-Ln?Rn-Lu?不对,几乎没有人叫这样的名字。突然,我打了一个寒战!也许是溥福给我写的信?

我用颤抖的双手撕开信封,目光扫过信上的文字,眼泪涌上了我的眼眶。没错,我终于在巨大的喜悦之下放声大哭。如今这个世界上真的还有童话吗?

"我终于成功打探到了您的消息,终于能向您表达我的感谢了,感谢您当年极力为我说话,救了我的命。"溥福写道。接下来的话是这样的:

现在,既然我知道了您还活着,您就必须答应我一个请求:请您和您的母亲一起来这里看望我和我的妻子。我们的小酒店开在太平山顶,这是一座从香港拔地而起的壮美山峰,小店随时欢迎您的光临。我们还为您找来了一位老仆人——一位在您父母家中做过事的保姆。您一定会喜欢香港的，在这座多山的岛屿上，居住着很多中国人和英国人。这里无所不有，生活轻松。您可以打网球、骑马进山、游泳、跳舞。这里有华美的欧式酒店，也有中式小饭馆，您可以在这里吃到"北京烤鸭"和所有佐以最好配料的美味菜肴。至于古董，您会被他们古老的铜器和字画、玉石雕刻品和漆器迷住的。在这里能找到一切让您心驰神往的东西。如果您还踌躇不决的话，那我就悄悄告诉您，当年和您一起拜访过我的那位年轻男子也十分期待与您再次相见。

希望您不要考虑太久！您就来我这里做客，让我高兴高兴吧。这样我也会觉得欠您少一点儿。船票随信附上。

没错，这样的事情真的存在！

几天以来，我和妈妈都在制订计划。我们收拾行李，像快要过圣诞节的孩子那样兴奋，因为我们又要去遥远的东方了！我们将再次见到所有人，我们黄皮肤和白皮肤的朋友们，还有溥福，那个"土匪"！阿妈还会像从前那样照顾我们……啊，听上去就像童话一样！我现在很开心，你们相信吗？